Albert M. Maurer

Die Schwarze Flucht

Albert M. Maurer

Die Schwarze Flucht

Shaker Media

Bibliografische Information der Deutschen Nationalbibliothek
Die Deutsche Nationalbibliothek verzeichnet diese Publikation in der Deutschen Nationalbibliografie; detaillierte bibliografische Daten sind im Internet über http://dnb.d-nb.de abrufbar.

Printed in Germany.

ISBN 978-3-95631-387-5

Shaker Media GmbH • Postfach 101818 • 52018 Aachen
Telefon: 02407 / 95964 - 0 • Telefax: 02407 / 95964 - 9
Internet: www.shaker-media.de • E-Mail: info@shaker-media.de

meinen Eltern und meiner Schwester

„Der Strom der Geschichte schwemmt die kleinen Geschichten der Individuen fort und lässt sie untergehen, die Woge des Vergessens löscht sie aus dem Gedächtnis der Welt. Schreiben bedeutet unter anderem auch am Ufer entlanggehen, stromaufwärts fahren, schiffbrüchige Existenzen auffischen und Strandgut wiederauffinden, das sich an den Ufern verfangen hat, um es zeitweilig auf einer Arche Noah aus Papier unterzubringen."

Claudio Magris

Prolog

In Darda, in der Baranja, in einem Dorf vor meiner Geburt,
wohnt eine Familie in der Bellyeegasse:
Johann und Elisabeth Helfrich, Paula, ihre Tochter,
und ich, Michael, noch ungeboren. Der Vater ist Soldat,
an irgendeiner Front. Vier Teller warten auf dem Tisch.
Draußen wimmert der Wind, schwer klappern
die Messer und die Löffel auf dem Häkeltischtuch.
Keiner ahnt Gutes. Großvater, der auch da ist,
hört Stimmen, und Großmutter ein lautes Geschrei.
Hundegebell, Gewehrschüsse zerreißen Oktoberfrost und Stille.
Plötzlich: Sie kommen! Dann fliegt die kleine Tür des Gatters auf.
Eine Stimme, heiser, voller Furcht, sagt,
wir sollen auf die Gasse kommen und dann zur Hutweide,
schnell, packt schnell! Ich, ungeboren, weiß nicht,
was das ist: Hutweide. Mutter nimmt Paula an die Hand;
sie alle gingen und kehrten nie zurück.

Auf den Spuren seiner Vorfahren

Auf den Spuren seiner Vorfahren liest Michael: Darda liegt im grünen Winkel zwischen den Flüssen Donau und Drau, am Rande eines Plateaus.
Bereits zur Zeit der Römer gab es im Dardaer Marktflecken eine römische Kolonie, ad labores, *zu den Arbeiten*, genannt. Später nannten die Römer den Ort Tarda, was wohl von *tardus* kommt und so viel heißt wie langsam, bedächtig. Darda war zeitweilig der Herrschaftssitz adeliger Familien wie Veterani, Esterházy, Schaumburg-Lippe, die in einem U-förmig gebauten Schloss residierten. Esterházy soll das Gut verspielt, der Urgroßvater Johanns hier als Schlossgärtner gewirkt haben. Während der Kurutzenkämpfe ging Darda vollständig zugrunde, es wurde 1711 mit „Teutschen und Raizen", - wie aus einer Spezifikation hervorgeht -, von Grund auf neu besiedelt.

Zur Zeit der Doppelmonarchie gehörte es zu Ungarn, später zu Jugoslawien, dann wieder zu Ungarn - es wechselte seine Staatszugehörigkeit nach jeder Machtverschiebung. Die Kinder in der Schule wurden auf ungarisch, serbokroatisch, wieder auf ungarisch unterrichtet, ein verlässlicher Wechsel, der bei Johann und Elisabeth *bleibente ortokrafische Schpurn* hinterließ.
Die Flurnamen waren meist slawischen Ursprungs; als Buchwald, Hanffeld, Hutweide, Obere Wiese, Wolfseck, Übernkreutz, Schweitzerei, Sandhübel bei den Deutschen gebräuchlich. Auch die Namen der Gassen wechselten mit der Herrschaft. Auf deutsch hießen sie Bahngasse, Bellyeegasse, Schulgasse, Obergasse, Rosengasse, Serbische Gasse usw.
In den Gassen wohnten Serben, Kroaten, Ungarn, Deutsche, Bosnier, Montenegriner, Slowaken, Slowenen, Makedonier, Juden.

Ihr Verhältnis zueinander soll, donauschwäbischen Bekundungen nach, gut gewesen sein: Eine Beteuerung, die Michael stirnrunzelnd liest.
Eine katholische, eine serbisch-orthodoxe Kirche und eine Synagoge beglaubigen - in Stein gehauen - die unterschiedlichsten Religionen, Sitten und Gebräuche. Im Sitz des Lesevereins gab es Zeitungen in deutscher, serbokroatischer und ungarischer Sprache.

1941 hatte Darda 3841 Einwohner, davon waren 1486 Deutsche.
Sagte man ihnen, sie seien Schwaben, bekam man stolz zur Antwort:
Mia sei kani Schwoo'm, mia sei Deitschi.

Vom Salz wird etwas in den Brunnen geworfen

Sobald es Neujahr ist, gehen die Buben zu Verwandten und Paten Neujahr wünschen. Sie sagen Sprüchlein auf und bekommen dafür ein wenig Geld. An diesem Tag sollte man viel Schweinefleisch oder Rindfleisch oder Fisch essen, dazu viel Reis oder Linsen oder Bohnen, damit das ganze Jahr über das Kleingeld nicht ausgeht. Sobald es 5. Januar ist, werden in der Kirche Wasser und von den Gläubigen mitgebrachte Äpfel, Brot, Salz, Knoblauch, Kreide und Weihrauch geweiht. Die Äpfel werden von den Hausbewohnern gegessen, das Brot bekommen die Pferde und Kühe. Vom Salz wird etwas in den Brunnen geworfen, damit das Wasser gut bleibt, der Rest kommt ins Schweinefutter. Mit dem Knoblauch reibt man Hoftor- und Stalltürstöcke zum Schutz gegen Krankheiten und Seuchen ein. Auf die Haustüren schreibt man K und M und B. Am Abend geht man durch alle Räume im Haus und durch den Stall, räuchert mit geweihtem Weihrauch und spritzt in den drei höchsten Namen Weihwasser.

Sobald es Fasching ist, fängt am Faschingssonntag nach der Vesper das Faschingstreiben an. Es wird getanzt und gehüpft, so hoch man kann, damit der Hanf hoch wächst. Am Faschingsdienstag fährt ein Pferdefuhrwagen durch den Ort, auf dem ein maskierter Bursche neben einem Waschzuber steht. Mit einem Besen und einem Leintuch in der Hand tut er so, als ob er wäscht, doch unversehens zieht er das Leintuch oder den Besen aus dem Zuber und bespritzt die Zuschauer. Am hinteren Ende des Fuhrwagens ist ein Wagenrad befestigt, auf dem ein Puppenpaar montiert ist. Beim Fahren dreht sich das Rad und es heißt: Hansl und Gretl tanzen. Nach dem Verzehren von Bratwürsten, Hühnern und Krapfen beginnt das Kickl schlog'n. Ein Hahn wird gebunden und eingegraben, nur der Hals und der Kopf schauen heraus. Die Burschen müssen sich mit verbundenen Augen und einer langen Stange dreimal im Kreis drehen und dabei den Hahn treffen. Ist er getroffen, wird er geschlachtet und mit dem übrigen Geflügel zu einem kräftigen Paprikasch gekocht.

Sobald es Petri Stuhlfeier ist, der Tag, an dem Jahre später M*ich*ael geboren wird, sollen der Bauer und die Bäuerin nicht vom Hof gehen, damit die Bienenschwärme nicht davonfliegen und die Bruthennen auf den Eiern sitzen bleiben. Sobald es den Krämer an der Ecke danach juckt, sagt er dem Kind, das einkaufen soll *Ich kann dir keinen Essig geben, er ist über Nacht sauer geworden.* Sobald es Palmsonntag ist, kommt ein geweihter Zweig hinter das Stubenkreuz, einer wird vor der Haustür unter das Dach gesteckt und einer kommt auf jedes Grab. Auf Äckern und Weingärten breitet man überall Zweige in Kreuzform aus. Sobald es Karfreitagnachmittag ist, geht eine Prozession mit Gesang und Gebet auf den Friedhof und auf den Kalvarienberg. An diesem Tag darf nicht genäht werden, denn wer am Karfreitag näht, näht am Spottrock des Herrn.

Sobald es Karsamstag ist, findet das *Judvabrenna* (Feuerweihe) statt. Jeder nimmt ein Stück Hartholz und legt es kurz ins Feuer, das vor der Kirche entfacht ist. Das angekokelte Holzstück wird zu Hause gegen Blitzschlag und Brand unter das Dach gesteckt. Sobald es Ostersonntag ist, versammeln sich die Frauen still um 3 Uhr morgens beim Friedhofkreuz zum gemeinsamen Gebet. Sie befeuchten die Hände oder die Taschentücher mit Tau und waschen sich damit das Gesicht, damit sie eine reine Haut und ein reines Herz bekommen. Sobald es 1. Mai ist, werden am Vorabend die Gassenzäune mit Fliederzweigen geschmückt und Maibäume aufgestellt. Die Maibäume werden mit Bändern in den Nationalfarben geschmückt, und bei dem Maibaum vor dem Wirtshaus kommt eine Flasche Wein hinauf. Sobald ein schweres Gewitter ist und es zu hageln anfängt, geht man mit einer Holzhacke vor das Haus, schlägt sie dreimal in die Erde und spricht *Helf Gott Vater, helf Gott Sohn, helf Gott Heiliger Geist.*

Sobald es Maria Himmelfahrt ist, werden die Kräuter geweiht, Dost, Dill, Schafgarbe, Johanniskraut, Kamille, Zittergras. Sobald es kälter ist, beginnt man mit dem Schlachten. Die Verwandten helfen mit, so dass am Abend alles aufgearbeitet ist und man ein Festessen mit mehreren Gängen veranstalten kann. Während des Essens kommen maskierte Bekannte und Nachbarn, die *Wurstsinger*, und bringen einen Schlachtbrief mit, der den Schlächter verulkt. Zum Dank werden die Wurstsinger zum Essen und Trinken eingeladen und es wird gesungen und getanzt.

Sobald es Heiliger Abend ist, geht eine Gruppe Kinder von Haus zu Haus, darunter das Christkindl, das von einem Mädchen dargestellt wird. Es läutet mit Glocken und fragt, ob es ins Haus hinein darf. Die Eltern kommen heraus und überreichen dem Christkindl die für die eigenen Kinder vorbereiteten Geschenke. Mit dem Gruß *Gelobt sei Jesus Christus* tritt das Christkindl ins Haus und breitet die Bescherungen auf dem Tisch aus. Es singt das Lied *Sind die Kinder fromm und brav, so wollen wir ihnen bescheren was*. Jetzt werden die Geschenke ausgeteilt. Heimlich wird dem Christkindl bei dieser Gelegenheit etwas Geld in die Tasche gesteckt, die es zu diesem Zweck umgehängt hat. Die Kinder ziehen weiter und müssen bis zur Mette so viele Häuser wie möglich besuchen. Bevor auch seine Familie zur Mette geht, kehrt der Hausvater Johann die Futterkrippe seiner Tiere aus und gibt den Pferden ein Stück Brot. Er selbst geht nicht zur Mette, in der Heiligen Nacht darf das Haus nicht allein bleiben. Sobald es Silvester ist, tanzen die Dardaer ins neue Jahr hinein. Sobald es 6. April 1941 ist, wird Jugoslawien zerschlagen, von deutschen und ungarischen Truppen besetzt - und alles wird anders.

Ohne Hut

Ohne Hut geht Johann nie aufs Plumpsklo hinterm Pferdestall. Gestern gab's
sein Leibgericht, Paprikasch, wie er es mag. Jetzt brennt's scharf
an einer gewissen Stelle. Nachher auf dem Weg zur Zisterne (Händewaschen),
hört er auf einmal Marschmusik, das Stampfen vieler Stiefel
auf dem Straßenbelag, trapp, trapp. Er wirft sich Wasser ins Gesicht, rasch,
reißt das kleine Hoftor auf und sieht: Sie sind jetzt da, die Ungarn,
Darda ist besetzt, jetzt also auch. Die Zeitung sprach davon, und es ist wahr:

Wie die Zukunft nun gehen wird, weiß niemand, er nicht und auch
die schlauen Leute vom Kulturbund nicht. Die Ungarn
haben hübsche Uniformen an, das muss man ihnen lassen:
schmuck, ja wirklich. Die Infanteristen tragen Käppis, keine Stahlhelme,
und sehen überhaupt wie auf den Bildern aus vom 1. Weltkrieg.
Johann schüttelt diesen Gedanken ab. Was, verdammt, hat er damit zu tun,
ist er vielleicht dumm? In seinem Alter hat man mit Militär nichts mehr
am Hut. Freiwillig nicht und auch sonst nicht.

Drinnen in der Sommerküchl wirtschaftet Elisabeth, seine zweite Frau.
Dass sie die zweite ist, weiß sie nicht, und muss es auch nicht wissen.
Die erste, Terezia, verweigerte ihm das, was man hinter vorgehaltener Hand
mal so, mal so nennt: rammeln, pimpern, ficken, pudern. Dumme Kuh.
Am Abend zerreißen Schüsse die Stille: Die Deutschen und die Ungarn
schießen aufeinander. Ein Missverständnis, schuld daran ist die Dämmerung.
Am nächsten Morgen: ein Toter, ein Verletzter.

Michael fällt beim Schreiben ein

Wenn Johann viele Jahre später, als er wieder in dem Land lebte,
aus dem seine Vorfahren - vielleicht - gekommen waren,
wenn er also von der Küche aus auf die Toilette ging,
überquerte er den winzigen Flur - als sei dieser der Hof in Darda -
mit weiten Schritten, ging zur Garderobe an der Wand,
setzte seinen Hut auf - und wirklich erst dann
öffnete er die Tür zur Toilette, verrichtete sein Geschäft;
ohne Hut konnte er weder pinkeln noch scheißen.

Elisabeth stand in Brauttracht

Elisabeth erinnert sich: Sie stand in Brauttracht, Rock um Rock
wie Zwiebelschalen übereinander, und Unterröcke noch darunter.
Schwer schwang die Tracht an ihrem Körper, fest und steif,
und gab ihr gerade deshalb Würde, die sie gut brauchen konnte.
In Kikinda, aus dem sie kam, gab's einen andern Mann: Karl,
der Tagelöhner war und nichts hatte, bis heute nicht,
den liebte sie - auch jetzt noch? Im Banat aber heiratet Acker zu Acker,
oder genauer noch: Besitz heiratet Besitz -
so ist es immer schon gewesen bei den Donauschwaben.

Elisabeth wollte zuerst nicht; allein ihre Eltern und ihr Bruder
brachten sie allmählich zu einer anderen Sicht: Nimm's so,
er sieht gut aus, ist fesch und obendrein der zweitreichste Landwirt
in Darda. Seine Eltern besitzen eine moderne Dreschmaschine -
die hat sonst weit und breit kein einziger Mensch!
Die Bauern in den Dörfern ringsum sind auf das Mieten
der Maschine angewiesen: bares Geld!

Elisabeth willigte schließlich ein, auch ihrem Bruder zuliebe;
der arbeitete bereits am Hof bei den Helfrichs und sprach gut über Johann.
Der Ludwig hat's nicht leicht gehabt,
er vertrug sich mit dem Vater nicht, sie waren wie Hund und Katz.
Schließlich riss er eines Tages von zu Hause aus,
ging zu den Helfrichs, die er vom Handel mit Hanf her kannte.

Eindrucksvoll, so war die Hochzeit gewesen, das muss Elisabeth zugeben.
200 Personen, eher mehr. Zuvor hatte ein großes Kochen
und Backen und Wüten in der Sommerküchl eingesetzt.
Milch, Eier, Butter, Mehl und Hühner gab's genug -
wie das so üblich ist, war alles von den Gästen Tage zuvor
schon geschickt worden, jeder hat sich an den Brauch gehalten.

An Elisabeth war's gewesen, das auch zu tun:
Die Wange den Verwandten des Bräutigams zum Kuss hinhalten
(als Abschied von der Jugendzeit), sich mit Weihwasser bespritzen lassen
und mit Zigaretten den Einlass ins Hochzeitshaus *bezahlen*.

Woran sie sich besonders gern erinnert:
Als sie vom Tanzen ermüdet, sich kurz die Schuhe abstreifte,
war gleich der Brauch des *Schuhstehlens* einem Burschen gelungen,
der sah genau wie Karl aus. Mit einer Unmenge Zigaretten
musste Johann die Schuhe dann zurückkaufen.

Schwarz-weißes Dokument

An dieser Stelle meldet sich der fiktionale Erzähler (ich, Michael)
und will sich zu dem Foto äußern,
das er aus ihrem Nachlass hinübergerettet hat in seine Welt.
Ein Hochzeitsfoto, schwarz-weiß: das Brautpaar.
Nicht einmal das Jahr weiß er genau, an dem der Fotograf es knipste.
Meine Mutter blickt ernst, ihr Brautkleid scheint aus Schneekristallen
zu bestehen und ist doch nur in körniges Silberhalogenid zerfallene Pappe.
Auch ihre Schleppe ist zerfallen in grießiges Papier.

Mein Vater im Hochzeitsanzug, ein Bräutigam mit Hitlerbärtchen,
schält sich streng heraus aus dem Papierschwarz, weißer Flor am Revers.
Es sind zwei fremde Wesen, die einmal wirklich waren,
nun schwarz-weiß. War ihre Hochzeit anders, als ich sie beschrieb?
Sicher ist nur, mein Leben fiel aus ihrem Dasein
weit heraus, keine Berührung.

Mais, Weizen, Kragenspiegel

Ludwig denkt malerisch: Hanf, Melonen, Weizen, Rüben, Raps -
alles ist bunt und hat seine Farbe, das eine steht bereits
in voller Blüte, das andere keimt, ist schüchtern
und fängt erst im nächsten Monat richtig zu wachsen an.
Kartoffeln. Paprika. Mais: *Der flaschengrüne Kukuruz,*
dem schon das matte Gelb des Herbstes auflauert,
wo hat er diesen wunderschönen Satz gelesen?

Ein Streifen Feld, nicht größer als ein Joch, der nächste Streifen
ist dann halb so groß, mit nur ihm charakteristischer Färbung,
von anderer Schattierung und vom Wind auch ganz anders bewegt.
Zwischen den Feldern breite Entwässerungskanäle,
die Grenzen bilden zwischen den Grundeigentümern und die wasserreiche
Donau zähmen, die sonst die Ernte überschwemmte.
Das, denkt Ludwig, ist Ordnung und muss und soll so sein.
Deutscher Tatendrang, Ehrgeiz und Eifer, Wissen und Können
drücken sich in diesen bunten, schwäbischen Fluren aus.

Er durchkreuzt selbstsicher einen staubigen Streifen Sonne,
nimmt den Weg quer durch Darda, promeniert vom Wolfseck
hin zum Hanffeld, von da aus die Wege zur Hutweide
und wieder zurück. Ludwig führt die neue Uniform spazieren,
die ihm ein Schneider in Kikinda nach seinen Angaben angefertigt hat,
mit Kragenspiegel und Schulterklappen, Ärmeladler, Ärmelstreifen

- und auch noch mit einer einmaligen Besonderheit:
Die Odalsrune der SS-Division *Prinz Eugen* prangt an seinem Ärmel.
Wegen dem Kragenspiegel gab's schon Ärger.
Nur ein Reichsdeutscher darf den tragen,
schrie ihn ein Offizier auf der Straße an. Wegen dem
wird er die teure Uniform vom Schneider nicht mehr ändern lassen.

Stillleben mit Dreschmaschine

Mit angespanntem Pflug pflügt Johann durch das Feld,
zieht Furchen, *hüh und hott.* Das Pferd schnaubt und wirft
den stolzen Kopf zurück, die Mähne flattert.
Elisabeth, beim andern Feld, setzt um Maisstängel herum Bohnen,
die sollen dann wie im Märchen himmelwärts ranken:
Mais und Bohnen sind eins und wachsen zusammen hoch,
auf wenig Acker muss nämlich viel geerntet werden.

Johann ist nicht so recht bei der Sache;
sobald er mit der Arbeit fertig ist, muss er zum Hof zurück,
zur Wagenscheune, da steht die Dreschmaschine und will repariert werden.
Die Maschine wird jetzt nicht mehr mit Dampf betrieben,
sondern mit Benzin und kommt ganz ohne Feuer aus;
in der Vergangenheit hat es oftmals Brände gegeben.
So was hat hier keiner sonst, der Grieg nicht
und auch der Weigert nicht. Was die haben, ist Schrott!

Nur einen Haken hat die Sache: Johann ist Landwirt, kein Mechaniker,
und wo er den Schraubenschlüssel ansetzen muss
- keine Ahnung. Der verfluchte Elevator ruckelt seit der Drusch
im letzten Jahr, auch mit dem Riemen auf dem Schwungrad
muss *was* geschehen, laut Ludwig, seinem Schwager.
Der ist Experte, was Maschinen angeht. Kein Wunder,
schließlich verschlingt der jeden Abend Bücher, warum was funktioniert,
und auch so politisches Zeug.

Das eben ist der Grund für Johanns Nervosität.
Am Tag zuvor kamen Ludwig und er sich in die Haare:
Wie redest du von den Deutschen? Wir sind gut ausgekommen
ohne sie? Meinst du? Ich schulde dir, deinen Eltern, Dank -
ihr habt mich aufgenommen! Aber es ist nicht recht:

Du gehst mit den Ungarn mehr als mit den Deutschen!

Ihr Vater trägt die Nase hoch

Das, weiß Johann, ist Lüge. Terezia, zwar hübsch, ist Ungarin -
und hat ihm übel mitgespielt. Ihr Vater trägt seine Nase hoch:
eine Standarte auf dem ungarischen Mast, der aus dem serbischen Meer ragt.
Ein *vitéz* war und ist er, immer noch! Warum, zum Teufel,
hat er nicht *nein* gesagt, als man ihn fragte?
Der Weinberg Rogljevo, Richtung Bellyee, ein wenig außerhalb von Darda,
gehört jetzt ihm - zuvor dem Serben Rajković.
Die Ungarn vertreiben jetzt die Serben, so wie die Serben davor die Ungarn.
Seit geraumer Zeit schläft Johann schlecht,
im Traum fühlt sich sein Körper im Bett schwer wie Blei an.

Paula spielt Hopse

Die Hühner laufen vor ihr weg, gickern und gacksern
und rucken so lustig mit dem Kopf, dass Paula lachen muss.
Sie überlegt, soll sie zur Stute *Tupfer* gehen?
Die wartet bestimmt schon auf ihr Stückchen Zucker,
scharrt ungeduldig mit den Hufen.
Nein, Tupfer muss warten, die Iltisfalle zwischen Schweinestall
und Hühnerstall lockt sie jetzt mehr an. Nichts, gar nichts,
leer ist die Falle. Enttäuscht trottet Paula zum Ziehbrunnen,
spuckt einen schaumigen Klecks hinunter.

Ihr ist so langweilig, die Rogica aus der Serbengasse
will nicht mehr mit ihr spielen, und auch die Ljubica nicht,
Švabica Hitlera haben sie zu ihr gesagt, mit einer Stimme
wie noch nie zuvor. Paula nimmt ein Stückchen Kreide
und zieht Linien, ein Kreuz in den Staub des Hofs hinein.
Sie unterteilt es in 7 Kästchen von gleicher Größe. *Hüpf, hüpf*
zwitschert der Vogel aufmunternd vom Dach herab.

Ins erste Kästchen legt sie eine kleine Zuckerrübe,
die muss sie jetzt auf einem Bein überhüpfen, *hüpf.*
Die Zuckerrübe wandert in das nächste Feld,
hüpf, trillert der Vogel aufmunternd, *Paula hüpf,*
für Rogica, für Ljubica, komm komm, Švabica,
wir wollen wieder mit dir spielen.

Großmutter in der Räucherkammer
wirft einen Blick hinaus, sieht Paula und das weiße Kreuz
aus Kreide. Wie? Warum? Sie muss plötzlich an Jesus denken,
und an sein Kreuz, an dem er so schwer starb.
Ihr Herz zieht sich vor unbekannter Furcht zusammen.
Paula, vom Hüpfen verschwitzt, will jetzt unter das Dach,

zu den Seidenraupen von Mama gehen.

Pero

Pero, wohnhaft in der Serbengasse, Handwerker
und von kleinem Wuchs, denkt über die Deutschen nach.
Was geht da vor sich? Letzte Woche ist er dem Ludwig,
als er ihn auf sich zukommen sah, rasch ausgewichen,
ist abgebogen in eine andere Gasse. Es tut ihm auch ein wenig leid,
mit dem Ludwig ist er gut ausgekommen - bisher.
Jetzt trägt der auf einmal eine Uniform spazieren,
über die sogar ein Serbe lachen muss. Protzig herausgeputzt -
ha, er wettet, Ludwigs Kluft ist pure Phantasterei:
Deutsche schillern nicht so wie die Pfaue.

Und doch, Pero, der gerade von den Griegs kommt,
weiß seit kurzem, sie schillern! Er ging dem alten Grieg zur Hand,
hat am Fuhrwagen die Speichen ausgebessert,
am Taubenschlag und Maisschober kaputte Gitter repariert
und auch sonst geflickt, was am Hof so anfällt.
Seit der letzte schwäbische Handwerker starb,
wird er auch von den Schwaben gern herbeigerufen,
ist Schlosser, Sattler, Mechaniker, Metzger - einfach alles,
sogar ein gelenkiger Chauffeur fürs Auto, wenn's sein muss.

Das meiste hat er sich selbst beigebracht, *der macht's echt schwäbisch*,
beschreiben ihn, wie Pero weiß, seine eigenen Landsleute
- ein zwiespältiges Lob. Der alte Grieg ist ein *Buntaschi*,
ein Kulturbündler, der etwas auf die schwäbischen Traditionen hält,
auf ihre Tänze, Trachten usw. Sein Sohn dagegen ist ein *Neuerer*,
ein Volksbündler, dem sind die alten Sitten nicht so wichtig.
Wie Ludwig auch, interessiert er sich besonders fürs *Vaterland* und alles,
was sonst noch neuartig ist. Zum Beispiel hängt jetzt direkt
unterm Giebeldach auch bei den Griegs der so genannte *deutsche Sieg*:
ein wuchtiges Hakenkreuz, von einem V umschlossen,

darum herum ein Lorbeerkranz - groß genug,
damit ein Serbe es nicht übersehen kann.

An fast allen schwäbischen Häusern prangt plötzlich,
nahezu über Nacht, der *deutsche Sieg*, nur bei Helfrichs,
bei Gerbers und bei Weigerts nicht.
Soll Pero für die Donauschwaben überhaupt noch arbeiten?
Der alte Grieg hat seinen Sohn beschimpft,
ich scheiß auf deinen deutschen Sieg, hat er geschrien,
und *Beim Schweineschlachten will ich dich dabei haben, Pero*.

Anna

Im fernen Kikinda wartet Anna sehnlich auf einen Brief von Ludwig,
ihrem Geliebten. Der Herbst naht und sie erinnert sich an den Sommer,
der heiß war und klebrig. Muss sie ein schlechtes Gewissen haben,
weil sie nur noch den einen Gedanken hat? Gewölbte Brust,
Schwung und Bogen seiner Schenkel, Geschlecht aufragend: roh, verworren, wild,
aus dem Dickicht der Schamhaare. Drängen ihrer unanständig ineinander
verwirbelten Körper, zwei erregt vorwärtsreißende Flüsse. Ach Gott,
wenn das ihre strenggläubige katholische Mutter wüsste, die abends ihre Augen
in der Bibel festrennt und jeden Sonntag - vermummt in schwarze Kluft,
in Kopftuch, Haube, Schürze, dicke Unterröcke - pflichtfleißig in die Kirche eilt.
So wie ihre Mutter will Anna bestimmt nicht werden!

Zwei Einladungen

Mit ungläubigem Gesicht übergibt Elisabeth zwei Briefe an Johann,
kratzt und wischt mit den Fingern über die Kuverts,
will sie die Absender löschen? *Magyar Kiraly Honvédség* -
das ist, auch Johann will es nicht in seinen Schädel,
die ungarische Armee, die ihm mit amtlich dürren Worten mitteilt,
dass er sich einzufinden habe, in Beli Manastir, zur Musterung.
Genau dasselbe will im zweiten Brief der Volksbund.
Er, Johann, möge sich im Deutschen Haus zu Budapest melden,
zwecks ärztlicher Untersuchung und Feststellung seiner Tauglichkeit
- exakt am selben Tag, sogar zur selben Stunde! Soll er sich
vielleicht zerreißen in eine deutsche Hälfte, die zweite Hälfte hopst er
den Magyaren vor zur wehrsportlichen Erforschung?

Draußen auf der Gasse erhebt sich eine Windhose,
wirbelt in ihrem Strudel aus Luft Staub und Dreck in die Höhe,
Papier, Grashalme, Kippen, falbe Blätter, an denen noch
die dürren Zweige hängen, fahlbraune Lebensadern,
die sie mit der Allee der Maulbeerbäume -
Schattenspender der Bellyeegasse - verbanden.

Was soll Johann jetzt machen? In seinem Alter
hat er mit diesen hoheitsvollen Offerten nicht mehr gerechnet.
Andererseits: Pfiffen nicht die Spatzen manches von den Dächern?
Und hat er es nur nicht wissen wollen? Ungar also war man jetzt,
nach dem Einmarsch zweier Armeen in ein Jugoslawien,
das gleich beim ersten Ansturm in Stücke brach. War man's?
War man nicht deutsch? Und wenn man deutsch war,
war man dann Volks- oder Reichsdeutscher?

Oder anders: War man jetzt vielleicht ein Jugoslawe?
Zumindest behauptete das die jugoslawische Regierung so.

Da bot sich doch gleich an: Serbe, Slowene, Kroate, Bosnier
- und noch ein paar andere Nationalitäten mehr.
Verwickelt war verzwickt all dieser Nationalitätenquatsch.
Was zum Beispiel wollte der Volksbund eigentlich?
Dass er zur Wehrmacht ging? Zur SS?

Johann grübelt für den Fall der Fälle: Entkommt er der Honvéd,
kassiert ihn dann die Wehrmacht? Und entgeht er der,
sammelt ihn dann vielleicht die SS ein? Ein Teufelskreis,
dem ein einfacher Mann nicht entkommen kann.
Johann beschließt, den Pfarrer von Darda um Rat zu fragen.
Der hat studiert und muss es - hoffentlich, so Gott will - wissen.
Und während er noch überlegt, schiebt sich eine Hand in seine Hand.
Zuerst denkt Johann, es ist Paula, aber es ist Elisabeth, seine Frau.
In ihrem Gesicht liest er dieselben Fragen - und Furcht.

Flüsse und Frachten

Noch immer sitzt Pero der Schreck in seinen Gliedern.
Er streifte am Ufer des Flusses entlang, der - vom wütenden Unwetter
der vergangenen Nacht - wie außer Sinnen ist.
Braun und schlammig wirbelt er, bildet in seinem tosenden Bett
Schnellen, tausende Strudel, zerstäubt sein schmutziges Nass
zur Gischt und wirft es - eine Faust Wasser - über seine Wellen.
Von den sein Bett umsäumenden Büschen und Weiden hat er zornig
Stängel und Blätter gerissen, die er nun im Wasser herumwirft
und in seinen Strudeln hüpfen und tanzen lässt.

Im Schaum seiner Wellen und Wogen führt er zahllose Dinge mit sich,
die er mit weiter Hand von seinen Ufern zerrt und roh zu sich
ins Wasser reißt: Graswurzeln, Korken, Blätter, Bambusrohre, Rinde,
kleine Rüben, zähe Lehmklumpen, Schalen, Früchte, Brennholz und Abfälle
von den an seinen Gestaden wohnenden Menschen.
Nichts spiegelt sich heute in seinen Wellen, die Farbe des Himmels
ist in ihnen ausgelöscht. Im Sommer hingegen ist die Drave
(wie bei den Serben der Fluss heißt) sanft. In ihrem Dahinströmen
tummeln sich Hechte, Barben, Forellen, Äschen, Rotaugen,
Weißfische und Bitterlinge.

Als Kind kletterte Pero in heißen Sommern oft die Böschung hinab,
rutschte und schlitterte über glatte, runde Steine,
welche die Drave einfassen, und tauchte platschend ins Nass.
Heute sucht Pero Reusen auf, die er (*schwarz*, d. h. verboten)
nahe am Ufer an Pfählen aufstellte. Sind sie noch da oder hat die Drave
sie mit sich gerissen? Als er sich bückt,
sieht er am Ufer gegenüber plötzlich einen Mann stehen:
Ludwig. Was macht der hier? Gestern kam er nicht,
als im Gemeindehaus die Dardaer Serben den *Kolo* tanzten,
den serbischen Nationaltanz, den Ludwig früher so oft und gerne mittanzte.

Ob Weihnachten, Ostern, die Feiertage hatten sie bis zum Einmarsch
der Deutschen stets zusammen gefeiert,
ohne Unterschied der Rasse oder der Nation.
Jetzt feiert jeder nur noch für sich: Deutsche, Serben, Ungarn.

Plötzlich erstarrt Pero, Ludwig hält geradewegs ein Gewehr
auf ihn gerichtet. Was ist nur in Ludwig gefahren?
Ist der jetzt völlig übergeschnappt, so wie der dasteht,
schon wieder in seiner lächerlichen Paradeuniform?
Da erkennt Pero erleichtert: Es ist nur eine gewöhnliche Angel,
die Ludwig nun in den morastigen Boden stemmt,
um einen Köder am Haken anzubringen.
Was ist mit ihm, Pero, bloß los? Sieht er nur noch Gespenster?

Träwetretn

Im Herbst hat man die Weinstöcke mit Erde bedeckt,
damit sie nicht erfrieren, die Winter in Darda sind nämlich kalt, voller Schnee.
Im Frühjahr hat man sie dann wieder mit Schaufeln aufgedeckt.
In die Lücken setzte Johann mit dem Pflug neue Weinstöcke,
und oben, wo es zu steil war, setzte Elisabeth die Stöcke
per Hand, *regoln* hieß das. Waren die Weinstöcke dann gewachsen,
spritzte man gegen die *Pärnospora* Blaustein - eine blaue Brühe.
Stöcke heften, Triebe schneiden, veredeln und hacken,
Johann wieder mit dem Pflug, Elisabeth per Hand.
Auch Großmutter, Großvater helfen mit. Dann ist das Jahr herum,
die Zeit der Weinernte kommt und man benötigt Freunde,
Verwandte, Nachbarn, Tagelöhner.

Die *Taglehne* holt man wie zu Jesus' Zeiten in der Nacht vom Markt ab.
Deutsche, Ungarn, Serben - die Rangfolge bestimmt allein der Fleiß.
Zuallerletzt stellt man auch noch den dunkelbärtigen Rumänen ein,
der sich vom Banat bis hierher irgendwie verlaufen hat,
ziemlich faul ist und jeden Tag mit Paprikasch bekocht sein will.
Am Tag der Ernte - heute - hat Elisabeth aber zum Kochen keine Zeit.
Die Männer schultern die hölzernen *Buttn*, laufen den Weg
zu den Wagen hinunter und kippen die Trauben in die Fässer *nai,*
un so widda un imma widda, bis die Fahrt zum Hof hin geht
und die Trauben in die *Zistäenen* kommen.

Paula darf jetzt Hopse spielen und zusammen mit der Mutter
vergnügt Trauben zu Saft trampeln. Die Nachbarin, soeben zugezogen,
aus Ungarn, spricht beim Trampeln von Rundschädeln, Langschädeln.
Die runden sind den langen überlegen, sagt sie hochnäsig.
Ungarn, eben noch ein Nichts, ein Niemand, ist wieder wer,
hat Rumänien und Jugoslawien weit überflügelt -
Triumph der ungarischen Rundschädelrasse!

Elisabeth hört verwirrt zu, hat Ludwig nicht was Ähnliches behauptet,
nur irgendwie war da die Langschädelrasse der anderen überlegen?
Ihre Gedanken schweifen ab, die Trauben müssen noch in die *Press*,
und Schläuche muss sie noch *hinunte lege, in de Kelle*,
durch die der Saft dann in die Fässer fließt.
Der Treber muss dann mit *Äede* zugedeckt werden.
In den Keller muss *ma* später *runte* zu den Fässern mit Kerzen gehen.
Wenn die Käzn erlischt, *sin Gase drin, Menschn komme ums Läbn.*

Sonntag auf dem Korso in Kikinda

Anna arbeitet jetzt als Schreibkraft bei der Gestapo.
Er ist ein *Gschaftlhuber*, sagt Ludwig über ihren neuen Vorgesetzten,
mit dem er per du ist. Überall erklingen jetzt neue Worte: Hitlerjugend,
Bund deutscher Mädel, Vomi, Heimatschutz, Deutsche Mannschaft,
Volk, Führer, Reich, Vaterland, und ihr Ludwig ist mitten drin,
zwischen diesen Worten. Er war es auch,
der ihr die neue Anstellung verschaffte, obwohl sie ungelernt ist.
Ihr Plus: Sprachen. Was man in dieser Ecke der Welt spricht,
kann sie ganz gut, und obendrein ist sie noch Deutsche.

Seit der Besatzung sind in der Verwaltung alle deutsch.
Bürgermeister, Räte, Richter, Beamte und die Lehrer natürlich sowieso.
Das Banat, sagt Ludwig, ist quasi ein deutscher Gau, verstehst du?
Anna nickt, obwohl Politik sie nicht interessiert.
Ihr neuer Vorgesetzter, Herr Wenzel, stammt aus Wien, ist zackig,
und zackig will er auch alles haben mit seinem herrischen Ton,
der Anna manchmal auf die Nerven geht.

Zum Glück übersieht er aber ihr mangelhaftes Maschineschreiben.
Ludwig, auf ein paar Tage zu Besuch, war gerade in Werschetz,
unweit Kikinda, und hat sich dort zur SS-Division Prinz Eugen gemeldet,
freiwillig. Sein längliches Gesicht und sein dichtes, welliges Haar,
das ihm mit einer krausen Locke in die schmale Stirn fällt
und sein wildes Oberlippenbärtchen verpassen ihm
das Aussehen eines echten Draufgängers.

Anna lenkt Ludwig zum Korso hin,
unter der Lindenallee lässt sich prächtig von einer Ecke zur anderen flanieren.
In der Konditorei *Sedjakow* sitzen ihre Freundinnen,
denen sie Ludwig endlich vorstellen kann. Das neueste:
Jetzt kann sie sagen *mein Verlobter*.

Auf der Höhe der Kurie sieht sie zu ihrem Schrecken Herrn Wenzel
- ja! - paradieren, als berge sein Körper ein ganzes wuchtiges Imperium.
Herr Wenzel hat sie schon bemerkt und steuert stracks her
zu ihnen. Ludwig nimmt - obwohl in Zivil - komischerweise Haltung an,
sagt gleichzeitig du und Obersturmbannführer,
lächelt verlegen vor der Wenzelschen Leibesfülle.
Anna staunt, ihrem Ludwig ist sein keckes Gesicht auf einmal wie verrutscht,
darunter kommt ein Bub hervor! Mit sonorer Stimme fragt Wenzel
nach dem Namen des Kommandeurs der Division Prinz Eugen.

Phleps, erwidert Ludwig. Wenzel rudert kräftig mit den Armen,
erinnert Anna an ein Walross, das mit Flossen um sich schlägt,
und poltert Ludwig an: Wann schlagt ihr los?
Das weiß Ludwig nicht, dem Wenzel ist es auch egal,
er will selber berichten, von einem Losschlagen ganz anderer Art: Juden.
Bevor er dazu kommt, ertönt ein scharfer Schrei, Peitschen-Geknall.

Zwei Serben in schmutzigen Leinenhosen, an den Füßen Opanken,
sitzen auf einem Kutschbock, von zwei dürren Kleppern
wie toll über die breite Bahn des Korso gerissen.
Sie schwenken Slivovitz-Flaschen hin und her,
jubeln wild über die Fußgänger, die erschrocken zur Seite springen.
Wenzel läuft knallrot an, schreit *vorschriftswidrig!*
und zerrt an seiner Pistole.

Johann wird gemustert

Der Pfarrer sagt: zu den Ungarn. Ludwig beschwor ihn aber: zur SS.
Soll er trotzdem zu den Ungarn gehen? SS und Wehrmacht
zahlen 6-fachen Sold, in Reichsmark, nicht in Pengö.
Als er zu Budapest im Deutschen Haus ankommt,
klärt man ihm einen Irrtum auf. Vom Volksbund stammen zwar
bräunliches Kuvert und Anordnung zur Musterung,
die findet indes an seinem Wohnort statt, wo er gerade herkommt -
und wird von der Wehrmacht durchgeführt.

Er fährt per Zug zurück und geht zur Fleischbeschau des Militärs
am andern Morgen. In derselben Schlange stehen Landwirte,
bekannt und unbekannt, aus den Dörfern ringsum;
Darda ist trotz seiner geringen Einwohnerzahl ein Kreisort.
Bei der ärztlichen Untersuchung steckt der blatternarbige Arzt einen Spatel
in Johanns Mund und meldet laut und routiniert seinen Befund.
Ein Hauptmann der Wehrmacht sammelt einen großen Trupp Tauglicher,
darunter Johann, im Hof des Gebäudes.

Er dröhnt: *Es geht nach Wien. - Wohin?- Nach Wien! Ins Arsenal! -*
Wieso nach Wien? - Ihr kommt dort auf das SS-Hauptamt, wie befohlen.
- Zur SS? Wieso? - Ich will nicht zur SS, ich will zur Wehrmacht -
so reden die perplexen Leute. *Ich sammle eure Personalien ein,*
Wehrmachtsverpflegung bekommt ihr im Anschluss,
dann geht's auf die LKWs. In Wien: zweite Untersuchung,
falls i. O., absolviert ihr in der Heimat eine Ausbildung,
natürlich sportlich. Ab sofort seid ihr Rekruten des Vaterlandes!
Johann und die anderen Männer werden nervös.

Er sieht Paul Gerber, wohnhaft in der Obergasse,
Landwirt wie er, mit dem sich vernünftig reden lässt.
Paul Gerber hat gerüchteweise schon dies und jenes gehört.

Es solle von Wien weitergehen, nach Brunn,
da warten auf sie Mannschaftsdienstgrade der Waffen-SS am Bahnhof.
Einquartiert werde man zu einer sportlichen Sonderausbildung,
in Baracken - dort am Kuhberg. Das alles seien so Andeutungen,
und, fügt Paul Gerber hinzu, merkwürdig sei doch, dass kein einziger Vertreter
des Volksbundes bis jetzt sich habe blicken lassen.
Und er solle sich mal seinen Reim darauf machen.

Johann hat sich schon abgewandt
und sich vom Trupp der Tauglichen entfernt.
SS kommt nicht in Frage, und was ihn wirklich in Wut versetzte:
Dieser brüllende, blatternarbige Arzt, ein Reichsdeutscher,
hat ihn zuvor bei der Untersuchung Kolonistenbauer genannt
- ihn, in seiner Heimat!

Roter Saft

Abends in Kikinda, Anna hat ihre Tage,
roter Saft rinnt Anna an den Schenkeln hinab, Saft, Tomatensaft.
Ludwig beherrscht sich, seine Zunge drängt zu Annas blonden Schamhaaren,
zur Furche hinab voller Saft.
Wie mondän heute die Anna am Korso war, wie elegant und modern,
nicht wie die donauschwäbischen Mädchen in Darda,

die wie Mütterchen haubenschwarz herumlaufen.
Keine von ihnen kann den kultivierten Frauen in Kikinda
auch nur halbwegs das Wasser reichen - nichts als Bauerntrampel.
Neben ihm ist Anna eingeschlafen, ihre Brust hebt und senkt sich,
sie schnarcht ein bisschen, ihre Nasenhaare zittern zart.

Ludwig war sich heute in allem eins mit ihrem Vater:
Datum der Trauung; sein freiwilliger Eintritt in die SS-Division;
dass man mit einem Serben Freundschaft halten kann,
mit der Nation der Raizen im Ganzen aber nicht - allerorts Lethargie,
Rückständigkeit, Wildheit, Roheit; und schlimm vor allem die Zigeuner;
fortschrittlich hingegen die Schwaben.
Nur über die Frage der Juden gab's überhaupt keine Einigkeit.

Die Katzenjungen bellen

Das Dorf im Traum hat außer Schweinen,
Pferden und anderen Nutztieren auch Hunde und Katzen.
Niemand kann sie unterscheiden, weil sich die Hunde mit den Katzen
und die Katzen mit den Hunden paaren.
Jetzt bellen die Katzenjungen und die Hunde miauen.

Die Katzen kreuzen sich auch mit den Hasen und die Hasen haben
wie die Kater braune Streifen oder schwarze Punkte im Fell.
Die Hasen vereinigen sich mit den Pferden und diese mit den Schweinen.
Der Schlächter im Dorf muss das Fleisch der Schweine vergraben,
es ist ungenießbar. Das Schwein deckt jetzt aber die Henne
und heraus kommt ein Känguruh, dessen monströse Knochen porös sind
und das dauernd umfällt. Das Känguruh wird von den Dorfleuten verjagt,
weil sie finden, dass es im Dorf nichts zu suchen hat.

Im Flüchten vereinigt sich aber das Känguruh mit der Ziege, und die Ziege
gesellt sich einem Tier bei, das bislang im Dorf ganz unbekannt war.
Der Traum sagt, dass den Dorfleuten nichts weiter übrig bleibt,
als ein gewaltiges Schlachtfest zu veranstalten,
zu dem auch Ludwig eingeladen ist.
Er erwacht, und ihm ist furchtbar übel.

Halbes Gebet

Maria von der Gnaden, mach
dass mein Johann nicht in den Krieg
zieh'n muss, mach auch, liebe Maria,
dass der Würfel der Welt nicht auf
ihn fällt. Der Würfel der Welt.

Vor den Deutschen liegt Moskau, hinter ihnen die ausgedehnte,
weißrussische Steppe. Der Deutsche Blitzkrieg hat sich mit dem Tod verbündet,
und durchs krächzende Radio taumeln die Schlachtfeste: Kiew, Charkow,
Sewastopol. Immer noch streiten Honvéd, Wehrmacht und die SS um Johann.
Er hat Elisabeth von einem Traum erzählt: Vier Pferde ziehen,
zerren ihn an Armen, Beinen, und obwohl sie ihn nach Westen reißen,
Norden, Süden, Osten, ist es am Ende doch nur eine Richtung,
in die sie seinen Körper vierteilen: Russland.

Maria von der Gnaden, mach
dass mein Johann nicht in den Krieg
zieh'n muss, mach auch, liebe Maria,
dass der Würfel der Welt nicht auf
ihn fällt. Der Würfel der Welt.

Elisabeth, nach langem Zögern, Ringen,
bevor ihr Johann ganz zerfällt, ist auf dem Weg zur Zigeunerin in Beli Manastir.
Gerlinde Gerber (Pauls, des Landwirts Frau) sagte zu ihr:
Sieh's so, du hast gar nichts zu verlieren, prophezeit sie dir ein Unglück,
und es ist falsch - da hast du doch dann Glück gehabt,
spricht sie hingegen aus Versehen von Erfolg, Gewinn,
dann ist das Geld halt weg. Und nebenbei kannst du sie noch fragen,
ob dein Johann sich eine Geliebte hält, *nein?* -
ist Johann nicht ein Mann? Fragen kostet nichts,
das heißt in diesem Fall, ein bisschen.

Maria von der Gnaden, mach
dass mein Johann nicht in den Krieg
zieh'n muss, mach auch, liebe Maria,
dass der Würfel der Welt nicht auf
ihn fällt. Der Würfel der Welt.

Elisabeth ist von der Zigeunerin angenehm überrascht, sie ist ganz anders,
keine Katze auf dem Buckel, weder alt noch hässlich, sondern jung,
zierlich und sehr hübsch in ihrem roten Kleid, das ihr bis zu den Füßen reicht,
mit Blumen aller Art bestickt ist, Ringe, die an den Armen leise klirren,
ein seidenes Kopftuch, bauchfrei - ja, das ist sehr ungewöhnlich.
Die Wohnung aber blitzblank und vor allem fast donauschwäbisch sauber.
Farbige Kerzen, lichtblau, grün, gelb, grau und orange, brennen verteilt
im weiten Zimmer, das irgendwie klar und transparent wirkt, ein Umstand,
der Elisabeth verwirrt, ein bisschen jedenfalls. Irgendwo brennen Kräuter.

Maria von der Gnaden, mach
dass mein Johann nicht in den Krieg
zieh'n muss, mach auch, liebe Maria,
dass der Würfel der Welt nicht auf
ihn fällt. Der Würfel der Welt.

Alles in allem hat Elisabeth so etwas noch nie gesehen.
Die Zigeunerin drückt sich auch sehr höflich aus, fragt nach ihren Wünschen,
betrachtet ihre Handflächen, würfelt 3 Würfel, zählt die Punkte,
in deren Summe die Antworten auf Elisabeths Fragen stehen.
Muss Johann in den Krieg? Wer zieht ihn ein? Geschieht ihm Leid?
Bekommt sie noch ein Kind? Paula einen achtbaren Mann?
Und Karl - glücklich ohne sie? Die Antworten: Die Ungarn werden
Johann einziehen, Karl geht es gut, sie wird noch einen Knaben bekommen
(mich, Michael), nur mit Paula wird etwas Schlimmes passieren - und...
Die Zigeunerin stockt, bricht ab und ist zu keiner Antwort mehr zu bewegen.
Elisabeth, erschrocken jetzt, beschwört sie, fleht sie an, umsonst -
sie antwortet nur, was Johanns Treue angeht. *Alles in Ordnung.*

Maria von der Gnaden, mach
dass mein Johann nicht in den Krieg
zieh'n muss, mach auch, liebe Maria,
dass der Würfel der Welt nicht auf
ihn fällt. Der Würfel der Welt.

Theaterszene

Anna sagt jetzt *Heil Hitler*, wenn sie ihr Büro betritt,
und ihr Chef Obersturmbannführer Wenzel antwortet ebenso.
Täglich gehen Berichte, die sie einordnet, abheftet, über ihren Schreibtisch.
Angefertigte Protokolle sperrt sie im Schrank weg,
oder - je nach Geheimhaltungsstufe - im Safe.
Wenzel, mit ihr zufrieden, lobt ihren Fleiß, nennt sie *Perle*.

Zu Verhören, die einige Türen weiter in einem kahlen Raum stattfinden
- vordem ein Verschlag für Fahrräder -, tippt sie die Protokolle.
Selten hört sie Schreie, die sie bei ihrer Arbeit stören, und nur
gelegentlich sieht sie Gefolterte: Kommunisten, Partisanen, Tschetniks.
Sie überfallen Wasser- und Elektrizitätswerke, Bahnhöfe,
Schleusen, Eisenbahntelegraphen, Telefon- und Lichtanlagen.

Im Besatzungsjargon *Komitadschi* genannt
werden sie nun täglich dreister, vor allem, wie Wenzel sagt,
seit Stalin sie zum Widerstand aufhetzt.
Anna entgeht auch nicht, was mit den Juden passiert ist;
es gibt in ganz Serbien keine mehr - Massenliquidierungen.

Die Erschießungen kann sie sich eigentlich kaum vorstellen
und wenn, nur so: Vorhang auf, Juden, schäbig bekleidet,
betreten die Bühne, in der Hand Schaufeln, Spaten.
Sie täuschen das Ausheben eines Grabens vor,
der in Wirklichkeit unter dem Bühnenboden schon vorhanden ist.
Mit Erde wird die karge Szenerie nun aufgeschüttet.

Die Juden legen die Schaufeln zu einem Stapel ab.
Jetzt Auftritt der Erschießungskommandos in Fünfergruppen.
Die Männer tragen Stahlhelme, zünden sich Zigaretten an,
rauchen und zeigen sich ihre Erinnerungsfotos.

Auf der anderen Seite des Grabens reihen sich die Opfer auf,
in Abständen, ihre Rücken zu den Kommandos.

Keiner bittet, fleht. Ergeben warten sie auf die Schüsse.
Die Wehrmachtssoldaten heben nun die Gewehre
- von der Seite aus gesehen eine exakt parallele Reihe -.
Kommando, Schüsse krachen. Die Juden, alle gleichzeitig, fallen um,
sinken wie kraftlose Säcke zu Boden. Aus ihren Körpern sickert
Tomatensaft; Erde über den Graben, Vorhang zu.

Pero in Belgrad

Seit Ludwig Darda verließ, betreut Pero Helfrichs Dreschmaschine.
Für den Elevator benötigt er Ersatzteile, die gibt es nur in Belgrad
- endlich Gelegenheit, Borislav, den Schlosserfreund
zu besuchen, und Draga, seine Ehefrau. Sie hatten sich zuletzt
nicht immer verstanden, Pero und sie. Widerstand gegen die Deutschen,
nun gut, aber gleich Kommunist? Pero war dagegen.
Nun steht er ein wenig ratlos auf dem Platz der Republik:
Auf der Kralja Petra, der Straße, wo ehemals die Werkstatt war
für Dreschmaschinen-Ersatzteile, sind Steine, Schutt, verbogene Eisenteile,
verbrannte Balken zu sehen, nichts sonst. Die Werkstatt - ja klar -
ist ein Opfer der deutschen Bomben-Angriffe vom April.

Pero, überrascht, fragt sich, warum er davon nichts gehört hat?
Er muss sich kurzerhand umsehen nach einer anderen Werkstatt.
Belgrad ist überhaupt viel stärker beschädigt, als er annahm.
Überall sind sogar jetzt noch die Spuren der Verwüstung zu sehen.
Vor einem Plakat bemerkt Pero einen kleinen Menschenauflauf.
In großen, schwarzen Lettern liest er *BEKANNTMACHUNG*.
Darunter, kleingedruckter, teilt die Besatzungsmacht mit,
dass 100 Belgrader erschossen wurden, wegen eines Hinterhalts
auf einen deutschen Offizier. Das, weiß Pero, ist die Regel:
100 Erschießungen für einen toten Deutschen,
50 für einen verwundeten. Er liest ihre Namen: Borislav, Draga.

Ludwig wird vereidigt

Trommelwirbel. Reden. Ludwig steht im Geviert wie 1000 Jahre vor ihm ein römischer Legionär, der die Provinz Pannonien erobert. Der reichsdeutsche Offizier schreit: Wo wir jetzt sind, war einmal Sumpf, Busch und Wald, Steppe, Flüsse, Rinnsale. *Reden. Trommelwirbel.* Von Siedlungsresten nicht die Spur, alles versteppt. Zweihundert Jahre herrschten hier die Türken, plünderten, so weit das Auge reicht, ließen nicht Handwerk zu noch Städte, weder Kunst noch Kultur. *Trommelwirbel. Reden.* Als sie dann durch Prinz Eugen und die Habsburger Krone vertrieben waren, habt ihr, die Donauschwaben, das Land wieder urbar gemacht. *Reden. Trommelwirbel.* Es heißt, dass eure Vorfahren im 18. Jahrhundert in drei großen Wellen kamen, in sogenannten Ulmer Schachteln, mit wenig Hab und Gut, das als Fracht die Donau hinabschwamm, die Drau, die Theiß, die Save, je nachdem. *Trommelwirbel. Reden.* Eure Väter kamen hier voller Hoffnung auf ein freies Leben an, ohne Zwang, das hatte Kaiserin Theresia ihnen versprochen.

Für viele kam aber zuerst der Tod, nachher die Not und dann erst das Brot - so wie es im Gedicht heißt. *Reden. Trommelwirbel.* Und heute? Heute repräsentiert der Deutsche im Osten die Kultur und Entwicklung. Aber die deutsche Kultur ist bedroht durch die slawische Flut. *Trommelwirbel. Reden.* Deutschland kämpft mit seinen Soldaten einen schweren Kampf, um unser Vaterland und ganz Europa vor dem Bolschewismus zu bewahren - wie damals vor den Türken. *Reden. Trommelwirbel.* Auch in eurer Heimat versuchte der bolschewistische Gegner in den vergangenen Monaten sein Haupt zu erheben, die Straßen unsicher zu machen und eure Dörfer anzuzünden. *Trommelwirbel. Reden.* Deutsche Truppen haben diese Gefahr gebannt. Für euch aber ist es nunmehr eine Ehrensache, dass ihr, den Traditionen eurer Väter folgend, als Grenzvolk den Schutz eurer Heimat in der SS-Division Prinz Eugen selbst übernehmt. Volksdeutsche in Serbien und Banat, zeigt euch eurer Ahnen würdig und stattet euren Dank ab an den Führer durch euer mannhaftes Eintreten und durch heroische Taten. *Reden. Trommelwirbel.*

Anna tippt ein Protokoll ab

In einen Hinterhalt gelockt, gefoltert und bis zur Unkenntlichkeit verstümmelt wurden drei Männer der Heimwehr massakriert im Straßengraben aufgefunden. Damit in Zusammenhang steht die Verhaftung eines gewissen Milan Radovan (serbischer Nationalität), hier in Kikinda bekannt als langjähriger Chauffeur des örtlichen Dachziegelwerks. Ein Gerücht besagt, dass oben Genannter sich während eines Spazierganges auf dem Korso einen grausamen Scherz erlaubte. Er soll seiner bislang noch unbekannten - serbischen? - Begleiterin zur Begrüßung eine Nase in die Hand gedrückt haben. Anzunehmen ist, dass die Nase einem der Männer der Heimwehr gehörte. Bislang war Milan Radovan während der Verhöre nicht geständig. Er gilt als verstockt, hitzköpfig und gegenüber der Besatzungsmacht als feindlich eingestellt.

Mutmaßlich arbeitet er mit den Partisanen oder Tschetniks zusammen. Sein bisheriger Arbeitgeber, Herr Kohn, deutscher Nationalität, will ihn nur deshalb noch beschäftigt haben, weil schon der Vater des Radovan bei ihm als Chauffeur angestellt war und ihn flehentlich um Fortsetzung des Dienstverhältnisses gebeten haben soll. Von einem Banditentum des Radovan will Herr Kohn nichts bemerkt haben... Heil Hitler.

Einübungen

Ein besonderer Tag: Der Divisions-Kommandeur, Phleps,
und etliche weitere Generäle sehen der Übung
Angriff am Felsen auf ein Feindnest zu.
Am gegenüberliegenden Hang kann Ludwig Phleps erkennen,
mit seinem Schnurrbärtchen ähnelt er aus der Ferne Adolf Hitler.
Ludwig kommt langsam ins Schwitzen beim Erklimmen des Felsens.
Die Ausbildung zum Gebirgsjäger bedeutet
neben dem üblichen Exerzieren, Waffendienst und Drill
vor allem Klettern am Felsen mit Mauerhaken, Seil, Hammer.

Vor ihm klimmt ein 17-jähriges Banater Bürschchen
flink die glatte Felswand hinauf. Er hat sich aber nicht - wie Ludwig -
einen 10 kg schweren Stein zusätzlich zur Ausrüstung ins Gepäck gelegt.
Sinn der Übung ist es, akkurat zur rechten Zeit den Gegner
von einer überraschenden Seite her zu überrumpeln.
Unerwartet bricht aber an den steilen Felswänden das Geknatter
von MGs und Gewehren los: Oben stürmt schon ein Zug
das feindliche Nest - zu früh für Ludwig und die alpinen Kletterer.

Während weit oben am Himmel Adler aufgescheucht kreisen,
wird unten das Manöver von den Generälen stark kritisiert:
keine Abstimmung, Vergeudung von Munition.
Hinter vorgehaltener Hand fallen Worte wie *Banater Speckfresser, Kukuruzbauern,*
die der deutschen Kommandosprache nicht mächtig
und auch sonst den Kriegsbelastungen nicht gewachsen seien.

Die Lehrgangsteilnehmer, meist junge Banater Bauernburschen,
murren, maulen - Missmut, Verdruss kommen auf.
Phleps ergreift vor den reichsdeutschen Generälen das Wort,
spricht von der Mentalität der Banater Schwaben,
die prachtvolle Menschen seien,

in Haltung, Sprache und Denkweise aber noch unmilitärisch
und lädt alle - Offiziere wie Mannschaften -
zum Bankett in einem Weingarten ein.

Sogleich werden Fischplatten aufgetragen, von der Ordonnanz
fleißig Karaffen serviert, und bald schafft der Wein gelöste Stimmung.
Da ertönen plötzlich vom nahen Fluss her Erschütterungen:
2 serbische Halbwüchsige „fischen“ mit Handgranaten.
Phleps springt wütend auf, befiehlt die Verhaftung der Jugendlichen.
Wer Handgranaten hat, ist Partisan!
Hat Ludwig richtig gehört - *erschießen?*

Trauerfeier

Anna ist auf dem Weg zur Kurie, um Akten abzugeben.
Heute werden die 3 tapferen Männer der Heimwehr im Sokolpark
mit allen Ehren beerdigt. Von den Balustraden hängen schwarze Fahnen
- ein weißer Kreis in der Mitte, darin das Hakenkreuz -.
Auch Anna, ganz in schwarz gekleidet, will an der Trauerfeier teilnehmen.
Zwar kannte sie keinen der Feldgendarmen persönlich,
doch darf sie bei einem solchen Ereignis natürlich nicht fehlen.
Ihr Ludwig riskiert schließlich sogar sein Leben im harten Kampf
gegen die Unmenschlichkeit der Partisanen.

Der Sokolpark ist voller Menschen, die zum letzten Gruß gekommen sind.
Anna lächelt nach links und rechts und schiebt sich weiter vor.
In Reih und Glied stehen die drei massiven Eichensärge aufgebahrt,
mit wundervollen Kränzen und Schleifen, auf denen
Das befreite Kikinda grüßt seine volksdeutschen Opfer steht.
Langsam werden an Seilen die Särge in die Grabstätten hinabgelassen.
Ein Trauermarsch setzt leise ein, die Menschenmenge hebt
wie auf ein Zeichen den rechten Arm zum Hitlergruß.

Da mischen sich auf einmal andere Geräusche störend ein,
von irgendwoher kreuzen sich die Akkordeonklänge eines serbischen Kolo
mit den Trauermarsch-Tönen. Anna ist empört. Können die Serben
denn nicht einmal in dieser Stunde die Gefühle der Deutschen respektieren?
Sie macht kehrt und setzt ihren Weg zur Kurie - Gefängnis
und Gerichtsgebäude - fort. Wegen der Sühnequote ist die Kurie
zur Zeit überfüllt - 300 Gefangene! So viele Serben waren nicht vorrätig,
man nahm deshalb auch Zigeuner. Ihre Augen suchen die Flure
der Kurie auf und ab, vielleicht hat sie ja Glück
und ihr begegnet der Gefangene Radovan.

Johann schreibt einen Brief

Liebe Elisabeth, ich möchte dir von unserem gestrigen Ausflug berichten,
der sehr anstrengend, aber auch interessant war.
Es war sehr heiß, und die roten Dächer der Dörfer lagen wie flammende Feuer
in der Ferne. Bei sengender Hitze führte die Straße
steil bergauf. Ich trug 120 Schuss Munition und Handgranaten,
mein Nebenmann sogar ein leichtes Maschinengewehr.
Die Last und das Berggelände krümmten unsere armen Rücken.

Mich befiel eine immer abscheulicher werdende
Mattigkeit und Müdigkeit. Manche von uns blieben
erschöpft im staubigen Straßenrand liegen.
Als wir durch ein langgestrecktes Städtchen zogen,
befahl uns der Kommandeur einen tadellosen Gesang.
Du kannst dir die Jammertöne nicht vorstellen, welche unsere Kehlen
keuchend nun aus sich herauspressten. Nach dem Städtchen
löste sich die Marschordnung endgültig auf,
und ein Trollen, Schwanken setzte ein, ein groteskes Taumeln.

Immer mehr von uns blieben zurück, und die noch gehen konnten,
schleppten sich in langgezogenen Häuflein und Grüppchen weiter.
Nur unsere Offiziere ritten vorneweg an der Spitze.
Auf diese Weise hatten wir ungefähr 25 km zurückgelegt,
als einige höhere Offiziere an uns heranritten und uns fragten,
wer unser Kommandeur sei und wer uns *alte Väter*
- so nannten sie uns - hierher gebracht habe.
Wir gaben ihnen Auskunft und sie sprengten nach vorn.

Näher herangekommen hörten wir einen der Offiziere sagen:
Herr Hauptmann, sind Sie wahnsinnig geworden,
was treiben Sie mit Ihren Leuten? Sehen Sie sich die Straße an,
die liegt voller Männer von Ihnen.

Wenn Sie so weitermachen, marschieren Sie bald allein.
Lassen Sie die Leute sofort rasten und sorgen Sie für LKWs,
die das Gepäck zum Standort bringen.

Liebe Elisabeth, so geschah es dann auch,
wir zogen noch etwas weiter bis zu einer großen Heuwiese
und übernachteten dort im kniehohen Gras.
Im Schlaf bist du mir dann im Traum erschienen.
Liebe Grüße, dein dich liebender Mann.

Treibjagd

Die Zigeunerin hat Recht gehabt, die Ungarn zogen Johann ein, zur militärischen Kurzausbildung. Er soll bald an die Front gegen die Sowjetunion kommen. Hier in Darda und überhaupt überall fehlen jetzt die Männer auf den Feldern. Wer soll die *Lese* einholen?

Elisabeth bekommt zwei Hilfskräfte zugewiesen - ein Spaß! Mit ihren zwei kleinen Händen packt Paula mehr an als diese lauen HJ-Bübchen. Elisabeth schüttelt den Kopf über die schwäbischen Frauen in Darda. Als seien schon jetzt nicht viel zu wenig Männer im Dorf, veranstalten die regelrechte Treibjagden auf die Burschen, die nicht zur Wehrmacht oder zur SS in den Krieg ziehen wollen.

Bei der letzten Musterung versteckte sich der Gerber-Sohn bei ihr im Weinkeller. Resultat: Die Bazler Margit aus der Untergasse und die Glaub Ida aus der Bahnhofsgasse verrieten das Versteck an die SS - weiß der Himmel, woher sie davon wussten. Elisabeths Proteste waren nutzlos, die Männer der SS prügelten den Gerber-Sohn auf die Straße, halb tot meldete sich der am nächsten Tag zur Einberufung. Er war längst nicht der Einzige.

Eine Postkarte

Von Papa ist eine Postkarte gekommen, aus Ungarn.
Paula findet es komisch, dass das irgendwie ein anderes Land ist,
aber ihre Schule trotzdem dazu gehört, warum sonst
muss sie diese Sprache lernen? Papa schrieb auf ungarisch
Liebes Kind - das konnte sie ganz leicht lesen,
den Rest übersetzte ihr Mama, *sei brav*.

Auf deutsch stand dann: *Ich hab dich lieb.*
Paula ist jetzt glücklich, Papa hat an sie gedacht
- warum nur ist er fort? Plötzlich erschrickt Paula.
Lag es vielleicht an ihr, weil sie nicht so brav war,
wie Papa sich das wünschte? Oder hat sie vielleicht an Papa
zu wenig gedacht? Paula kommt ins Grübeln,
wie sah Papa denn überhaupt aus?

Sie schließt ganz fest ihre Augen, trotzdem kann sie Papa
gar nicht sehn. Ob Papas Gesicht mit ihm fortging?
Auf einmal ist Paula sich ganz sicher: Sie muss sich Papa
nur *genau* vorstellen, ganz *genau* - dann kommt er zurück!
Sie prescht in die Stube zur Kommode und zieht Schublade
für Schublade auf. Endlich findet sie das Hochzeitsfoto.

Mama ist ganz in Weiß, Papa in Schwarz,
und beide sehen so furchtbar ernst aus. Sie guckt Papa ganz fest
in die Augen. Er guckt erst ein bisschen abwesend,
dann hebt er die Hand und winkt ihr zu.
Jetzt weiß Paula, Papa kommt zurück.

Schauspiele

Im Kulturbundheim nimmt Anna Platz in der ersten Reihe des Großen Saals, der von dem Geraune und dem Stimmengewirr der erwartungsvollen Besucher widerhallt. Auf dem Spielplan steht eine Aufführung des Kulturbundes, der sich der Pflege des deutschen Kulturgutes verpflichtet hat.
Im Großen Saal trennt ein breiter Orchestergraben Publikum und Bühne - auf ihn ist man in Kikinda besonders stolz. Sie sieht Bekannte, winkt ihnen zu, ist aber noch nicht so recht bei der Sache.

Anna ist von einem Schauspiel ganz anderer Art innerlich noch restlos aufgewühlt. Einige Stunden zuvor hatte sie der Hinrichtung des Radovan - *der Nase* - beigewohnt. Stämmig und schwarzhaarig, mit blutunterlaufenen Augen und Schnurrbart, so war er - Hände im Rücken zusammengebunden - auf den Hinrichtungsplatz geführt worden. Auf dem Podest hatte er stolz um sich geblickt und über die Köpfe der Zuschauer hinweg Schmährufe ausgestoßen: *Živio Staljin! Živio Tito! Smrt fašizmu! (Es lebe Stalin! Es lebe Tito! Tod dem Faschismus).*

Um das Publikum vollends zu verhöhnen, schrie er immer wieder *ide krv iz nosa*, was wohl so viel wie *eure Nase blutet* heißen sollte. Anna war von seinem Schneid beeindruckt, ganz gegen ihren Willen. Im Orchestergraben unten setzen in diesem Moment leise die Geigen ein, kaum hörbar bringen sie das Geraune im Saal zum Verstummen. Als der Henker - ein hiesiger Volksdeutscher - Radovan die Schlinge um den Hals legte, ging mit diesem jäh eine Verwandlung vor. Er heulte, weinte, seufzte, warf den Kopf herum und wehklagte in seltsam tiefen Tönen.

Im Orchester werden die Violinen von Bratschen, Cellos abgelöst, im Graben vibrieren tiefe, abgründige Bässe, die in die Dunkelheit des Lebens selbst hinabzusteigen scheinen. Dann öffnet sich plötzlich im Podest eine Luke, Radovans Körper sackt wuchtig hinab, schwingt noch eine Zeit lang hin und her, während die Beine wie im Krampf zucken. Zwei Zuschauer, Fotoapparate in den Händen, schreien *langsam, langsam,* wohl um besser fotografieren zu können.

Während das Leben aus Radovan weicht, schreit einer *Sieh mal, was für herrliche Luftattraktionen,* und der andere erwidert *Jetzt guckt er dumm aus der Wäsche.* Im Orchestergraben fallen erregt Trompetenstöße in die Bässe ein, steigern sich zu einem anschwellenden Triumphmarsch - stürmisch, kraftvoll. Und auf einmal scheint es Anna, als künde das Wagner-Schauspiel vom menschlichen Dasein schlechthin - von seinen Prüfungen, Überwindungen, Kämpfen und Größen. Das Schauspiel Stunden zuvor ist *einfach das Leben.* Anna fühlt sich eins mit diesem Volk, das solche Komponisten hervorbringt.

Bericht von Johanns Fahrt an die Front

Als sich Johann per Zug unaufhaltsam dem Don nähert,
weicht die fruchtbare Schwarzerde der Ukraine einer spröden Erdschicht
mit wenig Gras. Immer mehr wird Johanns Blick aus dem schmutzigen Fenster von
einer steppenähnlichen Gegend beherrscht. Die Dörfer rechts und links
der Gleise haben unverkennbar russischen Charakter, anders als in der Ukraine
zuvor (die er in einer Woche durchfuhr). Manche dieser Dörfer erstrecken sich
1 Kilometer in die Länge und grenzen an das Nachbardorf. Die Häuser
sind eingeschlossen von Baumgruppen; ausgedehnte hübsche Obst-
und Gemüsegärten liegen dazwischen, die dem russischen Dorf sein
charakteristisches Gepräge geben. Ganz allmählich nehmen die baumreichen
Flächen zwischen Oskol und Don ab, und nur entlang den Ufern des Potudan und
Don und vieler anderer Flüsse oder Bäche befinden sich immer mal
kleinere Waldgebiete, und auch weiter nordwestlich von Alexejewka-Nikolajewka
und von Walujki ist dies der Fall. Was sich vor allem Johann
ins Gedächtnis gräbt, sind die zahlreichen Flüsse, die diese Landschaft durchziehen.
Bloß dass diese Landschaft keine Landschaft mehr ist,
sondern für Freund und Feind taktisches Operationsgebiet.

Der Vorfall

Wirklich, Zigeuner können zaubern. Sie kaufen alte,
müde Mähren auf und verwandeln sie in kurzer Zeit in junge,
energiegeladene Pferde. So einen Gaul hat auch Pero
auf dem Großen Markt erwischt. Voller Anmut schien der Mustang
zu sein, mit glattem, glänzendem Fell und mit Zähnen,
die einen Kenner erfreuen. Nicht zu bändigen war ja der Gaul gewesen.
Gib Acht, er ist noch wild, kaum gezähmt, sieh doch,
er strotzt nur so vor Kraft, hatte der ausgefuchste Zigeuner
beim Verkauf verkündet. Kaum eine Woche später aber entpuppte
sich der Gaul als marode Mähre mit mattem Filzfell.

Inzwischen weiß Pero um die Verkäufertricks. Sie feilen zum Beispiel
die Zähne so zurecht, dass aus alten Schindern scheinbar Fohlen werden.
Dem Trinkwasser mengen sie Arsen bei, damit das Fell glänzt.
Und in die After der Pferde blasen sie mit Röhrchen Pfeffer -
die Gäule scheinen kraftvoll zu tänzeln, in Wahrheit zittern sie
aus blanker Not und Juckreiz. Obwohl er sich hineingelegt fühlt,
muss Pero über die Zigeuner schmunzeln. Durchtrieben sind sie, listig,
schlau, ja, das muss man ihnen lassen. Beim Rosshandel kommt es
kaum vor, dass man geschäftstüchtiger, pfiffiger gar ist als ein Zigeuner.

Pero pfeift vergnügt ein hübsches, munteres Liedchen durch die Zähne.
Er ist unterwegs zum Schweineschlachten beim alten Grieg,
der hat Wort gehalten - und nun winkt guter Lohn!
Zum Glück ist der Alte nicht geizig wie manch anderer Schwabe.
Als Pero in die Gasse zu den Griegs einbiegt,
sieht er den Grieg-Sohn: Der peitscht wie wild auf seine Gäule ein
und kommt wie mit Furien auf ihn zugejagt?? -
Was zum Teufel soll das, hat der die Tollwut?
Da hört er ihn von weitem schreien: *Du kommst nicht*
auf meinen Hof, verdammter Raize, scher dich zum Teufel!

Das Schweineschlachten geht besser ohne dich!

Pero weiß zwar, das liegt nicht im Sinn vom Alten,
nur was soll er jetzt tun? Er kann sich wohl kaum mit Gewalt
Zutritt zum Hof verschaffen. Soll doch die Grieg-Sippe der Schlag
treffen und tausend Seuchen dazu. Kaum hat Pero das gedacht,
beißt er sich auf die Lippen. Nein, dem Alten gegenüber
ist das ungerecht! Er will den Gaul wenden. Doch sei es,
dass sein Zitterpferd zu schwach ist, sei es, dass der Grieg-Sohn
sein dahersprengendes Gespann nicht rechtzeitig zum Halten bringt:

Die Fuhrwerke prallen aufeinander, und wie ein Keil schiebt
sich das eine in das andere. Pero wird vom Sitz hinabgeschleudert,
erhält von irgendwo her einen stumpfen Schlag
und stürzt unter die Räder des Grieg-Gespanns.
Es knirscht, Knochen splittern in seiner Schulter,
und später stellt sich heraus, dass sein linker Arm für immer
gelähmt bleibt. Pero ist unter die Krüppel geraten!

Die Straßensperre

In einer schmalen Rinne stürzt der Wasserfall über das Felsgestein
in die Tiefe, verwirbelt sein Nass zu gischtigen Nebelfetzen,
die in der mittäglichen Sonne glitzernd aufsteigen
und sich der klammen Kälte als frostige Feuchtigkeit hinzufügen.
Wie vortrefflich sich diese Kaskade aus Wasser in den Gebirgszug
und in die Falten der Landschaft mit den vereinzelten Gruppen
von Tannen einfügt, die wie Plauderer
in der Einsamkeit der Karste zusammenstehen.

Diese Gebirgsgegend wurde jetzt zum Schulungsgebiet:
Die Division Prinz Eugen übt hier das Gehen bergauf und bergab,
mit voller Last und Tragtierkolonnen, das Sichern von Bahn-
und Straßenverbindungen und das Ausführen von Aufklärungen.
Auch das Ausnutzen von Geländevorteilen will geübt sein,
um sich gefahrlos durch Felsmassive zu bewegen, kurz -
die Division übt das ABC des Jägers, der sich in unbekannter Umgebung
ebenso kundig wie der Feind auf heimatlichem Boden bewegen will.

Wie man weiß, ist der Feind tückisch. Offenem Gefecht weicht er aus,
ergreift feig die Flucht, um danach hinterrücks wieder aufzutauchen
und arglistig anzugreifen. Ohne Panzer und schwere Artillerie
ist er beweglich, schlägt heute hier zu und morgen dort,
taucht in der Bevölkerung unter,
sprengt Brücken und errichtet Straßensperren,
um den blitzartigen Vormarsch seines Verfolgers zu verhindern
- wie eben jetzt: Ein Bataillon (darunter Ludwig in der neuen Uniform
des Gebirgsjägers, mit der Prinz-Eugen-Odalsrune auf dem Kragenspiegel,
dem Edelweiß auf dem Arm) stößt kurz vor Erreichen des bildschönen
Wasserfalls auf ein solches Hindernis.

Die Kolonne (LKWs, Panzer, Mannschaften, Tross) stockt,

Befehle ertönen, die Flanken müssen abgesichert werden.
Plötzlich wird aus einer Übung der Ernstfall. Die Straßensperre,
mit Minen versehen, muss ohne Verluste von eigenen Männern beseitigt werden
- so der Vorbefehl. Ludwig erhält die Order, aus dem nahegelegenen Ort
Bewohner zu *rekrutieren*: Männer und Frauen des Dorfes
sollen die Sperre beseitigen. Ludwig wählt Bewohner aus,
die ihm vage verdächtig sind, Männer mit gewaltigen Schnauzbärten,
unrasiert, dunkel, zigeunerhaft, und eine Frau, die seinem Blick
tückisch ausweicht. Keiner protestiert - vorsichtig, auf der Hut,
ziehen sie aus dem wirren Konglomerat (Bretter, Stacheldraht, Schutt
und Geröll) einzelne Stücke fort, und als die Sperre fast beseitigt ist,
passiert es: Die Frau wird von einer explodierenden Mine zerfetzt.
Alles wird nun rasch fort- und aufgeräumt, das Bataillon
kann jetzt das Manöver endlich fortsetzen.

Funksprüche vom Don

Noch liegt der Don zwischen den feindlichen Armeen.
Träge, schlammig, sandig und flach fließt er dahin,
im Sommer kann ihn beinahe zur wasserarmen Zeit eine Ameise durchwaten.
Sein breites Band, von Balkas, Nebenarmen, kleinen Inseln
und Altwasserstellen unterbrochen, schlängelt sich unterhalb der ungarischen
Unterstände dahin. Die Verteidigung der Hauptkampflinie liegt hart
am Fluss und bereitet den ungarischen Strategen große Sorgen.

Viel zu lang ist diese Linie, das rechte *ungarische* Ufer ist hügelig,
von tiefen Rissen durchzogen, zudem völlig baumlos,
ohne jede Tarnmöglichkeit. Das linke *sowjetische* Ufer hingegen bietet Wälder
und viel Schutz vor Feindaufklärung. Insgesamt liegen gegenüber
den vor Waffen starrenden sowjetischen Truppen: deutsche, ungarische,
italienische, bulgarische Waffenbrüder, von Woronesch bis ca. 500 km
hinab nach Stalingrad. Elisabeth hat umsonst gebetet, der Würfel der Welt
fiel und verschlug Johann an den gefährlichsten Fluss der Welt.

Hier sind die Tage erbärmlich kalt, nachts - 40 Grad minus!
Weiter südlich liegt die deutsche 6. Armee, eingekesselt, zermürbt,
bald besiegt. Hitler traut der militärischen Schlagkraft
seiner Verbündeten nicht, er fügt den vereinigten Armeen Verstärkungen
- *Korsettstangen* - ein: deutsche Divisionen. Weil Waffenbrüder sich verständigen
müssen, wird Johann Dolmetscher. Die ungarischen
Funkstellen fangen am 5. Januar 1943 einen sowjetischen
Funkspruch auf: *Das Konzert beginnt bald.*

Nachtbrand

Ein solcher Krach liegt in der Luft,
dass Paula aus ihrem Schlaf aufschreckt *was?* - sie horcht.
Ist das nicht die Kirchenglocke, die so wild und heftig hämmert?
Verstört verlässt Paula ihr Bett, sie will zur Mama;
die kommt schon und beruhigt sie. *Sind denn die Türken da?* fragt Paula.
Auf der Straße ist ein Rennen los und Schreien.
Jemand klopft ans Fenster, ruft *die Bazler-Mühle brennt.*
Die Mühle? Paula ist hellwach, sie will die Mühle brennen sehen,
das ist viel besser als die bösen Türken.

Sie bittet, bettelt, will zur Mühle mit Mama mitgehen.
Die kann Paula ohnehin nicht bei Oma, Opa lassen, denn sowieso,
wenn es wo brennt, ist immer das ganze Dorf auf den Beinen,
ob tagsüber, ob nachts. Tatsächlich steht die große Mühle
bereits in hellen Flammen. Paula jauchzt jetzt fast,
der Wasserstrahl aus der Feuerwehrspritze ist ein riesiger Leuchtwurm,
der *zisch zisch* macht, toll stinkt und große Rußteilchen
durch die Luft wirbelt. Gottseidank brennt die Mühle immer weiter,
bis nur noch das Gerippe eines Fisches übrig bleibt.

Ein geheimes Treffen

Um zum Treffen des Aufnahmekomitees zu gelangen, muss Pero eine Stunde lang einen steilen, steinigen Pfad bergauf laufen. Weit unten sieht er ab und zu das Band eines Flusses im Schein der untergehenden Sonne zwischen schneebedeckten Fichten aufglänzen. Vögel, verschreckt vor ihm auffliegend, erschrecken ihn boshaft ihrerseits aus Rache. Pero friert und schilt still in sich hinein. Warum müssen die Partisanen so weit abgelegene Treffpunkte für ihre Versammlungen wählen? Er weiß es ja: Sie können - von den Okkupanten und der serbischen Polizei nahezu vollständig dezimiert - nicht vorsichtig genug sein.

Zu den Partisanen gehen heißt *in den Wald gehen* - heute mehr denn je. Vertrieben aus Serbien, werden sie von den Deutschen durch alle Wälder Bosniens, Kroatiens und Montenegros über Flüsse und Berge hinweg gejagt. In aller Stille hatte Pero Darda verlassen und sich nach Süden gewandt. In einem bosnischen Dorf war es dann zu einem konspirativen Gespräch mit einem Serben gekommen - und kurz und gut: Das Verschieben eines kargen Dornenstrauchs vor einem Zaunpfahl auf dem Marktplatz besagte dann ein paar Tage später *wenn du willst, kannst du kommen.*

Nur über eine Sache grübelt er unentwegt, während er den Pfad erklimmt. Ist der Grund, warum er zu den Partisanen will, sein lädierter Arm? Und was, wenn die Partisanen Krüppel als Kämpfer gegen die Okkupanten nicht brauchen? Ein scharfer Zuruf reißt Pero aus seinen Gedanken. Vor ihm, wie aus dem Nichts, steht ein Partisan mit einem roten Stern auf der Mütze und einem locker im Anschlag gehaltenen Gewehr, dessen Mündung wie zufällig auf Pero zeigt. *Parole?-*
Die Deutschen haben die Städte erobert, aber nicht die Wälder.

Gut, komm mit. Stumm folgt Pero dem Partisanen zu einer Waldlichtung,

auf der ein Dutzend Bewaffneter um ein glimmendes Lagerfeuer sitzt.
Pero kann ihre Gesichter kaum sehen, so dunkel ist es inzwischen.
Einer der Männer erhebt sich, stellt sich als *Dragomir* vor und sagt,
beinahe widerwillig, kurz angebunden *Setz dich!* Pero fühlt sich eingeschüchtert,
der Empfang kommt ihm nicht sehr einnehmend vor. *Was willst du bei uns?*
stößt einer der Bewaffneten eine Frage an ihn heraus.
Bevor Pero antworten kann, wendet sich Dragomir wieder an ihn:
Du bist nicht von hier, warum also kommst du ausgerechnet zu uns?

Pero versteht, dass er die Sache nicht sehr geschickt angepackt hat.
Das Misstrauen der Partisanen gegenüber Fremden ist zu groß.
Er erklärt, dass es in Darda, in der Baranja, keine Partisanen gibt,
an die er sich hätte wenden können. *Gut, was ist mit deinem Arm?* -
die gefürchtete Frage. Der sie stellt, ist von schlanker,
ziemlich geschmeidiger Figur, ein Brillenträger mit gelegentlich
blitzenden Gläsern. Pero ahnt instinktiv, dass er der Führer dieser Gruppe ist.
Das war ein Deutscher, antwortet Pero. *Und?* will jetzt wiederum
Dragomir wissen, *willst du* darum *gegen die Deutschen kämpfen?*
In diesem Augenblick erhebt sich einer der Bewaffneten, gerät ins Straucheln,
fällt hin und ein Schuss löst sich versehentlich aus seiner Waffe.
So gut kann ich auch kämpfen, sagt Pero, und alle Partisanen lachen.

Söhne der Ebene

Wintertag, überraschend mild, der Morgen schön und klar.
In der Ferne scheinen die schneebedeckten Gipfel der Berge
mit ihrem hellen Weiß in der Luft zu schweben. Der Himmel,
ein wellig-blaues Meer, taucht den Höhenzug in seine Farbe:
Pastellzeichnung der Natur. In rascher Formation rückt die Prinz Eugen
auf die Ortschaft zu, die laut Tagesbefehl von den Partisanen
zu säubern ist. Von hier aus bedrohen sie den Nachschub der Division.
Im Dorf ist niemand, der Feind hat sich abgesetzt,
die Bewohner sind in die Berge und umliegenden Wälder geflohen.

Das Dorf besteht nur aus einigen Höfen
und liegt tief unterhalb eines Waldes. Sofort wird Quartier
in den spärlichen Holzhäusern genommen, und obwohl die Bleibe
den Männern Sorgen bereitet - die kärglichen Hütten können die Kampfgruppe
der Prinz Eugen kaum aufnehmen - , will man die gewonnene Zeit ausnutzen
und ein wenig Skifahren üben am Hang oberhalb des Dorfes.
Auch wenn fast alle Soldaten der Division
aus dem *meerebenen Banat* stammen, müssen Gebirgsjäger bei Bedarf
das Skifahren zumindest ein wenig beherrschen.

Ludwig (ein Sohn der Ebene) und seine Kameraden tun sich schwer,
vollführen auf den Brettern groteske Figuren, schrammen Bäume,
verfehlen die Zieldurchfahrt - Schule für Anfänger und vor allem Klamauk,
Schabernack und Spaß. Neben Ludwig quält sich komisch verzweifelt
ein Kamerad, scherzt, neckt und lacht, stürzt possenhaft -
ins Herz tödlich getroffen! Jetzt bricht die Hölle los:
Vom Waldrand her überfällt die Skifahrer das Feuer der Partisanen
aus allen Rohren, auch von der Seite des Dorfes, vom anderen Hang her,
werden sie mit tausenden Geschossen eingedeckt.

Die Männer stürzen in die Holzhäuser, verschanzen sich - so gut

es eben geht -, aber die gezielten Schüsse der Partisanen durchlöchern mühelos das Holz der Hütten. Die SS-Männer können sich kaum bewegen in den Häusern, ohne getroffen zu werden. Verzweifelt wehren sie sich, Verwundete, Tote häufen sich dennoch in ihren Reihen.
So geht es ohne Pause bis in die Nacht hinein. Immer wieder greifen die Partisanen an, kommen im Schutz der Dunkelheit bis an die Höfe heran und müssen im verlustreichen Kampf vertrieben werden.

Ludwig und seine Kameraden haben alle Hände voll zu tun, um die Stellung zu halten. Erst in der Frühe verjagt ein Wehrmachts-Regiment durch einen Entlastungsangriff die Feindbrigade - zu spät für viele.
Während die Verwundeten gepflegt und die Toten gezählt werden, brummt es in der Luft. Ein Fieseler Storch landet, der Pilot meldet: Alle Höhen vom Feind besetzt! Die Söhne der Ebene lernen die Lektion, dass man gegen ein Dorf im Tal nur über die Berge und Höhen vorgehen darf!

Hier steht es mit allem schlecht

Bei den Ungarn heißt Johann Janos, und Janos merkt bald:
Hier steht es mit allem schlecht.
Er weiß nicht, ist es Unglück oder Glück, dass er mehr
erfährt als ein gewöhnlicher Infanterist?
Als Dolmetscher hat er im Verbindungsstab zu tun,
sein Kommandeur wettert mit den Deutschen, doch umsonst.
Die ungarischen Soldaten hungern. Kaum Brot, kein Zucker,
und wenn sie etwas zugewiesen bekommen von der
deutschen Verpflegungsstelle, ist es Hering oder Dörrgemüse!

So etwas soll ein Honvéd fressen? Der will Speck, Fett, Paprika, Gewürze,
auch Schnaps, schließlich ist es hier zum Steinerweichen kalt.
Der Kommandeur scheut sogar vor derber Drohung nicht zurück.
Seine Soldaten werden bei der fettlosen Ernährung nicht leisten,
was man von ihnen erwarten könne. Deutsches Achselzucken.
Verweis auf Versorgungsschwierigkeiten durch Partisanen. Stalingrad.
Die Deutschen - insgesamt - haben es nicht besser.

Der Kommandeur zieht mit Johann erfolglos ab
und überlässt sich seiner Wut nun erst recht.
Sei das etwa ein Krieg? Die ungarischen Soldaten kämpften
schier mit bloßen Fäusten gegen die Sowjets, kaum Panzer,
Panzerabwehrwaffen, Panzerjäger. Und eine Luftwaffe?
Sei die etwa vorhanden? Er flucht und schimpft
nun auf die ungarische Heeresleitung: *Die weiß gar nichts.*

Das Funkgerät

Als Dämmerlicht auf die verschneite Karstlandschaft fällt,
stapfen die 98 Partisanen der Kompanie einzeln und hintereinander
in einer langen Reihe, stolpern über Felsblöcke, zerreißen ihre Kleidung
an dornigem Gestrüpp. Immer wieder türmen sich vor ihren Augen
die bizarren Silhouetten winterlicher Höhenzüge auf.
Schon steht blass der Mond am Himmel und taucht die gefrorene
Landschaft aus Gestein und Geröll in sein fahles Licht. Gähnende Tiefen
wechseln sich ab mit merkwürdig aus Eis geformten Riffen.

Frostig springt der Wind in Stößen die Männer an, die unter ihrer Last
schon jetzt zu keuchen beginnen. Endlos weit liegt der Weg noch
vor ihnen und muss vor Morgengrauen beendet sein.
Pero ist Mitglied einer Kompanie, die vor deutschen, italienischen,
kroatischen Truppen in Richtung montenegrinische Grenze
nach Südosten ausweichen muss. Bis jetzt ahnte er nicht,
wie viel Last kämpfende Partisanen mit sich schleppen müssen.
*Der Verantwortliche für unsere Mulis ist gefallen, du bist ab sofort
unser Muli-Zugführer, verstanden?* hatte der Kommandant ihm beschieden
- lächelnd, vielleicht wegen des militärischen Ausdrucks *Zugführer*
oder wegen Peros kaputtem Arm.

Zum Widersprechen war keine Zeit gewesen, denn sofort hatte Pero
alle Hände voll zu tun. In die Weidengeflecht-Körbe der Mulis
wurde so gut wie alles verfrachtet, was für die Männer selbst
untragbar war: Sanitätsversorgung, Munition, so schwere Waffen
wie Granatwerfer, Paks, Maschinengewehre und sogar ein im Kampf
von den Tschetniks erbeutetes englisches Funkgerät,
das seine neuen Kameraden bestaunten und das unverzüglich
beim Stab abgeliefert werden muss.

Stunde für Stunde, ohne Atempause wird das mühsame Marschieren

für Mensch und Tier immer unerträglicher. In einer Doline (Bodenmulde) versinken die Mulis unversehens im tiefen Schnee.
Ihre hilflos zappelnden Versuche, Halt unter den Hufen zu finden, sehen wie verunglückte Schwimmübungen aus, und ihre Tragekörbe werden zu einer Art lächerlichen Schlitten. Pero flucht und schimpft, ihm scheint, die Tölpelei der Mulis fällt auf ihn zurück als die jämmerliche Lächerlichkeit eines Krüppels.
Jedes Tier muss Pero einzeln aus dem Schnee herausziehen, die Kompanie hat schon zu viel Zeit verloren.

Weiter geht der beschwerliche Marsch in frostiger Kälte und eisigem Wind unter einer tristen Mondlandschaft. Der Kompanieführer taucht mal vorn, mal hinten mit dem Kompass in der Hand im Zug auf, vergleicht das vor ihnen liegende Massiv eines Berges mit der Karte und deutet *dort hinauf* - zu einem steilen Pfad, der die Männer auspumpt und die Mulis endgültig störrisch macht. An einer engen Biegung rutscht ausgerechnet bockbeinig das Muli mit dem Funkgerät aus und stürzt an die 100 Meter in die Tiefe.

Pero, der glücklicherweise gerade neben diesem Tier läuft, reagiert blitzschnell, trennt das Funkgerät vom Muli und kann mit Mühe und Not sich selbst vor einem Absturz in die Tiefe retten. Weit unten sieht er das Tier mit heraussthenden Rippen, tot zusammengebrochen. Der Kompanieführer kommt und klopft Pero vor Hochachtung auf den Rücken.

Bora Bora

Ohne Tragtier, Tross, Reservemunition: Rasch wird die alpine Einheit
Ludwigs an die montenegrinische Grenze geworfen.
Und obwohl die Bora bald die Krads von der Straße fegt,
lautet die neue Aufgabe: Für die bevorstehende Schlacht
die Kessellücke schließen, die sich die Partisanen
gegen die kampfwiderwilligen italienischen Truppen erkämpft haben.
Schneller als die Bora bläst, muss noch am selben Tag eine tiefe
- unendlich steile - Schlucht überschritten werden.

Um 2 Uhr nachts beginnt der Abstieg bei fast völliger Dunkelheit
am meist glatten Felsen. Ab und zu bietet ein Baum oder Busch Halt
- eine ohnmächtige Schinderei. 4 Mann stürzen ab,
die schmale Schlucht hallt wider von ihren Todesschreien.
Ohne den 10 kg-Stein zusätzlich klettert Ludwig gewandter
als seine Kameraden. Während sie noch mit dem Abstieg kämpfen,
erstürmt er schon das Bollwerk des gegenüberliegenden,
genauso steilen Felsens, schwer beladen mit Waffen und Munition.

Zum Glück zieht jetzt ein Gewitter auf und verdunkelt vorteilhaft
für einen Überraschungsangriff die soeben über dem Felsrand
aufsteigende Sonne. Als oben alle angekommen sind,
übernimmt Ludwig bald wie von selbst das Kommando - so eilig,
stürmisch treibt es ihn vorwärts zum Angriff.
Schnell stoßen sie auf die Anzeichen einer kopflosen Flucht.
Kleidung, Ausrüstungsstücke und Waffen liegen wahllos umher,
der Erdboden ist mit Aber- und Abertoten vom Gefecht
der vergangenen Nacht bedeckt. Jetzt heißt es hinterher stürmen,
die durchgebrochenen Partisanen verfolgen und restlos vernichten.

Schon bald stoßen sie auf deren Nachhut, die sie in einen zähen,
hinhaltenden Kampf verwickeln. Die überrumpelten und im Rücken

bedrängten Partisanen werfen Verstärkung heran,
und während der Kampf hin und her wogt, dringt Ludwig
in die gegnerischen Reihen ein. Sein stürmisches Vorwärtsdrängen
reißt die Kameraden mit: verbissener Kampf Mann gegen Mann!

Plötzlich hört Ludwig *nazad! nazad!* Die Partisanen lösen sich
und sind - wie ein Spuk - im Wald verschwunden.
Später wird Ludwig gelobt vom Kommandeur
(die Kameraden nennen ihn aus Spaß jetzt *Bora Bora*).
Trotzdem ist Ludwig unzufrieden. Der Kommandeur schlug ihn
zu seinem Leidwesen für ein Ritterkreuz nicht vor!

Mein lieber Johann

Ich hoffe, es geht dir gut und du bist wohlauf.
Ich bete jeden Tag zu Gott, dass dir nichts geschieht. Hoffentlich hilft's.
In Radio Belgrad berichten sie wenig über euch,
es geht immer nur um die Deutschen, vor allem um die in Stalingrad.
Sie spielen nahezu jeden Tag das Lied *Lili Marleen*, kennst du es?
Es geht mir zu Herzen, weil ich an dich denke und daran,
dass du da draußen irgendwo in klirrender Kälte ausharren musst.
Ich weiß nicht, ob es bei den Ungarn besser ist als bei den Deutschen.
Vom Sohn Sandor (der zugezogenen ungarischen Familie, die ist
furchtbar eingebildet, sag ich dir) hab' ich gehört, dass ihr bei der Honvéd
nicht mal anständige Unterwäsche für den Winter habt.
Er war auf Fronturlaub hier und möchte am liebsten bleiben.

Lieber Johann, ich schicke dir warme Unterhosen und Unterhemden.
Es sind jetzt bald alle Dardaleute - freiwillig oder nicht - bei der Wehrmacht oder
der SS. Nur die alten Männer sind beim Heimatschutz.
Kannst du dir vorstellen, dass mir die SS den Gerber-Sohn
aus dem Weinkeller geholt hat? Er hat mich gefragt, ob er sich verstecken darf
und ich hab ja gesagt. Es hat aber nichts genützt. Am schlimmsten
sind die Frauen, deren Männer freiwillig oder schon länger bei der SS
oder der Wehrmacht sind. Sie beschimpfen alle als Feiglinge
oder Drückeberger, die nicht mit den Nazis *sümpatisieren*.
Sie sagen, das sind *Schwarze*, und dass jeder seinen Dienst
für Volk und Vaterland leisten muss.

Die Margit und die Ida grüßen mich seit der Sache
mit dem Gerber-Sohn nicht mehr. Sollen sie doch, sie werden schon sehen,
was sie davon haben. Die Paula wächst und wächst und fragt oft nach dir.
Sie hat mich neulich aber in arge Verlegenheit gebracht,
als die Bazler-Mühle gebrannt hat. Was macht das dumme Kind?
Es klatscht in die Hände und freut sich über das schöne Feuer!

Ich hab' mich in den Boden hinein für sie geschämt. Die Margit hat
gerade herübergeschaut, mein Gott, du hättest ihren giftigen Blick sehen sollen.
Wenn Blicke töten könnten! Ich hab' dann so getan,
als ob ich Paula eine Maulschelle gebe, nur so zum Schein.

Die Feuerwehr konnte aber nichts mehr machen, die Mühle
hat zu arg gebrannt. Jetzt sagen die einen, das war ein Schwarzer,
der die Mühle angezündet hat, wegen dem Verrat von der Margit an die SS.
Andere sagen, es ist bloß eine Versicherungssache, also Brandstiftung.
Die meisten meinen aber, das wären Partisanen gewesen,
obwohl sich hier bis jetzt kaum welche haben blicken lassen.
Manche wollen sogar wissen, der Pero war's, du weißt schon, wegen diesem
Vorfall mit dem Grieg-Sohn, von dem ich dir berichtet habe.

Ich kann das nicht glauben, der Pero war immer so nett
und fleißig und hilfsbereit. Komisch ist es schon, dass er auf einmal
wie vom Erdboden verschluckt ist. Er sei in den Wald gegangen,
heißt es. Aber kannst du das glauben, dass er jetzt gegen uns ist?
Ich nicht! Mein lieber Mann, alles hat sich in Darda verändert.
Ich weiß auch nicht, ich finde mich kaum zurecht.
Die einen sagen so, die anderen sagen anders so. Von Ludwig
hab' ich schon lange nichts mehr gehört, nur, dass er Pläne
für eine Hochzeit mit Anna schmiedet. Er soll in den Wäldern und Bergen
die Partisanen jagen. Wo um Christi Willen endet das alles?
DKdhijv, deine dich liebende Elisabeth.

Flüsse und Frachten

Schlammig gurgelt der Fluss zwischen schneebedeckten Ufern
in einem von Felsbrocken flankierten Flussbett. Zwischen das Felsgestein
klammern sich karge Sträucher, die im Winter ums nackte Überleben kämpfen.
Pero und ein weiterer Partisan warten auf die Fähre, die sie ans andere Ufer
bringen soll. Das Muli, dessen Zügel Pero in der Hand hält,
scharrt ungeduldig mit den Hufen, als sei es sich seiner Wichtigkeit bewusst.
In seinen Tragekörben ist das Funkgerät verstaut,
auf das der Stab der Brigade begierig wartet.

In dem unzugänglichen Gelände, in dem die Partisanen operieren,
ist nichts so schwierig wie die Übermittlung von Nachrichten.
Während Pero auf die Fähre blickt, die langsam-schwerfällig
durch die Wellen schaukelt, hört er hinter sich das Herannahen eines Wagens.
Ein bejahrter Bauer, mit borstigem Bart und einer Pfeife im Mund,
nähert sich ihnen langsam auf einem Fuhrwerk. Schwerfällig schaukelt
es auf dem Weg daher, so wie die Fähre auf dem Wasser.
Kisten stapeln sich - hin und her geworfen - auf der Ladefläche.
Der Bauer grüßt mit unmerklichem Nicken seines Kopfes
und zieht stumm an seiner Pfeife, auf einen Plausch sichtlich nicht erpicht.

Während der Überfahrt merkt Pero, wie der Fährmann immer wieder
auffällige Blicke auf die Kisten wirft - will er ihm und seinem Kameraden
etwas deuten? Auf einmal stürzt Peros Begleiter sich auf den Bauern,
bedroht ihn mit seiner Pistole, schreit: *Was ist in den Kisten,*
verdammter Hund? Los, mach sie sofort auf, oder…
Unwillig öffnet der Bauer die Kisten, in ihnen ist nichts
als landwirtschaftliches Werkzeug: Egge, Sense, Pflug, eine Heugabel, ein Rechen,
eine Hacke, ein Dreschflegel - alles völlig unverdächtig,
aber irgendwie doch seltsam in dieser Häufung.
Was macht ein Bauer im Winter damit?

In der untersten Kiste dann die Überraschung: ein Funkgerät englischer Bauart,
exakt derselbe technische Typ, der im Korb ihres Muli aufbewahrt ist.
Pero und sein Begleiter sind perplex. Sie bedanken sich beim Fährmann,
der sich als Sympathisant der Partisanen zu erkennen gibt.
Er - der alle Bauern hier im Landstrich kennt - vermutete richtig:
Der Bauer ist in Wirklichkeit ein verkleideter Tschetnik,
der nun um sein Leben bangen muss.

Pero dagegen freut sich doppelt. Für den Brigade-Stab,
der zwei Funkgeräte erhält, und auch für sich selbst.
Der getarnte Tschetnik brachte ihn auf eine prima Idee:
Er will für die Partisanen Späher, Aufklärer und Melder sein!
Gibt er als Krüppel nicht einen sehr gut getarnten,
ganz harmlosen Wanderer ab?

Das Konzert beginnt

Verdammt - man musste höllisch aufpassen.
Beinahe wäre Johanns Hand festgefroren, als er sie lässig auf das Geschützrohr legte und dem Panzerfunker Antal für eine Zigarettenpause Feuer geben wollte (gegen die innere Kälte).
Da dröhnt von Nordwesten her anhaltender Gefechtslärm.
Schreie jetzt: Sie brechen durch, von Uryw her, dem Brückenkopf.

Antal erhält den Befehl, den Panzer 38 (t) startklar zu machen, vielleicht muss man das Loch bei Uryw stopfen helfen?
Im Eilschritt kommen Panzerkommandeur, Schützen und der Fahrer angelaufen - und fluchen wie die Rohrspatzen. Wegen des Mangels an Benzin standen die Motoren viel zu lange still,
jetzt springen sie verflucht nicht an und die hydraulischen Aggregate sind sämtlich über Nacht eingefroren.

Stillleben im Karst

Mehr als der Feind macht den Söhnen der Ebene das schwere Gelände,
der Nebel und die Schlepperei in der Höhe zu schaffen.
Seit 4 Tagen sind sie ohne Versorgung, die Mulis des Verpflegungstrosses,
sonst trittsicher, stürzen in diesem schluchtenreichen Gebiet reihenweise ab.
Vor allem die hochbeinigen, Lasten tragenden Pferde verschwinden
mitsamt Geschützen in Felsspalten und steinigen Schlünden.

Der Karst hier ist ein verfluchtes, wirres Gebirge aus Kalkstein in allen Formen,
in Zacken und Risse zerklüftet, und wo immer man hintritt: glashart.
Das Regenwasser fließt durch die vielen Risse ab und alles Buschwerk
ist von Schafen kahl gefressen. Auch der beständig wehende Wind
ist lästig, auf Schritt und Tritt pfeift er um die Felskanten und überdeckt
alle anderen Geräusche. Die Magnetnadel spielt im Fels verrückt
und dreht sich wirr im Kreis. Wie soll man sich da orientieren?

Die Einheit Ludwigs, seit Tagen unterwegs, um abermals eine Lücke
- 15 km breit - des Kessels zu schließen, irrt umher und stößt
auf die Spuren von Partisanen, auf die sie Tage zuvor schon gestoßen war.
Sie ist im Kreis um einen Bergstock gelaufen! Zu allem Unglück
kommt nun noch ein Schneesturm auf und fordert die ersten Todesopfer
durch Erfrierung - unter ihnen der Zugführer. Ludwig übernimmt
als sein Stellvertreter die Führung der Männer. Er und der Funker
versuchen mit der Gegenstelle eine Verbindung herzustellen.

Doch wie seit Tagen - vernehmbar ist zwar schwach eine Stimme,
aber sie ist durch starkes Rauschen überlagert und völlig
im unverständlichen Hintergrund. Auf einmal hören Ludwig
und der Funker einen Rundfunksender
und ein wohlbekanntes Lied *Lili Marleen*. Man hat versäumt,
die Funkgeräte aufeinander abzustimmen.

Mondlandschaft

Die Schockwelle schleudert Johann mehrere Meter mit dem Kopf
voran zu Boden. In seinen Mund, in Nase, Ohren dringen Dreck und Blut,
schwarzer Schnee. Ein Honvéd schlurft sinnlos im Kreis um Johann,
brabbelt vor sich hin, stolpert und fällt über ein Paar blutige Beine,
die getrennt vom Körper im weiten Weiß der Landschaft ausbluten.
Die Artillerie des Feindes zermürbt, zerfetzt seit Stunden das Trommelfell
des Himmels, pflügt das Plateau um, auf dem sich Johanns
Regiment verschanzte, aus 1000 Rohren zur bizarren Mondlandschaft.

Der Angriff der Sowjets mit Schützendivisionen, Panzern und Infanterie
am Flügel der ungarischen Armee erfolgt bei undurchdringlich
dichtem Schnee. Stützpunkt für Stützpunkt wird Johanns Regiment niedergekämpft.
Er rennt, hechtet, schießt, weicht mit seinen Kameraden
Schritt für Schritt zurück unter den Schlägen, die auf ihn niederprasseln.
Nur vage, betäubt nimmt er, was geschieht, noch wahr.
Um ihn herum Ziegel, verstreute Steine, aufwärts ragende Balken,
ein verschrecktes, furchtbar quiekendes Schwein: die Ruinen
einer abgebrannten, vollkommen zerstörten Kolchose.

An eine Hauswand hart gepresst sieht Johann ihn auf einmal ganz nah,
ein junges Bürschchen mit rotem Stern, den Feind. Zu spät. An Johanns
Schläfe knallt etwas, splittert, und Johann fällt in eine tiefe Nacht.
Wie lange, weiß er nicht. Als er erwacht, kämpft er mechanisch weiter,
folgt dem Getöse, fällt für Stunden, Tage? - ins Delirium.
Er sieht Rauch, abgeschlachtete Kavalleriepferde, einen Berg qualmender
Decken und Uniformen, zerstörte Haubitzen, brennende Kettenfahrzeuge,
Feldküchen, Motorräder. In riesigen Schneeverwehungen
stapeln sich ganze Reihen gefallener Soldaten. Johann weiß nicht,
sind Wirrwarr, Chaos inmitten seines Kopfes oder außerhalb?
Scharf peitscht splittriger Pulverschnee sein Gesicht.
Am selben Abend ist Johanns Regiment so gut wie vernichtet.

Ein armes Dorf

Pero trägt eine weiße, eng anliegende Hose, eine Wolljacke
und darunter ein grob gestricktes Hemd. So verkleidet wird er für die Feinde
im Fall eines zufälligen Aufeinandertreffens als einfacher Bergbauer durchgehen.
Die Gegend, die er durchstreift, ist unfassbar schön.
Tief unter ihm liegt eine Schlucht, die von einem klaren Fluss
durchströmt wird, mit Steilfelsen, deren Hänge Kiefern aus sich treiben.
Terrassierte Felder werden von Wiesen und anmutigen Gärten
wie Schmuckstücke eingefasst. Sanfte, schwingende Hügel,
deren Schnee nun schüchtern in der scheuen Frühjahrssonne
zu schmelzen beginnt, bieten sich belebend dem Blick des Wanderers dar.

Entlang des kurvigen Flusses schlängelt sich das schwarze Band einer Straße,
auf der aber der Feind mit seiner Artillerie, Kanonen, Panzern
und mit ungeheuren Massen an Truppen und LKWs rollt -
ein monströses und bedrohliches Kriechtier der Straße.
Immer wieder versuchen die Okkupanten in raumausgreifenden Operationen
die Aufständischen in Kesselschlachten zu zerschlagen.
In schneller Folge gruppieren sie sich um und führen strategische Standortwechsel
durch. Ihre Angriffsabsichten und die Richtungen
möglicher Ausweichmanöver sind für die Aufständischen
überlebensnotwendige Informationen: Können sie bei ihren Rückzügen
oder Gegenangriffen auf die Unterstützung
durch die Bevölkerung rechnen?

Pero soll ein abgelegenes Bergdorf erkunden. Mit wem sympathisiert es,
mit den Partisanen, den Tschetniks oder den Ustaschen?
Längst ist der Krieg gegen die Okkupanten zu einem unübersichtlichen
Bürgerkrieg aller gegen alle geworden, in dem eine Partei
mal mit der einen Seite und mal gegen sie kämpft.
Das auszukundschaftende Dorf macht auf ihn einen armseligen Eindruck,
für eine kämpfende Truppe gibt es hier kaum etwas zu requirieren.

Aber was ist mit den Hütten? Solche seltsamen Formen hat Pero
zuvor noch nie gesehen. Sind die Bewohner des Dorfes so arm,
dass ihre Häuser wie unfertig wirken,
als hätten sie ihre Bewohner lustlos zusammengefügt?
Bevor er über diese Frage grübeln kann, tritt ein Bauer auf ihn zu
und lädt ihn nach Landessitte zu einem Glas warmer Milch ein -
das gastfreundliche Angebot armer Leute. Innen ist die Hütte
ganz ohne Mobiliar. Pero muss jetzt auf der Hut sein.
Eine unüberlegte Äußerung von ihm kann den Tod bedeuten -
je nachdem mit welcher Partei es die Dorfbewohner halten.

Nach Worten der Begrüßung und des höflichen Erkundens
nach dem Wohlbefinden will Pero wissen, wie das Dorf zu den Partisanen steht.
Der Bauer, schon betagt, mit weißem Haar, lächelt und erzählt
von seinen 3 Söhnen: Der eine ist Hauptmann bei den Neditsch-Leuten,
der zweite ist ein Tschetnik-Offizier und der dritte ist Kommandeur
bei den Partisanen. Er hat auch noch eine Tochter,
die im Dorf die Ortswehr anführt. Auf diese Weise hofft er,
dass wenigstens eines seiner Kinder Krieg und Bürgerkrieg überlebt.
Ihr Dorf ist schon mehrmals überfallen und abgebrannt worden,
von den Tschetniks, von den Ustaschen, den Partisanen
und den Deutschen. Nach diesen Äußerungen weiß Pero,
dass er aus dem klugen Alten nicht viel herausbringen wird.
Er lächelt, bedankt sich für die Milch und will sich gerade verabschieden,
als die Tochter des Bauern kommt und ruft, die Deutschen seien im Anmarsch.

Ohne ein weiteres Wort ergreifen der Alte und seine Tochter Teile der Hütte,
nehmen sie auseinander, und ehe sich Pero von seiner Überraschung
erholen kann, ist das ganze Dorf wie durch Zauberhand
im Wald verschwunden. Auch Pero macht sich nun schnellstens
aus dem Staub, die Zurufe der Deutschen sind schon zu hören.
Dem Stab kann er jetzt melden, dass der Okkupant mal wieder aus allen
Himmelsrichtungen kommt - und von der unglaublichen Einmaligkeit
eines armen, aber vollständig zerlegbaren Dorfes.

Zwei Fliegen mit einer Klappe

Zwar ist die Ausbildung der Prinz Eugen so gut wie abgeschlossen, aber manches liegt noch im Argen. Die Bewaffnung z. B. besteht aus veralteten, tschechischen Beutegewehren. Vor allem aber gilt: Will die Prinz Eugen für große Aufgaben bereit sein, muss sie härter gegen die mit dem Feind sympathisierende Bevölkerung durchgreifen.

Nach tödlichen Kämpfen tauchen Partisanen gern in heimischen Dörfern unter und geben sich als harmlose Bauern aus. Selbst ihre Frauen und Kinder missbrauchen sie zu Kurierdiensten. Nähern sich die Deutschen einer Ortschaft, wird ihre Ankunft den irgendwo verborgenen Partisanen gemeldet und der exakt vorbereitete Angriff stößt ins Leere. Die Dorfbewohner verbergen den Feind, verpflegen ihn und führen ihm wehrhafte Söhne (sogar Töchter) zu.

Von einem besonders perfiden Dorf erfuhr Ludwigs Einheit durch zufällige Fügung von einem als Wanderer verkleideten Partisanen-Späher. Um sein Leben zu retten, berichtete der von etwa 20 Deutschen, die von dem Dorf nur zum Schein freundlich aufgenommen, dann jedoch mit herbeigeholten Partisanen zusammen hingemetzelt wurden. Ludwig, inzwischen befördert, erhält sofort den Befehl, das Dorf unverzüglich zu bestrafen - Vergeltung und zugleich Ausbildung am Feind: Einsatz von Feuer im Waffen-Verbund und kämpferisches Festigen der Truppe.

Nachdem Ludwig persönlich den Späher liquidiert hat, machen er und die Männer sich - mit Benzinkanister und Flammenwerfer - auf den Weg. Ludwig kennt das Dorf, im Frühjahr steht es in voller Pfirsich- und Mandelblüte, jetzt aber, im jahreszeitlichen Übergang, verbirgt es noch seine Reize. Während sie das Dorf umzingeln, hört Ludwig einem von der Wehrmacht zur Prinz Eugen versetzten Kameraden - etwas abwesend - zu. Dieser schwadroniert von einer ähnlichen Strafaktion: 8000 Einwohner der Stadt *Kragujevac* seien da in 2 Tagen abgeschlachtet worden. Ein Klacks dies hier!

Seltsamerweise wehren sich die Dorfbewohner kaum,
wie gelähmt verharren die Frauen und Kinder,
nur selten versucht einer der Männer zu fliehen.
Ludwig, inmitten der sich vorwärts fressenden Walze aus Feuer,
muss die ganze Zeit an die geplante Hochzeit denken.
Lässt sich Annas Wunsch erfüllen?

Ein anderes Dorf

Von fern erblickt Pero den lodernden Feuerschein,
zögernd nähert er sich dem Rauch,
der ihm ins Gesicht beißt und sich rußig über das
Tal legt in schmutzigen Schlieren.

Kein Mensch, die Häuser unbewohnt, leere Ställe.
Wohin flohen die Bewohner? Vor wem?
Pero sieht einen Mann über ein Fass gekrümmt,
seine Kehle - eine klaffende Wunde.

Zwischen den Flammen, versengt, taumelt Pero
von Toten zu Toten. Eine Frau, an das
Tor einer Scheune genagelt. Ihr Torso - in zwei
klaffende Hälften geteilt - , gibt die Sicht frei

auf lila schillernde Eingeweide. In der Nähe
ein Bauer in seinem Blut, gespießt auf
die Erde mit einer Heugabel. Auf dem Dorfplatz
die Einwohner, zerschlagen jeder Schädel,

vermengt mit Blut und Dreck. Körper erstarrt
zu bizarren Posen. Schier verbrannt,
wie von Sinnen, nimmt Pero auf, Pore für Pore,
stumm, stumpf: zu leben lohnt nicht.

Spaziergang auf dem Korso

Auf dem Korso wimmelt es von Menschen,
die am ersten warmen Frühlingstag unter der Lindenallee flanieren.
Ludwig liebt Linden, sie waren bei den Germanen heilig
und sogar der Liebesgöttin Frigga geweiht als Baum der Liebe.
Vor 2 Tagen haben Anna (wunderbar in ihrem weißen Hochzeitskleid
und langem Schleier) und er den Bund der Ehe geschlossen
- Ludwig sollte glücklich sein!

Zwar war die Hochzeitsfeier ein Kompromiss zwischen ihm
und seinen Eltern gewesen, die nach alter Sitte für die Kosten aufkamen,
dafür aber auch die Befolgung der in ihren Augen
altehrwürdigen Bräuche einforderten: das Aufstecken von Sträuchlein
aus Rosmarin, die *Kränzelmädchen*, die *Hujujuu-Rufer*
und andere althergebrachte unnütze Rituale, zu denen die kirchliche Trauung
samt ärgerlicher Beichte am Tag zuvor gehörten.

Zum Glück bildeten die Freunde der SS vor dem Portal der Kirche
mit erhobenen Armen ein Spalier, durch das die Hochzeitsgäste
hindurch mussten. Auf diese Weise gaben sie der Hochzeit
einen nationalsozialistischen Anstrich und fügten so den alten Traditionen
das Antlitz der neuen Ordnung hinzu. Bis zum Abend war auch alles
glatt gegangen. Die Eltern hatten die Gäste wahrhaft gut mit Rindsuppe
und Rindfleisch, mit Schweinspaprikasch und seltenen Kartoffeln,
Zimt und Zucker, Rosinen und 1000 Torten verköstigt und verwöhnt.

Der Vater - gut gelaunt nach dem Versöhnungsgespräch mit Ludwig -
hatte die Gäste und sich selbst in einem fort mit Schnaps und Wein traktiert,
war dann am Abend aber auf einmal wieder in seinen bekannten
stieren Blick gefallen und hatte zum großen Ärger Ludwigs
mit seinen Auszeichnungen aus dem 1. Weltkrieg geprahlt.
Wo das Ritterkreuz des Sohnes denn sei, er könne keines sehen?

Es sei wohl unter dem Anzug des Bräutigams versteckt?

Wo sei es denn, wo? Der Herr Sohn schaue ja so verächtlich auf Tradition
und Brauch herab. Ob dazu auch Männlichkeit und Courage
vor dem Feind gehörten? Vergeblich hatten die Gäste versucht,
den Alten zum Schweigen zu bringen. Immer tiefer hatte der sich
in seine Rage hineingeredet und Ludwig vor allen Leuten verächtlich gemacht -
vorbei war es mit der Versöhnung! So war der Alte schon immer:
feindselig und hasswütig aus heiterem Himmel,
vor allem unerklärlich gegen den eigenen Sohn.

Betrübt spazieren Ludwig und Anna auf dem Korso
aber noch aus anderem Grund. Wenzel, Annas Vorgesetzter,
hat gestern abgewunken, definitiv: Das Anwesen eines Juden,
lange zuvor beschlagnahmt für Anna als Hochzeitsgeschenk,
muss an das Deutsche Reich zurückgegeben werden.

Der Donnerer

Missmutig stapft Pero seit dem frühen Morgen im unablässig fallenden Regen
durch verschlammte und unwegsame Bergtäler, von merkwürdiger,
ihm selbst unerklärlicher Unrast angetrieben. Vom Stab muss er
für eine selbstständig operierende Abteilung der Partisanen (im feindlich
besetzten Gebiet) Befehle überbringen. Die Eisenbahn
- Verbindungslinie des Gegners - soll so rasch wie möglich
unterbrochen werden, um die Truppen des Okkupanten an die Bahnstrecke
zu binden. Auf seinem Weg kreuzte er eine Feuerstelle,
von einer Artilleriegranate zerfetzt, um die herum die Leichen
von Kameraden lagen. Inzwischen hat er den Tod oft genug erblickt,
wozu also diese innerliche Unruhe?

Sein Auftrag führt ihn in eine kleine Stadt, die er vor dem Krieg
schon einmal besuchte. Er wartet außerhalb des Ortes ab,
bis sich die Abenddämmerung herabsenkt, dann erst sucht er
- immer auf der Hut - die verabredete Wohnstätte auf. In diesem Augenblick
vernimmt er eine Explosion, ziemlich nah, wahrscheinlich am Bahnhof.
Pero schwant, dass die Partisaneneinheit die Instruktion
vorausschauend vorwegnahm (es wäre nicht das erste Mal).
Unschlüssig wartet er ab, gleich wird hier der Teufel los sein.

Da schießt ein verbeulter, alter Wagen auf ihn zu, stoppt kurz,
der Fahrer schreit *Bist du Pero? - los, herein mit dir!*
- und schon jagt das Fahrzeug mit kreischenden Reifen aus der Stadt.
Dumm fragt Pero *Wie hast du mich denn erkannt? - Am Arm,*
und außerdem rennt ein normaler Mensch weg, du nicht, antwortet der Fahrer.
Im weiteren Gespräch stellt sich heraus, dass er der *Donnerer* ist
- weithin berühmt wegen seiner Anschläge auf die Eisenbahn.
Dem Stab ist meistens nicht bekannt, wann und wo der ziemlich
finstere und eigensinnige Held sein Attentat vorbereitet.

Von der Partisaneneinheit, die Pero kontaktieren sollte,
vom Eintreffen eines Melders unterrichtet, hat er vermutlich eilig
einen Anschlag durchgeführt, um auf den Stab Eindruck zu machen.
Verflucht, sind die Deutschen aber diesmal schnell, schreit plötzlich
der *Donnerer*. Da sieht auch Pero sie: Zwei sehr tief fliegende
Stukas halten genau auf sie zu. *Wie ist das möglich?,* fragt Pero.
Hier in der Nähe haben sie einen Flugplatz.
Schon greifen die Flugzeuge an,
MG-Garben auf sie abfeuernd. Pero und der…

Zugfahrt und…

Schrill zerreißt der Pfiff der Lokomotive das ratternde Geräusch der Räder,
grauweißer Dampf faucht am Fenster des Waggons vorüber,
zerstiebt im wirbelnden Luftzug zu Nebelfetzen, die sich allmählich
in der klammen Atmosphäre des Abends auflösen.
Ludwig - auf dem Rückweg zu seiner Einheit - ist immer noch wütend,
verbittert. Nicht einmal seine Beförderung zum Unterscharführer
hatte Eindruck auf seinen Vater gemacht. Mit geringschätziger Handbewegung war
er einfach darüber hinweggegangen. Wie um das Maß vollzumachen,
sitzt ihm ausgerechnet jetzt ein hagerer Hauptsturmführer gegenüber,
mit Kurzhaarschnitt und feuriger Blessur auf der Wange,
die ihn schneidig und draufgängerisch, ja verwegen aussehen lässt.

Zu allem Überfluss prangt auch noch das von Ludwig ersehnte Ritterkreuz
Erster Klasse an seiner Uniform. Seinem Gehabe nach scheint der
Hauptsturmführer ein Reichsdeutscher zu sein, kein Volksdeutscher
aus dem Banat. Sicher, denkt Ludwig, Reichsdeutsche werden ja
in allem bevorzugt -, was soll denn der hier haben, was er, Ludwig, nicht hat?
Als fühle sich sein Gegenüber von Ludwigs Gedanken angesprochen,
sucht dieser das Gespräch mit ihm. Bald sind beide
in eine anregende Unterhaltung über die Kriegslage vertieft -
und sich in vielem einig: Allein unerbittliche Strenge gegenüber dem Feind
und sich selbst helfen noch bei der allerorts angespannten Lage.

Ob an der Front, ob hier, ohne Rücksicht müssen die heimtückischen Gegner
vernichtet werden, mit welchen Mitteln auch immer.
Der Hauptsturmführer erwähnt, als Beispiel, die Lösung der Judenfrage.
Es sei für keinen Beteiligten leicht gewesen, Frauen und Kinder
- wie nahe Belgrad - in einen Gaswagen zu stecken und sie,
während der Fahrt, den Tod aushalten zu lassen durch Ersticken.
Gewiss, einfach und technisch effektiv, die Methode:
Die Emissionen des LKW entrieren in den mit Juden aufgefüllten Frachtraum.

Schlimm aber dann der Leichenanblick, verzerrte, verrenkte Posituren, niedergetrampelte Kinder - Exkremente überall. Einer inneren Haltung und großen charakterlichen Befestigung bedürfe es - sonst...
schrill unterbricht ein Pfiff ihn. Der Zug fährt - dicke Dampfwolken ausstoßend - gemächlich in einen Bahnhof ein. Noch bevor
er zum Halten kommt, erschüttert eine gewaltige Detonation den...

Der Donnerer

…*Donnerer* springen aus dem Fahrzeug, rennen ein paar Meter weg
vom Wagen und werfen sich in einen Straßengraben.
Um sie herum, außerhalb des Ortes, ist nirgendwo eine Deckung zu sehen.
Die ersten Bomben fallen, explodieren, MG-Garben, Stein-
und Geschosssplitter pfeifen um ihre Köpfe. Pero will auf ein Waldstück
zulaufen, da stürzt sich eines der Flugzeuge direkt auf ihn,
als wolle es ihn mit seinen Tragflächen in Grund und Boden rammen.
Er wirft sich hin, springt rasch wieder auf, will entkommen,

heftige Feuerstöße der Flugzeuge nageln ihn fest.
In schneller Folge hört Pero die dumpfen Einschläge der Bomben
… Todeskaskade, die direkt auf ihn zuführt... kühlen Kopfes
fällt ihm ein, was *dumpf* besagt: Die Bomben sind mit Verzögerungszündern
ausgestattet - ein Glück! Mit einem gewaltigen Sprung hechtet er vorwärts,
und während eine Welle aus Dreck ihn erstickt, die Erde um den Himmel
und der Himmel um die Erde wirbelt, spucken beide ihn im meterhohen,
umgekehrten Parabelbogen auf der anderen Seite der Straße wieder aus.

Betäubt bleibt er liegen, springt erneut auf und rennt auf ein Wasserrohr zu
- ein schützender Tunnel unterhalb der Straße -, in das er sich verkriechen kann.
Nach einer Zeit, die ihm wie die Ewigkeit selbst erscheint,
drehen die Stukas endlich ab, sei es, weil sie in dem Durcheinander
niemand mehr entdecken, sei es, weil sie sich anderen Zielen zuwenden.
Pero kriecht benommen heraus. Abgestumpft, taub, unbeteiligt
fühlt er sich vollkommen leer, starrt in das brennende Auto
und sieht im Hintergrund ein Fuhrwerk, der Wagen zertrümmert,
die Pferde zerfetzt. Er sucht den *Donnerer,* entdeckt ihn
im Straßengraben, das Gesicht halb weggerissen.

... Überfall

...Waggon, in dem neben der Zugwache auch zivile Reisegäste sitzen.
Im Nu sind alle Wagen leer, Ludwig und der Hauptsturmführer
finden sich unter dem Zug zwischen den Schienen wieder. Beide nehmen
hinter Wagenrädern Deckung und schießen, was das Zeug hält.
Den nächsten Angriff scheint der Feind vom Bahnhofsgebäude aus zu planen,
von da aus stürmt er vor in alle Richtungen und versucht,
den Zug in seine Gewalt zu bekommen. In dieser Stellung - zwischen Schienen
und Wagenrädern - ist, weiß Ludwig, ein Überleben wenig wahrscheinlich.
Vorstellbar wäre: Mit dem Hauptsturmführer das Bahnhofsgebäude
erstürmen und von Partisanen säubern. Der Hauptsturmführer winkt ab
- das, verflucht, ist doch ein Himmelfahrtskommando!

Im unaufhörlichen Kugelhagel stiehlt Ludwig sich von einem Wagenrad
zum nächsten und überzeugt ein paar Männer der Zugwache,
ihm zu folgen. Mit martialischem Gebrüll stürmen sie vor,
werfen Handgranate auf Handgranate in das Gebäude, - so schlagen
sie den Gegner in die Flucht, der mit dieser simplen, aber tollkühnen Taktik
nicht rechnete. In der plötzlichen Abendstille, die dem Angriff folgt,
suchen sie zuerst lange erfolglos den geflohenen Zugführer,
und finden ihn - bibbernd vor Angst - auf einem Baum.
Endlich geht die Fahrt im Schutz eines Panzerzugs weiter.
Der Hauptsturmführer sitzt wie vor dem Überfall Ludwig gegenüber
und spricht wiederum von Härte. Ludwig lässt ihn reden:
Des Reisegefährten Ritterkreuz, wer hat es verdient?

Elisabeth hält es nicht mehr aus

Auch in Darda häufen sich die Toten. Seit die 2. ungarische Armee am Don und die 6. deutsche Armee vor Stalingrad vollständig vernichtet wurden, ist es stiller um die Eiferer und Hitzköpfe geworden. Sandor, der Sohn der zugezogenen ungarischen Nachbarin, gehört zu den Gefallenen und seine Mutter, bedrückt, bekümmert, unglücklich, trägt ihre Nase jetzt nicht mehr hoch. Ob Rundschädel, ob Langschädel, verzagt sitzt sie bei Elisabeth und sucht in ihrem Kummer Trost.

Die weiß selbst nicht, wie sie trösten soll. Furcht und Sorge nagen ja auch an ihr. Wo bleibt bloß ihr Johann? Ist er wie der blutjunge Sandor gefallen? Wie kann es dann sein, dass man sie nicht benachrichtigt? Aber gerade daran klammert sie sich wie an einen Strohhalm: Ihr wäre doch mitgeteilt worden, wenn... Sie hält es nicht mehr aus und macht sich auf den Weg nach Beli Manastir, zur Zigeunerin, wie schon einmal. Was die ihr prophezeit hat, damals, ist das nicht alles eingetroffen, bis ins Kleinste sogar?

Tatsächlich trifft sie die Zigeunerin wie vordem an, ihr Rock ist sogar noch bunter, in blau, rot, gelb, grün gehalten, weiße Bluse, eine lila Weste, die sie mit Bändern vor der Brust verschnürt hat. Nein - bauchfrei ist sie heute nicht, dafür schmückt ihren Kopf ein anmutiges Tuch mit kleinen, klirrenden Münzen. Das alles nimmt Elisabeth zu ihrem eigenen Erstaunen wahr. Seit wann hat sie einen Blick für Kleidung? Die Zigeunerin empfängt sie genauso wie das letzte Mal ausnehmend freundlich und fragt Elisabeth mit schöner Singsangstimme nach ihrem Wunsch.

Elisabeth, auch jetzt wieder seltsam verwirrt und irgendwie von den brennenden Kerzen und ihrem Dunst betäubt, ist beinahe dem Weinen nah, als sie mit ängstlicher, stockender Stimme nach Johanns Schicksal fragt, ob er tot, von sowjetischen Soldaten hingemetzelt oder in Gefangenschaft, vielleicht verwundet im Lazarett sei? Die Zigeunerin hört schweigend zu, mischt ihre Karten, würfelt, zählt Punkte zusammen, murmelt, zählt erneut und springt plötzlich auf. Gleich, gleich solle Elisabeth sich auf den Weg machen, und schnell, schnell, ihr Johann komme in diesem Moment zurück nach Hause auf einem Fuhrwerk.

Elisabeth, eher erschrocken als erfreut, will der Zigeunerin danken, doch die schiebt sie kurzerhand vor die Tür und vergisst dabei sogar ihren Lohn. In Darda glaubt Elisabeth gleich am Bahnhof große Unruhe zu spüren. Die Gassen liegen aber da wie ausgestorben, niemand begegnet ihr, überhaupt nicht die kleinste Aufregung ist zu merken. Enttäuscht gesteht Elisabeth sich ein, dass auch die sympathische Zigeunerin bloß eine gewöhnliche Schwindlerin ist. Eine fremde, ihr unbekannte Frau betritt die Straße, mustert sie von oben bis unten, sagt kurz angebunden: Willst du deinen Mann zu Hause noch lange auf dich warten lassen?

An einem unendlich fernen Tag

An einem unendlich fernen Tag von diesem berichtete Elisabeth
dem Erzähler (mir, Michael) von diesem wundersamen Orakel
der Zigeunerin. *Doch weil nur im Schweigen der Schmerz spürbar ist*
(Elias Khoury), schwieg sie - wie Johann - von allem anderen.
Und ich fragte nicht um *Wie* und *Was* ihrer Vergangenheit.
Erst nach ihrem Tod begann ich Fragen zu stellen, will wissen.
Antworten? Die sind nur in Büchern zu finden: Wer damals lebte,
schweigt heute anders. Was die Zigeunerin betrifft, gestehe ich,
dass mir diese Episode nur wegen ihres fraglichen Verhältnisses
zur Wahrheit im Gedächtnis blieb. Seltsame Ähnlichkeit:

Ist, was ich dichte, nicht fragwürdig wie die Prophezeiung der Zigeunerin?
Aus den Fakten der Bücher erschaffe ich schreibend ein imaginäres Textgebilde,
das sich in Fakten verwandelt. Aber in welche? Im Prolog schrieb ich
Orts- und auch Zeitangaben falsch. Nicht im Oktober
begann die Passion der Deutschen in Darda, sondern im März darauf,
1945, und es war auch nicht die Hutweide der Ort,
an dem sie sich sammeln mussten, sondern das sogenannte Schmorl-Haus.

Ich gestehe, dass mich diese Unstimmigkeiten wenig stören.
Ich bin kein Historiker, der sich seine Welt im Indikativ erschafft.
Das Reich der Literatur ist - wie jeder Leser weiß -
das Wahrscheinliche und das Mögliche.

Pfauenfedern

Roter Stehkragen, goldene Epauletten, langer, einreihiger Frack
aus dunkelblauem Samt, Weste und Beinkleid blütenweiß,
Schärpe mit Quasten, weißgolden um die Taille,
den reich verzierten Marschallstab in der Hand, so steht Ludwig
vor dem Allerhöchsten und trägt den von ihm ausgetüftelten Angriffsplan vor:
Der Feind im Kessel, umzingelt von deutschen Soldaten!
An einer auf den 1. Blick taktisch völlig unbedeutenden Stelle aber
hat Ludwig motorisierte Regimenter, ja sogar sechs Panzerdivisionen
massiert - höchst befremdliche Entscheidung.

Die phantastische Massierung von beweglicher Feuerkraft
an diesem kuriosen Ort entspringt allein seiner überragenden Intuition.
An dieser Stelle, nirgends sonst, wird der Feind durchbrechen!
Der Führer sieht auf den Plan, schweigt lange und nickt schließlich erfreut
mit dem Kopf: Ja, hier wird er durchgehen wollen, der Partisan!
Er beglückwünscht Ludwig und stellt ihn dem Wehrmachtsstab
als talentierten Strategen vor - prächtig schlagen bunte Pfauenfedern
auf allen Köpfen Räder wie in einem Traum.

Die neue Volksmacht

Die Partisanen, hungrig, abgekämpft, in Lumpen, von Kessel
zu Kessel gejagt, gründen, wann immer sie können, befreite Dörfer
und Territorien in den Atempausen zwischen Kampf und Kampf
mit den Okkupanten. Sie wollen die Volksmacht stärken und organisieren
im Hinterland Ausschüsse der Volksfront, deren Aufgaben vielfältig sind:
Mit Medizin und Nahrung die Bewohner versorgen; sie vor Plünderern,
Verbrechern, Kollaborateuren schützen; Handel, Verkehr
und Wirtschaft verwalten; gerechte Sammlungen und Requirierungen
für die Front durchführen; Volksmilizen aufstellen; Streitereien schlichten…

In einem so verwalteten und befreiten Dorf hat Peros ausgehungerte Einheit
eine Kuh bei einer Bäuerin requiriert. Die Bäuerin (die neue Volksmacht)
beschwert sich darüber bitter beim Kommandeur. Der weiß nicht,
was er tun soll: Auf dem Dorf sind Kühe beinahe Familienmitglieder.
Zudem hat der Oberste Stab um Tito soeben eine Verordnung verfügt,
nach der Vergehen gegen den Besitz der Bevölkerung hart zu bestrafen seien
- das Volk soll schließlich für die Sache der Partisanen eingenommen werden.

Der Kommandeur beauftragt Pero, der einige Tage bei seiner Einheit verbringt,
die Kuh zu ersetzen. Pero, dem die Bäuerin Leid tut, requiriert für sie
eine Kuh aus einer anderen Einheit. Die Bäuerin lehnt ab,
die Kuh ist ihr zu mager. Die zweite gibt zu wenig Milch - sieht Pero
das nicht selbst am Euter? Bei der dritten ist ihr die Milch nicht süß genug,
die vierte Kuh hat trübe Augen, die fünfte hinkt und hat was mit den Hufen.

Pero hat ihr sämtliche Kühe der näheren Umgebung vorgeführt,
aber die kroatische Bäuerin bleibt stur bei ihrem *Nein*.
Schließlich offenbart sie, dass sie die Kuh
ihrer muslimischen Nachbarin will: Braucht die vielleicht Milch?
Bei ihr hätten die Partisanen requirieren sollen!
Der Kommandeur verflucht die neue Volksmacht.

Tränen

Tatsächlich war Johann auf einem Pferdefuhrwerk gekommen.
Erschöpft sitzt er vor Elisabeth und hört ungläubig ihrer Erzählung
von der wundersamen Prophezeiung zu. Er ist aber viel zu schwach,
um sich mit derlei Frauenkram zu beschäftigen.
Elisabeth betrachtet ihn besorgt. Wie dünn er aussieht, wie blass,
kraftlos, ja - abgezehrt. Auch scheint er krank und sogar
ein wenig verwirrt zu sein. Sie ist erschüttert, was hat denn der Krieg
aus ihrem Johann gemacht?

Seine Stirn weist auf der linken Seite eine Scharte auf,
so oft Elisabeth aber nach der Wunde auch fragt, Johann schweigt.
Aus heiterem Himmel sagt er, ganz ungefragt, nach Wochen:
Ein Splitter hat mich da erwischt, dann fällt er wieder
in sein Schweigen. Elisabeth setzt ihm seine Lieblingsspeisen vor - umsonst.
Er starrt nur vor sich hin, löffelt stumm und denkt sprachlose Gedanken
in sich hinein. Elisabeth wird immer ratloser, wie nur kann sie ihm helfen?
Dann, eines Tages, sieht sie Tränen in Johanns Augen,
und auf einmal fängt er zu reden an, bis in die Nacht hinein,
will wissen, was *dKdhijv* heißt?

Liebe Elisabeth

Wir sind hier in einem schönen Städtchen untergebracht,
das an den nördlichen Ausläufern eines malerischen Gebirges liegt
und ein königliches Schloss sowie das Mausoleum einer alten
serbischen Dynastie beherbergt. Stell dir vor, unser Kommandeur
„residiert" in den ehemals königlichen Gemächern, wir hingegen,
Mannschaft und Offiziere (ich wurde nach einem mehrwöchigen Lehrgang
in München wieder befördert), sind in den Nebengebäuden
im Park untergebracht. Wir liegen hier nicht auf der faulen Haut,
der wundervolle Park wurde von uns zweckentfremdet
und dient der Ausbildung neuer Rekruten.

Kaum zu glauben, aber tatsächlich gehöre ich jetzt schon
zu den alten Hasen, die ihre Erfahrungen während einer Kurzausbildung
an Jüngere weitergeben müssen. Also den lieben langen Tag
Exerzieren (zum Glück nur für ein paar Wochen)!
Nicht, dass mir das keinen Spaß macht, aber ich wäre doch lieber
bei den Kameraden, die den Partisanen in Sack und Asche hauen.
Ich bin mir sicher, dieses Mal kriegen wir sie! Sie sind übel dran
und ahnen es vielleicht noch nicht, aber sie sitzen wie die berühmte Maus
in der Falle! Übrigens soll ihr Tito mittendrin stecken, wenn wir den kriegen,
ist es aus mit dem Spuk. So oder so geht es mit ihnen zu Ende.
Die Partisanen, die wir gefangen nehmen, fallen uns vor Hunger tot um,
bevor wir sie vernehmen können.

Liebe Elisabeth, es tut mir leid, dass du zu meiner Vermählung
nicht kommen konntest, aber ich sehe natürlich ein,
dass du Johann in scinem Zustand jetzt nicht allein lassen kannst.
Grüße ihn herzlich von mir, er soll sich gut erholen.
Die Hochzeit war sehr schön gewesen, die Kameraden der SS
brachten es tatsächlich fertig und haben mit *scharfen Sachen*
aus einem Waffenlager (das uns die Italiener sehr gegen ihren Willen

überlassen mussten!) ein prächtiges Feuerwerk veranstaltet.
Nur Vater hat sich wieder einmal daneben benommen -
aber das kennst du ja. Er ändert sich nicht mehr, da ist nichts zu machen.

Sonst gibt es nicht viel zu berichten, nur dass ich auf einem Mustang
geritten bin. Wunderschön flog er im gestreckten Galopp
herrlich über das weite Wiesengelände. So entwöhnt bin ich aber inzwischen
dem Reiten, dass ich an einer gewissen Stelle dann doch Nachwehen
gehabt habe! Bei der Bevölkerung hier haben wir einen sehr guten Stand.
In der Nähe gibt es ein Dorf, da haben unsere Pioniere
- allesamt prächtige Bauernburschen aus dem Banat - den Dorfleuten
sogar bei ihren Feldarbeiten geholfen (Düngen und Spritzen,
was anfällt zu dieser Jahreszeit).

Wenn ein Dorf zu uns hält, halten wir auch zu ihm.
Und was den Acker anbelangt, da kann der Serbe immer noch
von uns lernen. Stellt sich aber ein Dorf gegen uns
(neulich entdeckten wir ein Partisanen-Waffenlager beim Dorfoberen),
da kann es was erleben! Bis auf den letzten Mann
machen wir es nieder. Pardon? Bestimmt nicht! Liebe Elisabeth,
ich weiß, dass du und Johann anders denken,
aber der Serbe muss fühlen, wer der Herr im Haus ist,
sonst steht es schlecht um das Haus! So, nun gut, hoffen wir,
dass es warm bleibt, damit Korn und Wein gedeihen.
Alles Liebe dein Bruder Ludwig.

Michael liest im Buch

Als wolle sich der Norden, Süden, Osten, Westen auf sie stürzen,
werden die Partisanen in weiträumigen Operationen
in immer neuen Unternehmungen von den Besatzungsmächten
eingekreist. Die Okkupanten, mit ihrer bisherigen Taktik unzufrieden,
rücken jetzt nicht mehr nur mit schwerer Artillerie und Kanonen
auf den Straßen vor, sondern durchkämmen mit zahllosen Kolonnen
akribisch jeden Busch und Baum, Krater und Fels, jede Kluft, jede Klippe,
jede Spalte. Für ihre tödliche Umzingelung wählen sie dieses Mal
ein günstiges Gelände voller Schluchten und Steilpfade,
zerklüfteter Passagen mit wild reißenden, kaum durchwatbaren Flüssen aus,
zwischen denen Plateaus ohne jeden Schutz liegen: felsig, kahl und nackt.

Sorgfältig vorbereitet rücken sie mit Hunderten von Pferden
und Tausenden von Trägern an, die über das unzugängliche Gelände
den Nachschub bringen. Sie verfügen über alpine Einheiten,
die Felswände an Stricken überwinden, und über Kompanien mit Fährtenhunden.
Von ortskundigen Führern geleitet, schließen sie den Belagerungsring
Tag um Tag enger, entreißen den rebellischen Einheiten eine Höhe
nach der anderen und stoßen in jede Lücke vor. Die Partisanen
liegen innerhalb des Kessels entlang tosender Flüsse,
zerschründeter Schluchten und Anhöhen. Hinter Felswänden,
in Wäldern versteckt, in dreckige Erdlöcher eingegraben,
vereint sie die furchtbare Gewissheit: Sie sitzen in der tödlichen Falle!

Skeletten gleich, an denen nur noch gelbe Haut hängt, wanken die zerlumpten
und durch Erschöpfung, Hunger und Typhus dezimierten
Partisanen (dem Tod gegenüber fast schon mythisch gleichgültig)
mal in die eine und mal in eine andere Richtung.
Zwischen den aufgesprengten Einheiten wanken die Späher und Melder
ausweglos hin und her, um die Standorte…

Auf Leben und Tod

In fast vollständiger Finsternis *bauen* sich Ludwig und seine Männer
mit herumliegenden Steinen *ein* und verschanzen sich
fröstelnd hinter ihren Waffen, indessen andere Züge auf den
flankierenden Höhen in Stellung gehen. Postenketten schwirren aus
und verstecken sich hinter den Umrissen von nahezu schwarzen
Sträuchern und Buschwerk, während der segelnde Mond oben seinen Glanz
in den Wolkensilhouetten zwielichtig verhüllt.

Ludwig beobachtet voller Erwartung die Scherenschnitte
der dunklen Berge und Wälder um sich: Hier, an dieser Stelle des Riegels,
wird der in die Enge getriebene Feind durchgehen wollen!
Die Nacht verläuft kampflos, kein Partisan weit und breit.
Doch beim ersten Tageslicht kommen von vorgeschobenen Sicherungen
zwei Melder und berichten, der Rivale ist im Anmarsch,
von Norden und Süden gleichzeitig, ca. 1000 Mann, 1 Brigade mithin,
die sich bei ihrer Flucht aus dem Kessel - wohl eher zufällig
exakt an dieser Stelle - vereinen wollen.

Ludwig ist klar, was das für ihn und seine Männer bedeutet.
Sie sind, noch ehe das Gefecht beginnt, vom Gegner eingeschlossen
und abgeschnitten von ihren Einheiten. In diesem unwirtlichen
Stück Boden also - weitab jeder Hilfe - wird bis zum letzten Mann
ein Kampf auf Leben und Tod geführt werden müssen!
Und wirklich, vom ersten Schusswechsel an ohne Rücksicht auf Verluste
gehen die Partisanen mit dem Mut der Verzweiflung
von 2 Seiten zum Angriff über. Jeder der Männer Ludwigs
- vom Angreifer zum hart bedrängten Verteidiger geworden -,
spürt den Druck und die zermalmende Zange der zigfachen Übermacht.

Zu allem Unglück gelingt es dem Gegner, die beherrschende Höhenstellung
zu erstürmen, von der aus er alle anderen Stellungen einsehen kann.

Ohne Pause liegt sein konzentrisches Feuer auf Ludwigs Kompanie.
Ein Gewehr nach dem anderen verstummt, eine Hand
nach der anderen löst sich erkaltet von der Waffe. Ludwig setzt,
um dem Verhängnis zu entgehen, seine Kompanie an zum Durchbruch,
das Durchstoßen des Feuervorhangs scheitert jedoch,
sie bleibt im andauernden Kugelhagel liegen.

Jetzt sammelt Ludwig sieben Männer um sich, unter ihrem Feuerschutz
gelingt es dem Gros der Kompanie, sich abzusetzen und die Partisanen
aus ihrer Höhenstellung im unwiderstehlichen Angriff zu werfen.
Für Ludwig und die sieben Männer gibt es allerdings keine Rettung mehr.
Hinter dem Steinwall liegend, die heißen Karabiner an ihrer Wange,
verschießen sie die letzten Patronen, sich wie wildgewordene
Kreisel drehend. Kaum 5 Meter entfernt…

Paula und Parip

Kaum war Papa wieder da, kriegte Tupfer, die Stute, ein Fohlen. Paula durfte sich einen Namen für das Fohlen ausdenken. Paula überlegte lange hin und her, schließlich fiel ihr *Fröhlicher Parip* ein; auf serbisch heißt das *Ross*, und fröhlich sollte es auch sein. Weil Parip aber zu früh geboren wurde, ist Papa jetzt sehr besorgt. Parip liegt im Stroh und kann nicht allein aufstehen. Wenn er trinkt, läuft aus seinen Nüstern Milch, und wenn er uriniert, verliert er Blut.

Papa erklärt, dass Parip die Fohlenlähme hat, und dass man nichts dagegen tun kann, nur hoffen. Paula hat sich in Parip verliebt; wie süß das Pferdchen ist, wie niedlich mit seiner kleinen Mähne und dem Klecks auf der Stirn. Sie möchte mit Parip spielen und hofft und betet, dass er kräftig wird. Tupfer fängt aber an, die Ohren gegen Parip zu legen und ihm zu drohen. Für Papa ist das ein schlechtes Zeichen. Er meint, Tupfer habe das Interesse an Parip verloren, weil sie spürt, dass ihr Junges stirbt.

Wirklich - nach einigen Tagen stirbt Parip. Paula ist am Boden zerstört und trostlos - nie wird sie mit Parip spielen, ihn nie reiten! Sie will wissen, wo seine Seele jetzt ist? Mama erklärt es ihr und auch, dass Paula wie Parip zu früh auf die Welt gekommen ist. Warum ist sie dann aber nicht wie Parip gestorben? Weil du stärker bist als er, erwidert Mama. Paula denkt gründlich über diese Antwort nach, und obwohl sie immer noch traurig ist, ist sie doch auch stolz auf sich. Ja, sie ist wirklich stark. Ist Papa denn nicht auch zurückgekommen, weil sie das so wollte?

Die Hütte

… der Angreifer und einen möglichen Durchbruch zu erkunden:
Pero soll tief hinab zum Grund einer Schlucht klettern,
zu einem Nebenfluss, dessen Wellen vielleicht zu durchqueren sind.
Er klimmt, ihm selber unerklärlich, einem plötzlichen Impuls folgend,
stattdessen einen schroffen Berg hinauf, links und rechts von ihm
die krachenden Granateneinschläge der Invasoren. Am Gipfelpunkt
angekommen, zwischen den Aufwölbungen gefalteter Gesteinsschichten,
bietet sich ihm ein grandioses Panorama über die umliegende,
von Höhenzügen geprägte Natur dar - stattliche Wälder, im Abendrot leuchtende
Gipfel und schimmernde Flüsse, Steilwände,
Täler mit wogenden Feldern. Wie ist es nur möglich, dass dieses großartige
Land von der Invasion verwüstet und durch den Bürgerkrieg bis zum
Wahnsinn aufgewühlt ist, von Fäulnis, Gestank und Tod durchdrungen?

Pero entdeckt im Gestein verborgen eine Hütte. Aus rohen Baumstämmen
gefügt, scheint sie im Dämmerlicht unwirklich und nahezu losgelöst
von der Erde zu schweben. In eine eigenartige Stimmung versetzt
- vermutlich war noch kein Partisan zu diesem Steilgipfel vorgedrungen -
betritt Pero zögernd die Unterkunft. Um einen groben Tisch sitzen hohe
deutsche Offiziere der unterschiedlichsten Waffengattungen über Landkarten,
auf denen schwarze Pfeile die Stoßrichtungen ihrer Truppen verzeichnen.
Die Offiziere sind in Verwesung übergegangen, ihre Leichen
verströmen süßlichen Gestank, doch sie weisen weder Schuss-
noch Stichwunden auf. Wer sind sie? Wer tötete sie? Und auf welche Weise?
Ihre Existenz an diesem Ort ist mysteriös und rätselhaft. Pero will flüchten,
da sieht er, dass einer der Toten mit dem Finger auf eine Karte zeigt.
Er sieht gründlicher hin: Zwischen den schwarzen Pfeilen
zeigt der verweste Finger den Ausweg aus dem Todeskessel!

Auf Leben und Tod

...von ihnen liegt der Feind hinter Felsstücken und Steinen
und schmäht und droht höhnisch herüber *schamlose Hunde,*
es ist gleich aus mit euch. Die Gefährten hinter dem Steinwall bäumen
sich noch einmal auf, werfen ihre letzten Handgranaten
und zerstören die liegengebliebenen Waffen der Kompanie
- Pflicht erfüllt! Durch einen weiten Ring verkrampfter Toter,
wimmernder Verwundeter stürmen die Widersacher wüst fluchend
- mit gefährlichem Flackern in den Augen - heran: Alles Menschliche,
scheint es, ist von ihren Angesichtern abgefallen.

Ein wilder Bursche stürzt sich mit gezückter Pistole brutal auf Ludwig,
drückt 3 Mal ab *klick* - vergebens. Ein anderer Partisan
schiebt dem schroffen Kerl die Waffe weg: Die Gefangenen sollen
vom Kommandeur verhört werden. Nach Ludwig und den Kameraden
greifen gierig Hände; Uhren und Geld wechseln den Besitzer.
Allen acht Gefangenen (ungeachtet ihrer Verletzungen) werden schwere
Lasten aufgehalst - ab geht es zum Sammelplatz der Partisanen
und von da aus weiter... wer weiß schon, wohin...?
Heimlich werfen sich die Gefangenen Blicke zu, deuten mit den Augen
hier und dort auf einen Felsbrocken, Abgrund, Stein:
Hier kann die Flucht vielleicht gelingen?

Wenn nicht am hellen Tag, so doch in der herannahenden Nacht,
im Fall, man lebt und wurde noch nicht abgeschlachtet vom Partisan?
Der Wind trägt von irgendwo den Knall eines Schusses her,
schwach und dünn... sehr weit entfernt... und doch - ist es vielleicht möglich,
dass die Eigenen näher sind als...? Steinig führt der Pfad abwärts,
Ludwig - 2 Splitter in den Beinen - strauchelt und fällt hin.
Derbe Stöße und rohe Püffe von den des langen Weges überdrüssigen Partisanen
richten ihn wieder auf. Hinter einer Felswand flackern plötzlich Feuer,
umlagert von ungewaschenen, unrasierten Gesellen.

Mit nichts als Lumpen und Lappen bekleidet hält jeder von ihnen ein anderes Gewehr in der Hand. Frauen mit strähnigem Haar und gekreuzten Patronengurten über der Brust machen sich an Kochkesseln zu schaffen. Breit baut sich der Partisanen-Anführer (mit einem wie von Granaten getroffenen Gesicht, so umgewühlt, verheert, voller Narben) vor Ludwig auf und verlangt barsch Bericht über die Truppenstärke der Deutschen. Ludwig verweigert hartnäckig die geforderten Angaben; auch die Kameraden schweigen, obschon sie die Konsequenz kennen. Ein Wink des Anführers genügt und schon sind sie von Dutzenden rohen Gesellen mit Gewehren ungleicher Konstruktion umringt. Kein Zweifel, das Ende…

Gnadenschuss

Auf Blättern und Gräsern glitzert noch Tau,
als sich Peros Schar frühmorgens auf den Weg macht zur Durchbruchstelle.
In kleine Gruppen aufgeteilt, hoffen die Partisanen, zwischen den Linien
der Feinde hindurchzukommen. Sie lassen alles hinter sich
- Verpflegung, Funkstation, Tote, Verwundete - und hören schamerfüllt
deren Schmerzensschreie: Die Verfolger ermorden brutal
marschunfähige Partisanen. Plötzlich erhellen Signalraketen den Himmel.
Sie werden von einer Zielmarkierung erfasst, Granaten wühlen ringsum
Erde und Büsche auf, von den Bäumen prasseln Zweige und Äste,
als kreische der Wald selbst vor plötzlichem Schreck.
Seitlich ihres Pfads, auf Hängen, können sie die Verfolger
mit bloßen Augen sehen, über ihnen verrät der bläuliche Qualm
die Stellung der Granatwerfer. Dem Partisanen neben Pero reißt ein Treffer
beide Beine weg, verzweifelt bittet er um den Gnadenschuss.
Pero erschießt ihn. Sein erster Toter ist ein Weggenosse.

Auf Leben und Tod

... ist jetzt nah! Ludwig ärgert sich - nicht weil er sterben muss,
sondern wegen des dummen Zeitpunktes: Ausgerechnet jetzt,
wo sie die Partisanen endgültig im Sack haben, lässt er sich gefangen nehmen
- welche Schmach! Eben, als die Gefangenen und das Todeskommando
sich in Marsch setzen, explodiert eine Gewehrgranate - deutsches Beutestück -,
mit der einige Partisanen versuchsweise (zu sorglos) hantierten.
In der Verwirrung schnellt Ludwig auf einen der Wächter los, rammt ihm
mit aller Kraft seinen Schuh in den Leib, entreißt dem Hinstürzenden
den Karabiner, schießt den hastig herbeieilenden Anführer der Partisanen
über den Haufen und schlägt einen dritten mit dem Karabiner nieder.

Ein paar Sätze weiter - Ludwig ist schon außerhalb des Lichtkreises -
schwebt er plötzlich über einer Felswand und schlägt in der Tiefe unten
verletzt auf. Über gefährlich hohe Felsblöcke und Steinbrocken
hinweg hetzt er weiter... fällt... rappelt sich auf und hört die Verfolger
- aus ihren Gewehren Schuss um Schuss zornig ins Blaue feuernd -
näher kommen, bis ihn die Kräfte verlassen. Er sieht seine Jäger vorüberhasten,
hört sie sprechen und steht im Schutz der Dunkelheit zitternd in einem kühlen
Wasserloch bis zum Hals, Stunde um Stunde ... bis sie sich entfernen.

Nun kommt erst der schwierigste Teil der Flucht:
Er muss zwischen den dichten Ketten der alarmierten Posten hindurch.
Auf Ellenbogen und Knien robbt er in der Dämmerung hinter der Deckung
von Steinen und Büschen, die Sinne zum Zerreißen gespannt,
vor Schmerzen fast ohnmächtig, an den patrouillierenden Posten vorbei.
Er schleppt sich in die Morgendämmerung hinaus,
aus vielen Wunden blutend wankt er im Fieberwahn an einen Fluss -
und mit einem Schlag stürzen ihm die Augen ins Schwarze.

Flüsse und Frachten

Einmal kommt Ludwig an einen Fluss,
breit und tief. Schwer atmend lässt er sich
an seinem Ufer nieder. Er sieht Fische
darin schwimmen, Pflanzen und
Granaten zirkulieren in seinen Wellen,
Wale, und, wie ihm scheint, auch Häuser,
Gewehre, Eisenbahnen, Flugzeuge, Panzer.
Ein Schiff, vielleicht eine alte Galeere
- jedenfalls nicht von dieser Zeit -
und mit 1000 rudernden Sklaven
trägt eine Fracht von 10 000 Streitern.
Und unter diesem Fluss tut sich ein
zweiter Fluss auf, ebenso breit und tief.
Er sieht in ihm Fische schwimmen,
Äste zirkulieren in seinen Wellen,
Maschinengewehre, Bomben, Leichen.
Weit tiefer noch sind Sturmgeschütze,
Paks. Und ein Schiff, etwa eine Galeere
- jedenfalls nicht von dieser Zeit -
und mit 1000 rudernden Sklaven
trägt eine Fracht von 10 000 Streitern.
Und während er all dies beobachtet
und bestaunt, tut sich ein dritter Fluss auf,
womöglich ausgedehnter, tiefer noch.
Seine Wellen scheinen sich zu kreuzen
mit den Wellen der anderen Flüsse.
Und auch hier sieht er die Galeere
- die vielleicht nur von seiner Welt ist -
mit den 1000 rudernden Sklaven
und Streitern. Und unter diesen Flüssen
sind andere noch, so viele, unzählbar.

Und auch in ihnen schwimmen Schiffe
mit Tausenden rudernden Sklaven,
und immer mit diesen 10 000 Streitern.

Das schmutzige Kind

Die Verluste der Partisanen sind dieses Mal so groß,
dass noch während des Ausbruchsversuchs aus den versprengten Haufen
neue Einheiten gebildet werden, bevor sich alles in ein Durcheinander auflöst.
Von Peros Einheit haben nur 2 Kämpfer und eine Sanitäterin überlebt.
Auch der Kommandeur fiel, als er mit Handgranaten einen Bunker
der Deutschen angreifen wollte. Pero und seine neuen Weggenossen
sitzen am Abend nach dem Abflauen der Kämpfe um ein Lagerfeuer,
auf dem ein Wasserkessel mit ein bisschen Grünfutter brodelt.
Einer der überlebenden Kämpfer aus Peros Einheit berichtet,
dass unmittelbar nach dem Tod des Kommandeurs und noch inmitten
des Kugelhagels dessen Pistole verschwunden sei - gestohlen von seinen
eigenen Kameraden, bei denen der Kommandeur schon als Held galt.

Die neuen Weggenossen nicken bekümmert, auch sie haben Zeichen
des Niedergangs und der Auflösung gesehen. Aber noch bestürzender ist,
wie viele Tote die Partisanen zu beklagen haben. Immer wieder
stießen sie bei ihrer Flucht auf ganze Scharen gefallener Kameraden.
So mutlos und zaghaft hat Pero die Kameraden noch nie gesehen,
und auch ihm ist vor dem nächsten Tag bang. Wird ihnen
der Durchbruch gelingen? Er betrachtet lange den neuen Kommandeur,
der ihm bekannt vorkommt. Endlich erinnert ihn das Gesicht
des jungen Mannes an den klugen Alten aus dem zerlegbaren Dorf,
dessen Söhne in verschiedenen Streitmächten dienen.

Vorsichtig erkundigt er sich beim Kommandeur nach dem Alten
und dem Dorf. Der bestätigt hoch erfreut, ja, der Alte sei sein Vater.
Woher Pero ihn kenne? Während der dürftigen Mahlzeit erzählt Pero
die Geschichte seines Besuchs. Der Kommandeur nickt,
als Pero von dem plötzlichen Verschwinden des Dorfs im Wald erzählt,
ja, das sei eine wirklich sehr gute Idee. Ob Pero vielleicht etwas
von seinen 2 Brüdern und seiner geliebten Schwester erfahren habe?

Bevor Pero antworten kann, kommt die Sanitäterin mit einem Mädchen an der Hand, das sie schlafend in einer der verkohlten Ruinen fand, die sich im Umkreis der Feuerstelle befinden.

Alle betrachten erstaunt das Mädchen, dessen Gesichtszüge so schmutzig sind, dass man darin nur die großen Augen sieht, mit denen die Kleine in die Runde starrt. Die Sanitäterin schaukelt das Mädchen auf ihrem Schoß und schaut bekümmert in den leeren Kessel. Das Mädchen erzählt, die Deutschen hätten schon vor Tagen ihre Eltern getötet und das Dorf angezündet, während sie im Wald spielte.

Sie hat jetzt großen Hunger und will essen, aber niemand hat auch nur eine einzige Krume in seiner Tasche. Der Kommandeur befiehlt, eines der wertvollen Pferde zu töten und Fleisch für das Mädchen zu braten. Pero ist stolz auf den Kommandeur. Wenn einem kleinen Mädchen so selbstlos geholfen wird, müssen die Partisanen da nicht siegen?

Nacht

Elisabeth, ihre Brust an Johanns Rücken, bebt noch immer.
Ihren Körper durchlaufen Freudenwellen, nie geahnte.
Hellwach ist sie in ihrem Glück; wenn sie die Augen schließt,
sieht sie Farben, riecht Düfte von Kerzen, genauso wie bei der Zigeunerin.
Wie sanft ihr Johann ist, wie einfühlsam, wie zärtlich,
warum hat sie das bisher nicht gewusst? Kann denn der Krieg
einen Mann auch im Bett verändern? Johanns mildes Schnarchen
kommt ihr wie Musik vor, das Heben und Senken seiner Brust
wie Meereswogen, voller Wonne taucht sie in seine Körperwärme;
ihr Leib antwortet: *den Karl, den hab ich jetzt vergessen.*

Mutprobe

Unmittelbar nach ihrem Aufbruch stoßen sie
am nächsten Morgen unterhalb eines Felsens auf Deutsche -
ihren Uniformen nach Mitglieder der Division Prinz Eugen:
2 muskulöse, knochige Männer mit typischem Kurzhaarschnitt,
die Wange des einen von einer Blessur entstellt.
Sie wurden von einer Partisanen-Vorhut entwaffnet und bei der Quelle,
aus der sie Wasser schöpfen wollten, auf verantwortungslose Weise
völlig unbehelligt zurückgelassen.

Wären ihre deutschen Kumpane auf sie gestoßen, hätten sie die Marschrichtung
der Aufständischen verraten können. Der Kommandeur wütet
Noch immer sind die Unseren kopflos. Er fährt die Deutschen böse an
Wo sind eure verfluchten Kumpane? Einer der beiden beschreibt
mit dem Arm einen weiten Kreis… *überall*, sagt er im besten Serbisch.
Wo kommt ihr her? - Aus dem Banat. - Ihr seid Landesverräter,
erwidert der Kommandeur, *ihr wisst, was ihr verdient!*

Er versetzt dem gefesselten Gegner einen Schlag, zieht sein Messer
und durchschneidet in einem einzigen Zug dessen Kehle.
Entsetzt, fassungslos und gelähmt sieht Pero zu.
Wie kann der Kommandeur, der am Abend zuvor noch so fürsorglich
zu einem kleinen Mädchen war, so kaltblütig, erbarmungslos sein?
Der Kommandeur überreicht Pero das Messer, deutet: den anderen jetzt!
Immer noch bestürzt gibt Pero das Messer schnell zurück.

Das Wetterhäuschen

Anna tippt ein Protokoll ab: Ein 14-jähriges Mädchen wurde gefasst, gefoltert. Sie bekannte, für die Partisanen Nachrichten übermittelt und kleine Botengänge geleistet zu haben. Ein wenig tut ihr die Kleine ja leid, furchtbar, dass die Partisanen halbe Kinder rekrutieren, unerfreulich auch, dass das Schulmädchen sterben muss.

Beim Abtippen fällt Anna ein, was sie vergangene Nacht träumte. Am selben Tag gebaren sie und ihre serbische Nachbarin Mädchen, nannten sie Sonja und Sanja, rassisch zwar verschieden, zauberhaft aber beide auf ihre Art. Im Traum verwandelten sich die beiden zu 2 Püppchen eines Wetterhäuschens.

Bei schönem Wetter tritt Sonja, bei Regen Sanja vor die Tür - niemals anders... Sonja wächst im Traum wunderhübsch heran, Sanja aber wird immer verhärmter. Anna schüttelt den Kopf. Was man so träumt: blödes Zeug!

Selbstverstümmelungen

Noch kaum dem Fieberwahn entronnen, muss Ludwig im Lazarett
ständig nachsinnen über die Kameraden. Ist ihnen wie ihm die Flucht gelungen?
Sogar des Nachts im Traum fragt er die Sanitäterin nach ihnen,
und stets ist ihre Antwort ratloses Schulterzucken.
Nach qualvollen Tagen des Wartens gesteht Ludwig sich selbst ein:
Tot sind sie, wahrscheinlich von den Partisanen massakriert,
verstümmelt bis zur Unkenntlichkeit aus Strafe über seine Flucht,
viehisch, barbarisch, unmenschlich, roh - wie die Partisanen
nun einmal sind. Ludwig martert, peinigt sich mit Selbstanklagen:
Warum nur hat er seine Gefährten so schmählich im Stich gelassen
und selbstsüchtig - auf sein eigenes Leben bedacht - die Flucht gesucht?

Ekel überkommt ihn, Abscheu vor sich selbst und seiner Eigenliebe.
Immer und immer wieder ruft er sich die Szene in Erinnerung,
klagt sich der Kopflosigkeit an. Andeutende Augenspiele,
gemurmelte Anweisungen - sie waren doch möglich, oder etwa nicht?
Aber die Detonation, so unerwartet, so plötzlich? Wie denn nur
hätte er sie voraussehen können? Er hatte gehandelt, instinktiv,
reflexartig, war das denn falsch? Schlaflos reiht sich Nacht an Nacht,
und am Tag sehnt er vergeblich den Schlaf des Vergessens herbei.
Er ist aber nicht der einzige Verwundete, der sich anklagt.

Eines Nachts hört er verblüfft die Selbstvorwürfe seines Bettnachbarn,
der im Delirium sich aus ganz anderem Grund brandmarkt -
einer sich zugefügten Selbstverstümmelung wegen. Wie es scheint,
hat er eine Handgranate zu früh gezündet, ob aus Versehen, aus Dummheit,
vermag Ludwig nicht zu entscheiden. Was in ihm aber Empörung hervorruft:
Der Bettnachbar wollte sich auf diese Weise dem Kampf entziehen
gegen die Partisanen. Also während seine Gefährten in diesem Augenblick
abgeschlachtet werden, massakriert dieser hier sich selbst.
Am nächsten Tag ist das Bett des Nachbarn leer, keiner sieht ihn je wieder

Flüsse und Frachten

Dunstiger Nebel liegt über dem blauen, von tosenden Stromschnellen unterbrochenen Fluss - soll dies wirklich der rettende Übergang sein, den der verweste Finger des Offiziers in der Hütte wies?
Weit und breit keine Brücke, am oberen und unteren Flusslauf der Feind.
Für den Bau einer Behelfsbrücke reicht die Zeit nicht.
Auf Befehl des Kommandeurs wird über den Fluss ein Stahlseil gezogen, doch erweist sich die Strömung als viel zu gefährlich.
Auch der Bau einer Fähre aus Schafshäuten scheitert kläglich.

Jeden Moment kann sie der Gegner überraschen: Verstreut herumliegende, halb verweste Leichen künden von einer bereits erfolglosen Flussüberquerung.
Während Pero eilig eine Stelle ausspäht, an der die Strömung schwächer ist, beginnen seine Kameraden fieberhaft ein Floß aus Rundhölzern zu zimmern. Jeder spürt, dass es um Leben oder Tod geht.
Schließlich entdeckt Pero, der sich für den Erfolg verantwortlich fühlt, eine möglicherweise passierbare Stelle. Zwar ist die Wassertiefe noch immer groß, aber die Strömung um einiges geringer.

Das Floß hat ungefähr die Mitte des Flusses erreicht, da rattert es los:
Ein schweres MG auf dem gegenüberliegenden Ufer nimmt sie ins Visier, Geschosse peitschen ins Wasser. Bevor die Garben das Floß treffen, springen die Partisanen in die Strömung. Pero wird - als ziehe eine Faust ihn hinab - auf Klippen unterhalb der Wasseroberfläche geschleudert.
Mit großer Mühe und Not schwimmt er nach oben, wird von Strudeln heftig herumgeworfen, erwischt irgendwie mit den Füßen eine glatte Felsplatte, und während um ihn herum noch immer Kugeln das Wasser aufpeitschen, balanciert Pero (wie im Zirkus) hilflos auf der glitschigen Platte.

Vielleicht ist das aber sein Glück: Er gibt ein schlechtes Ziel ab für den Schützen. Ringsum platschen die Körper der tödlich getroffenen Kameraden in den Fluss und werden von seinen wilden Strudeln fortgerissen.

Pero kommt endlich wieder in tiefes Wasser, wird herumgewirbelt, strampelt sich frei, verliert die Schuhe, erreicht das stark ansteigende Ufer und zieht sich eilig mit einer Hand an den spärlichen Baumwurzeln und Büschen die Böschung hoch - den Feuerstößen des MG entgegen. Er bemerkt über sich das Mündungsfeuer, schraubt hastig an der Schutzklappe seiner Handgranate, zieht ab, wirft und drückt sich tief in den weichen Boden hinein. Das MG verstummt sofort, Peros Handstreich hat den Feuervorhang durchstoßen. Fort geht es jetzt ohne Schuhe über Felsen, Steilhänge und Schluchten hinaus aus dem Kessel.

Idylle

Lange dauert es, bis Johann wieder zu Kräften kommt
und sein Geist sich entwirrt. Seit ihrer Hochzeit war er mit Elisabeth
und Paula nicht glücklicher. Das Jahr ist bald vorbei, der Wein
(Kadarka) gärt im Fass, Kukuruz und Hafer lagern
auf dem Dachboden oder im Schober, eingekocht sind Paprika
und Pekmes (Marmelade); im Keller säuert das Kraut.
Was übers Jahr getan werden muss, ist getan.

So gut er konnte, hat Johann mitgeholfen,
den Reigen der ewig wiederkehrenden Arbeit zu vollenden.
Beim Schweineschlachten - wenngleich für seine prima Würste
in Darda fast eine Berühmtheit - fehlte er aber:
Vom Blut wird ihm speiübel. Johann schnitzt herum
an einer Weihnachtskrippe, für Paula, die sich ein Pferdchen
im Stall wünscht, neben der Jesuskrippe.
Bei dieser Arbeit erholt er sich am besten... und dann geschieht
das Befürchtete: Die Honvéd holt ihn wieder
als Besatzungssoldat für die Ukraine!

Die heroische Tat

An Bäumen ist mit Teerfarbe und Axt der Weg zum Dorf markiert, aus dem Tags zuvor deutsche Soldaten beschossen wurden. Ludwig, inzwischen zum Hauptsturmführer ernannt, stößt mit seiner Truppe bei den Dorfleuten auf eine feindliche Mauer des Schweigens. Der Dorfvorsteher und einige der angesehenen Bauern werden als Geiseln in Verwahrung genommen und Hütten, Häuser, Ställe akribisch untersucht. Unter einem Misthaufen findet man Munition und Propagandamaterial der Partisanen. Während Ludwig und seine Leute die Geiseln an einem Weiler zwischen Dorf und Wald zusammentreiben, werden sie aus den soeben untersuchten Hütten beschossen.

Sofort schwärmen die Soldaten aus und nehmen die Hütten unter Beschuss. Die Schützen versuchen zu flüchten, werden aber gefangen genommen: halbwüchsige Burschen und ein hübsches, blutjunges Mädchen. Da es sich hier zweifellos um ein partisanenverseuchtes Dorf handelt, zögert Ludwig keinen Augenblick. Er gibt den Befehl, sämtliche Bewohner - auch Frauen und Kinder - zu erschießen. Unverzüglich wird Maschinengewehrfeuer auf die schreiende, heulende Menge eröffnet. Köpfe platzen wie Kürbisse, weißes Fleisch löst sich von Knochen und vermischt sich mit Blut und Exkrementen zu einer undefinierbaren Masse, Augen springen aus ihren Höhlen, und alles zusammen bildet einen glitschigen Schlamm, in dem Tote und Lebende versinken.

Ein kleiner Junge hebt an der Seite seiner Mutter bittend die Hände hoch, sieht Ludwig an, stumm. Für einen Moment stockt das Tackern des Maschinengewehrs, dann rattert es, als sei es über sich selbst erschrocken, wütend weiter *tack tack tack* und mäht den Jungen und seine Mutter - ein rasend um sich wirbelndes Messer - unter den Brei aus Fleisch, Gedärmen und Gehirn. Ludwig starrt fasziniert auf diesen Haufen gestaltloser Menschen: Das Blut, das hie und da in kleinen Fontänen aus noch nicht in Formlosigkeit übergegangenen Körpern spritzt,

hebt sich von dem schmutzigen Unrat ab wie ein von innen hell erleuchtetes Rubinrot. In diesem Moment geht eine Wandlung in ihm vor, rasenden Schrittes stürmt er mit seinen Stiefeln in die zerfließende Menschenfülle hinein, tritt auf matschige Leiber und zersplitternde Knochen und jagt da und dort einen Gnadenschuss zwischen ein aus der amorphen Masse auftauchendes, schreckhaft geweitetes Augenpaar. Mit jeder Patrone tilgt er Ungeziefer, ein Stück Dreck vom Angesicht der Erde, reinigt sie von diesem verderbten Menschenunrat und den widerlichen und abscheulichen Abszessen und Geschwülsten der menschlichen Rasse.
Wie kaum wahrnehmbare Blitze durchzucken Gedanken an den Vater sein Gehirn, was schert ihn dessen Verachtung und böse Meinung über ihn, was schert ihn das Ritterkreuz, was scheren ihn all diese Lappalien.

Nur dies hier zählt, dies ist die heroische Tat, um die es geht, die große Naturaufgabe, die Reinigung von allem Schmutz, der grandiose Vollzug des Weltgeistes und der Weltgeschichte. Fort mit allen kleinlichen Gemütsbewegungen, fort auch mit allen Gewissensbissen, die er seinen so Hals über Kopf im Stich gelassenen Kameraden gegenüber hat, und fort auch mit seinem unbegreiflichen Gefühl der Minderwertigkeit dem Wichtigtuer Wenzel gegenüber, nur fort, fort mit ihnen.
Ein wunderbarer Stolz dehnt seinen Körper aus, zu einem rauschhaft-unbesiegbaren Gefühl, zu einer Selbstwahrnehmung von sittlicher Größe und übermenschlicher Kraft. Zwischen heldenhafter Ekstase und Euphorie taumelt Ludwig inmitten des bluttriefenden Todesreigens umher, bis eine Hand ihn ergreift, ihn abseits führt und leise sagt, dass es zu Ende, der Befehl ausgeführt und nichts mehr zu tun sei.

Todesarten

Tatsächlich ist das Gros der Partisanen durch dasselbe Nadelöhr gekommen wie Peros Einheit. Zum Glück war der Fluss an dieser Stelle zuvor vom Feind besetzt, dann aber wieder freigegeben worden. Auch er scheint eine Atempause zu benötigen, oder er gruppiert seine Kampfeinheiten schon wieder um für neue Fesselungsversuche. Peros Einheit folgt dem Trampelpfad der Partisanen quer über Kornfelder und Wiesen, vorbei an Bombenkratern und verwesten Leichen. Sie schlafen auf bloßem Erdboden, lagern auf Blättern unter dem Schutz von Baumkronen und meiden Lagerfeuer, denn irgendein Feind ist immer in ihrer Nähe.

Eines Abends erlegt der neue Kommandeur mit Namen Peko zwei Hasen, und obwohl es unklug ist, werden sie des ungeachtet am offenen Feuer zubereitet - ein prächtiges Mahl für leere Mägen. Während sie schmausen, will Peko von Pero wissen, warum er den SS-Mann nicht tötete? Unangenehm berührt erklärt Pero, einen Mann, gefesselt und wehrlos, nicht töten zu können. *Kragujevac, Kraljevo?,* fragt Peko nur. 2 Städte, deren Bedeutung in Serbien jedes Kind kennt: Die Deutschen trieben wahllos Männer, Frauen und Kinder, sogar Schulklassen zusammen. Exekutierten alle, verscharrten die Tausenden Toten in Massengräbern. *Waren die nicht auch wehrlos?,* will Peko wissen.

Übergangslos beginnt er Pero zu agitieren: Dies ist kein Krieg, in dem die eine Streitmacht gegen eine andere kämpft und Truppen in ehrlicher Schlacht wie Zündhölzer verbrennen. Die Deutschen sind uns überlegen an Feuerkraft, Geschützen und Gewehren. Wir hingegen besitzen die stärkere Waffe: das Ideal von Brüderlichkeit und Gerechtigkeit! Das Ideal ist aber wichtiger als wir, größer sogar als der Tod.

Pero kommen die Sätze hochtrabend vor. Ehe er aber eine Erwiderung findet, legt sich ein alter, verletzter Partisan neben sie auf den Boden,

ächzt, stöhnt und redet auf sie beide in der Weise ein, dass er gut gelebt und gekämpft habe, es nicht schade um ihn sei, seine Wunden den Partisanen Glück bringen mögen und er bescheiden sein Ende erwarte.
Was für eine Wunde er habe, will der Kommandeur wissen und ruft nach der Sanitäterin. Die tastet die Wunde ab: *Bloß ein winziger Kratzer.*
Der Alte humpelt übertrieben und laut lamentierend fort.

Das Husarenregiment

Johann traut seinen Augen nicht: Halbwegs an seinem neuen Standort in der Ukraine angekommen, wird er Zeuge eines seltsamen, vollkommen rätselhaften Vorfalls. Sein Zug bremst in großem Abstand vor einem unbekannten Bahnhof. Die Insassen (meistens Soldaten) steigen aus und beobachten den Vorgang aus der Ferne. Gerüchteweise heißt es, der Bahnhof sei von einem sowjetischen Regiment besetzt. Hier? So weit vor der Front? Wie soll das möglich sein? 7 Angriffe hätten die Besetzer schon abgewiesen. Statt der angeforderten Artillerieunterstützung komme jetzt ein ungarisches Husarenregiment.

Alles lächelt ungläubig: wirklich, Husaren? Das wäre doch schade um die tadellosen Pferde... da, tatsächlich: Sie kommen, sie sind da! Ein Oberst mit glänzendem Goldkragen zieht wahrhaftig seinen Säbel, schreit ein lautes Kommando, und schon braust das Regiment - Säbel blitzen in der Sonne - über die Steppe auf den Bahnhof zu. Merkwürdig dünne Schüsse peitschen ihnen entgegen, und dann - Johann und die anderen Fahrgäste sehen es fassungslos: Das 7 Angriffen standhaltende, verbissen kämpfende sowjetische Regiment springt auf und hetzt nach rückwärts, von jauchzenden Husaren vor sich hergetrieben. Dem Anblick der blitzenden Säbel waren die russischen Soldaten nicht gewachsen.

Johann reibt sich die Augen: War das soeben eine Aufnahme für einen märchenhaften Reiterfilm oder ein wirkliches Geschehen? Als seien Ruhm und Ehre, Glanz und Größe der Honvéd aus der Geschichte wieder auferstanden! Lug und Trug ist das, Hohn, Halluzination sowieso, denkt Johann, was er sah, war nichts als eine Fata Morgana! Jedenfalls: Ein paar Stationen später erinnert sich kein einziger Mitfahrer mehr an die Husaren...

Erscheinung

Und ganz plötzlich erscheint Jesus Christus vor Ludwigs Auge;
mit lichtem Bärtchen und einem Antlitz voller Mitleid
blickt er so wie auf den serbischen Ikonen Ludwig an,
langmütig lächelnd, voll Gnade und Güte, wie Ludwig ihn
seit seiner Kindheit auch von Erzählungen her kennt,
und auch von bemalten Fresken in christlichen Kirchen,
die voller Dunst sind vom Weihrauch.

Wenn Ludwig die Augen öffnet, sieht er rings um sich Wald
und schlafende Kameraden, schließt er sie, ist die Erscheinung
erneut da, sanftmütiger und trauriger als zuvor blickt ihn,
voll Kummer, Jesus an. Er weiß, dies ist nur eine Entstellung seines Gehirns,
ein Auswuchs und ein Geschwulst; Verdrehung und Verzerrung
seiner wirklichen Gedanken, nichts Reales. Ein schlechtes Gewissen
braucht er sich wegen dieser Sinnestäuschung nicht zu machen.
Was er tat, war schrecklich, aber notwendig. Und außerdem:
Was getötet wurde, kann keiner mehr enttöten...

Flüsse und Frachten

Nachdem der Fluss den Gebirgszug durchbrochen und in eine östliche und westliche Hälfte aufgeteilt hat, strömt er breit und ausgedehnt in das schneebedeckte Tiefland hinein, um jetzt Menschen derselben Sprache, derselben Abstammung in 2 einander befehdende Welten zu teilen, und auch Menschen eines Blutes, eines Geschlechts, einer Sippe, eines Hauses, ja selbst einer Familie! Auf einer Seite des Flusses liegt eine starke Einheit der konterrevolutionären Tschetniks, auf der anderen Seite die Partisanen. Peko, der immer, wenn er Pero sieht, an seinen Vater und seine Geschwister bitter denken muss, will Pero soeben die letzten Instruktionen für einen Auftrag hinter den feindlichen Tschetnik-Linien geben, als ihnen im bläulichen Dämmerschein des Abends ein junger und pausbäckiger Partisan entgegenkommt, den Karabiner auf einen Mann gerichtet, dessen Gesicht hinter einem krausen Vollbart nahezu verschwindet, und doch - obwohl älter und untersetzter - augenfällige Ähnlichkeiten mit seinem Bewacher aufweist.

Von Peko befragt, wohin er den Tschetnik bringe (an seinem ungepflegten Bart erkennbar), entgegnet er offenherzig: *Ja, der da ist mein leiblicher Bruder, ich führe ihn zum Fluss, um ihn abzuknallen. Der Schurke hat meine Genossen und Freunde verraten und verdient nichts anderes! - Du willst deinen eigenen Bruder töten?* fragt ihn Pero bestürzt. *Ja, natürlich, wer denn sonst? Eben doch, weil er mein Bruder ist, muss ich es tun und nicht irgendein anderer. Diese Schande muss ja in der Familie bleiben.*
Pero sieht zu Peko hin, der zuckt nur mit der Schulter. Seltsam unberührt, wie in Trance versunken, versucht der ältere Bruder weder zu fliehen noch um sein Leben zu flehen. Er erwartet stumm - als kette ihn eine unauflösliche Angelegenheit an den Bruder - das Unabwendbare.

Und tatsächlich sagt der Jüngere: *Was sein muss, muss sein. Weder du noch ich kommen dagegen an. Zieh dich also aus, damit wir es*

endlich hinter uns bringen. - Wieso muss ich mich ausziehen, Bruder?
- Dein Rock und deine Hose sind in gutem Zustand und deine Opanken neu.
Es wäre schade um sie, viele Genossen müssen barfuß gehen!
Der ältere Bruder zieht sein Hemd aus, faltet es sorgfältig, legt es
auf die Opanken, streift einen Socken nach dem anderen ab:
Bei unserer Mutter, ich bitte dich, verlange nur nicht, dass ich auch noch
meine Unterhose ausziehe. Ich schäme mich ja vor dir, Bruder.
- Behalt sie an, aber nenne mich nicht Bruder, das waren wir vor
langer Zeit einmal. Jetzt sind die Genossen meine Brüder.
Stell dich hier hin, ja, gut! Plötzlich dringen Laute des Jammers
aus dem von dichtem Bart umschlossenen Mund:

Weh über unsere gemeinsame Mutter, weh über meine Frau und Kinder,
weh über dich und das Land! Ehe Pero oder Peko reagieren können,
setzt der jüngere dem älteren Bruder den Karabiner zwischen die Augen,
drückt ab. Der ältere Bruder biegt, krümmt sich, seiner Kehle
entflieht ein entsetzliches, schreckliches Röcheln.
Er sinkt in die Knie, seltsam langsam, als sei der übliche Ablauf
der Zeit für ihn aufgehoben - fällt aber nicht. Entgeistert schreit Pero:
Er lebt ja noch, lebt noch! - Ja, ja, er ist noch nicht tot, lebt noch.
Ich weiß schon, wohin ich zielen muss, zwischen die Augen,
aber doch auch ein wenig darunter! Die Kugel tritt unter dem Gehirn
ein und wieder aus, betäubt ihn nur - er soll ja den Tod spüren, der Hundesohn.
Pero reißt sein Gewehr von der Schulter und jagt blindlings Kugel
um Kugel in den noch immer zuckenden Körper. *Was tust du da,*
ruft der jüngere Bruder, *was bedeutet denn schon der Tod für einen solchen*
Banditen, wenn er ihn nicht spürt? Peko fällt Pero in den Arm:
Vergeude keine Munition. Dann schubst er den Leichnam in den Fluss.

Fortsetzung folgt

Nach mehreren Kesselschlachten begreift Ludwig allmählich:
Nie ist der Ring um den Gegner vollständig zu schließen;
leicht beweglich, wie er ist, bricht er immer irgendwo durch,
nachts vor allem, um im ungeschützten Rücken
abermals zuzuschlagen. Von allen Seiten als besiegt erklärt,
hat er sich zu Ludwigs Verblüffung schon wieder erholt,
taucht in erst unlängst befreiten Gebieten auf,
nimmt sie in Besitz und erklärt sie seinerseits als befreit.

Das ist nichts als Lüge, weiß Ludwig, Heuchelei und faule Diktatur.
Wie sonst sollte man die allerorts ausgehängten Plakate verstehen,
mit den Namen von so genannten Verrätern - hingerichtet auf
Befehl der kommunistischen Befreier? *Fortsetzung folgt* -
so brutal (er sah es selbst) endet oft die Namensliste!
Ist das nicht Willkür, Tyrannei - genau das, was man ihr,
der deutschen Division Prinz Eugen, vorwirft? Gräuelpropaganda!
Doch muss er einräumen, dass die Kommunisten,
anstatt in die Knie zu gehen, an Stärke zunehmen.

Sie besitzen mehr Korps und Divisionen als zuvor und werden,
wie auch die Tschetniks, immer frecher. Außerdem wirkt sich
die große Lage aus! Seitdem die Front im Osten eine Niederlage
nach der anderen einheimst, strömen die Serben zu den Waffen,
und auch die Kroaten, Slowenen - das ganze Lumpengesindel
zeigt auf einmal Mut! Weil das nicht ohne Auswirkung auf die Kampfmoral
der Männer bleibt, wird ein Angriff auf ein Dorf angeordnet,
das - ein Vogelnest - weit oben auf einem Felsen klebt.

Dem sicheren Untergang geweiht, soll seine Zerstörung den SS-Kämpen
wieder Selbstvertrauen geben und ihren Vernichtungswillen stärken.
Gelten soll, was schon immer galt: Wo die SS-Prinz Eugen steht,

kommt keiner durch! Während Ludwig diese Gedanken durch den Kopf gehen, bedient er das 7,5 cm Pak-Geschütz namens Lili Marleen, das ihm Untersturmführer Weindel - ein ausgezeichneter Artillerist - zur Übung überließ: Ludwig (der nur theoretische Kenntnisse über den Einsatz artilleristischer Waffen besitzt) will so praktische Erfahrungen sammeln. Er errechnet die Werte, justiert, schickt eisern Gruß um Gruß zum Dorf hinüber. Ein furchtbares Jaulen und Grollen setzt ein: Häuser, Hütten und selbst der Berg werfen Blasen unter dem schweren Feuer der Flak. Ludwig steigert sein Feuer zum Fortissimo... wenn der Feind es so will: ja - Fortsetzung folgt!

Lieber Johann

ich schreibe dir in der vergeblichen Hoffnung,
dass dich dieser Brief erreicht. Immer öfter hört man,
dass die Post nicht mehr *funkzionirt*. Kein Wunder bei dem Drunter und Drüber.
Jeden Tag gibt es neue Nachrichten über die Front,
in Wirklichkeit ist bestimmt alles noch viel schlimmer.
Lieber Johann, mir geht es gut, nur dass ich so viel ohne dich sorgen muss,
ist manchmal schon schwer für mich. Zum Glück gibt es
zu dieser Jahreszeit noch nicht so viel zu tun,
und Großvater und Großmutter helfen ja auch mit, so gut sie können.
Paula fragt jeden Tag nach dir, sie ist glücklich,
dass die Rogica und die Ljubica (du weißt schon, die aus der Serbengasse)
wieder mit ihr spielen. Die Ungarn seien noch schlimmer als die Deutschen,
sollen sie zu ihr gesagt haben - wahrscheinlich deswegen,
weil die ungarische Behörde 3 Serben verhaftet und *likwidiert* hat
-Tschetniks waren es. Partisanen gibt es in Darda noch nicht,
bis jetzt ist im Großen und Ganzen alles ruhig geblieben.

Man hat aber ein verstecktes Lager mit Waffen entdeckt,
das man den Söhnen des Wildschützen zuschreibt.
Seit ihr Vater vom Jagdhüter getötet wurde, *sympatisieren* sie mit den Partisanen.
Aber das ist nur ein Gerücht, in Wirklichkeit weiß niemand etwas Genaues.
Mein lieber Johann, jetzt haben die deutschen Truppen
auch noch Ungarn besetzt. Heißt das, dass du jetzt gegen Deutsche
kämpfen musst? Das wäre ja furchtbar, und ich kann es nicht glauben,
weil hier in Darda zwischen den Deutschen und Serben und Ungarn
hauptsächlich alles so ist wie immer. Nur der Grieg-Sohn
hetzt dauernd gegen die Serben und sagt, dass er vom serbischen Zirkus
die Nase voll hat. Ich weiß nicht, was er damit meint.
Ich frage mich nur, wie er es geschafft hat, dass er vom Waffendienst
freigestellt ist. Er ist doch kerngesund. Nur soll er ein bisschen vorsichtiger
mit seinem Mundwerk sein, sonst kriegt er einmal noch eines drauf.

Lieber Johann, letzte Woche habe ich den Obmann vom Kulturbund gefragt,
wie wohl alles weitergeht, weil doch die Front immer näher rückt.
Wir sollen uns ruhig verhalten, hat er gemeint,
das Blatt würde sich noch rechtzeitig zu unseren Gunsten wenden.
Ich überlege aber trotzdem dauernd, ob ich unsere Wertsachen
nicht bei der Nachbarin *debonirren* soll, nur bei welcher?
Bei unserer ungarischen, oder doch lieber bei der serbischen?
Oder soll ich alles im Garten vergraben? Was meinst du,
lohnt sich das bisschen überhaupt? Aber wer kann schon in die Zukunft
schauen? Lieber Johann, gestern habe ich beim Anblick der Bäume
vor dem Haus an dich denken müssen. So nackt und kahl wie sie
komme ich mir ohne dich vor. Liebe Grüße, deine Elisabeth, und Paula.

Zwei Seen

Zwischen den beiden Naturwundern schlängelt sich die Straße hindurch. Fast kreisförmig liegt weit unter ihnen zur Linken der tiefrote, zur Rechten der tiefblaue See. Ihre rätselhaften Farben ruhen beinahe reglos im hellen Licht der Sonne, nur leicht kräuseln sich auf beiden Seen die Wasserspiegel, als pusteten unsichtbare, geheimnisvolle Luftströme darüber. Mysteriös sind diese Seen, sie heben und senken sich nach einer unbekannten Ursache. Senkt sich der blaue See hinab, so hebt sich der rote See um dasselbe Maß in die Höhe, um dann, nach demselben Gesetz, erneut in die Tiefe zu stürzen, und nur weit oben, jeweils an den Felswänden der Seen, zeigt die rote oder blaue Wassermarke den einstigen Stand der Spiegel an - zwei verbundene Waagschalen.

Kein Anlieger weiß, wie sich dies zuträgt, oder ahnt auch nur den Grund. Gibt man aber, weit entfernt von diesem Ort, in 2 unterschiedliche Flüsse Farben ein, so nimmt das Wasser in den Seen dieselbe Farbe an, und - so erzählen die Anlieger - Fische kommen in den Seen vor, die in ihrer Art denen in den beiden weit entfernten Flüssen entsprechen. Seit - erzählen die Anlieger weiter - aber die Okkupanten das Land in ihrem blutigen Würgegriff hielten, habe sich der rote See nicht mehr gesenkt und sein kreisrunder Behälter sei wie mit Blut bis zum Rand gefüllt.

Hier - aus Zufall genau zwischen diesen zwei Seen - soll der Anschlag der Partisanen auf den Gegner stattfinden. Als die lang auseinander gezogene Kolonne des Okkupanten endlich - sie besteht aus 120 Lastwagen - angefahren kommt, lässt Peko das Feuer eröffnen. Die Deutschen stellen sich dem Kampf, verzweifelt, zwecklos. Einer nach dem anderen fällt. Die Beute ist enorm: Pferde und Paks, Hunderte von Mulis, 1 Million Dinar, Lebensmittel und Munition. Peko wirft zufällig einen Blick auf die Seen. Erstaunt sieht er, dass der rote See nur noch ein Tümpel ist. Wenn es stimmt, was die Anwohner fromm wähnen - werden die Okkupanten nun endlich besiegt und ihre verbrecherischen Taten aufhören?

Die Brücke über die Drina

Uneinnehmbar auf der anderen Seite befindet sich der Bunker,
zu dem nur eine behelfsmäßige, zudem ziemlich vermoderte Brücke
über die Drina führt. Ein markiger Feuerschlag vom Westufer
soll die Partisanen zermürben und die Erstürmung des morschen Stegs vorbereiten,
der vom Bunker aus unter stetigem Beschuss steht
- ohne Zweifel ein Himmelfahrtskommando. Die Zeit jedoch eilt,
vor einer Stunde brachte der Pilot des Fieseler Storchs den Befehl,
sich so schnell wie möglich in Marsch zu setzen.

Seit dem schändlichen Verrat der Bulgaren ist die Front rasch vor die Tore
Jugoslawiens gerückt. Der Widerstand der Partisanen hier ist also zweitrangig;
stattdessen gilt es jetzt, den erwarteten Zusammenschluss
mit der Roten Armee so lang wie nur möglich hinauszuzögern.
Ludwig weiß: Der Bunker, die Brücke - obschon nicht gefahrlos -
sind nur noch ein nutzloses Scharmützel angesichts der Frontlage.
Was da am anderen Ufer steht, ist Nachhut; die Partisanen-Hauptkräfte
marschieren bereits stramm den Russen entgegen.

Allein das verfluchte Ritterkreuz! Wenn überhaupt… das hier ist
die allerletzte Chance! Er muss… Ludwig rennt die hängende
Westseite der Brücke hinab, zum Teufel mit dem befürchteten Beschuss…
nur wer den Tod verachtet… und mit Mühe und Not stürmt er
die ansteigende Feindseite zum Bunker hinauf, wirft Handgranaten
und bricht den Widerstand des völlig überraschten Feinds.
Nicht minder verblüfft folgen ihm die Kameraden - und säubern den Bunker
vom Partisan. Erst viel später würdigen die Kameraden den Mut Ludwigs,
erinnern sich scherzhaft seines fast vergessenen Spitznamens *Bora Bora*.
Nun wird er das Ritterkreuz bestimmt bekommen! Ludwig ist sich unsicher:
Wird es auch wirklich das Kreuz „Erster Klasse“ sein?

Tito

Unaufhörlich kommen aus den Dörfern Bauern in die befreite Stadt und tragen Anklagen vor. Im Dorf A hat ein Tschetnik an die 5, im Dorf B ein Ustascha 6 Bauern ermordet. Peko, in einem Kloster untergebracht, geht den Vorwürfen nach, teilt die Häftlinge (Tschetniks, Ustaschas, Neditsch-Leute) ein. Zimmer X bedeutet: Verhör, Tod durch Erschießung, Zimmer Y: weitere Untersuchung. Beinahe alle Delinquenten werden in das Zimmer X geführt. Pero liegt mit klappernden Zähnen, Schweißausbrüchen, 40 Grad Fieber - vermutlich eine Darminfektion - im Lazarett gegenüber den zwei Zimmern und zweifelt, grübelt:

Müssen diese jungen, kräftigen Burschen wirklich alle erschossen werden? Lässt sich nicht einer umerziehen und auf diese Weise retten? Trotz ihrer Vergehen, ihrer Gräueltaten sind sie doch Angehörige ein- und desselben Volkes? Müssen sie sich gegenseitig auffressen, wie dies angeblich Ringelnattern und auch andere Tiere tun? Statt des erwarteten Arztes kommt Peko zu Besuch und unterbricht Peros Gedanken. Pero, der in Pekos Zügen immer das Gesicht des freundlichen Alten aus dem zerlegbaren Dorf sieht, freut sich und freut sich auch nicht: Zu unklar sind seine Gefühle dem Jüngeren (seit langem schon sein offizieller Vorgesetzter) gegenüber.

Fröhlich erzählt Peko von einem Besuch besonderer Art: Einige Bauern der Umgebung wähnten in der Stadt Tito und wollten ihm auf Spießen gebratene Lämmer als Ehrenmahlzeit überreichen. Als Bitte hätten sie geäußert, den großen Tito mit ihren eigenen Augen sehen zu dürfen - mit Glück und Segen bis an ihr Lebensende seien sie dann überreichlich ausgestattet. Viel Mühe habe es gekostet, sie davon zu überzeugen, dass in der Stadt kein Tito sei. Obgleich enttäuscht, hätten sie die Lämmer dann da gelassen - hier sei ein Stück davon.

Pero bedankt sich, kann aber vom Fleisch nicht essen,

ohne sich gleich übergeben zu müssen. Er weiß selbst nicht,
wie dies geschieht, ist es in seinem Fieberwahn? Er bittet jedenfalls
um Gnade für die zum Tode Verurteilten. Peko, zuerst überrascht,
breitet seine Argumente schließlich nüchtern vor Pero aus,
und obwohl Pero sich anstrengt, Peko zuzuhören, vernimmt er nur Worte
wie Vaterland, Idee und Macht, Gewalt und Gewehre, Hass, Sieg,
Fortschritt oder Untergang, Gerechtigkeit und Ideologie. Träumt er?
Vor ihm sitzt Tito mit Titovka-Mütze in seiner neuen Marschalluniform
und spricht von seiner hübschen Sekretärin, die er seit kurzem hat.

September im Banat

Im Banat ist der September wunderschön, das Laub auf den Bäumen tuscht Farben in den Himmel, von Zweigen befreit breitet es seinen bunten Teppich auf der Erde aus, die Luft ist erfüllt von Milde und Frieden, die Menschen aber hasten und rennen, ohne Augen für die Schönheit dieser Jahreszeit, vom Freund hin zum Nachbarn, vom Nachbarn zum Freund, voll innerem Aufruhr, zugleich aber gelähmt von Ungewissheit und Furcht. *Sie kumme! Die Russe sin scho in Rumäniee*! - das nach Verrat und Abfall von den Achsenmächten so offen steht wie das berühmte Scheunentor -. Flüchtlingstrecks aus dem rumänischen Banat durchziehen Kikinda, die Wagen, von schwerfälligen Ochsen gezogen, schaukeln und rumpeln die Straßen entlang. Auf der Suche nach einem Quartier treffen sie auf Landwirte, die willig oder unwillig Unterschlupf gewähren.

Auch ihr müsst gehen, sagen die Fremden. Gehen? Den Grund und Boden der Väter und Vorväter verlassen? Schon steht der Kukuruz haushoch auf den Feldern und trägt dicke Kolben, die Zuckerrüben wollen aus der Erde! *Die Russen spielen uns böse mit,* deuten die Fremden an. - *Ja, aber wer soll das Vieh füttern? - Unsere Frauen werden vergewaltigt,* klagen die Fremden. - *Wer soll den Kukuruz brechen? - Sie schlagen uns tot,* rufen die Flüchtlinge. - *Wir haben es elf werden lassen, jetzt sollen die Glocken auch zwölf schlagen,* antworten kurz und bündig die Bauern. Im Delikatessengeschäft, beim Einkauf, hört Anna andere Argumente: *Mein Gewissen ist rein, ich bleibe hier!* sagt ein Kunde zum Inhaber. - *Nur weil Deutsch meine Muttersprache ist, fliehe ich nicht! Das wäre ja wie ein Schuldbekenntnis,* bestätigt ihm der Kaufmann, *und vielleicht sogar Anlass uns auszubürgern!*

Ausgebürgert? Das will Anna nicht werden, und außerdem: Wo ist ihr Ludwig? Seit Monaten blieb sie ohne Nachricht von ihm. Wenzel, von Anna nach ihm befragt, zuckt nur bedauernd die Schultern und weiß von nichts. Zu schnell überstürzen sich die Ereignisse jetzt. Und eines Morgens, statt sie zu begrüßen, fragt er nur: *Und was machen wir nun mit Ihnen?* Anna schiebt eine Akte hin und her und antwortet ratlos: *Mit mir?- Als Ihr Vorgesetzter,* erklärt Wenzel, *mache ich mir selbstverständlich Sorgen. - Das müssen Sie nicht,* entgegnet Anna knapp (sie ist mit Wenzel nie wirklich warm geworden). *Umso besser,* erwidert Wenzel, und das Thema ist zwischen ihr und ihm erledigt. Und wieder eines Morgens fehlt die Schildwache vor ihrer Dienststelle, und die Büros stehen leer, und kein Mensch weit und breit. *Nachts sind die weg*, meint der Hausmeister, und... *ich auch!* Die Trecks rumpeln tagsüber, des Nachts. Anna wartet. Sie weiß nicht, worauf.

Verfall und Empfang

Auf dem Weg zum Standort nahe Belgrad, wo sich die SS-Einheit Ludwigs mit einer von der Front nach Jugoslawien abgestellten Wehrmachts-Kompanie vereinen soll, hat Ludwig auf einem Markt ein für jedermann frei erwerbbares MG 42 beschlagnahmt. Also selbst dies ist plötzlich möglich: Auf den Märkten kann man neben Gemüse und Früchten auch MGs und Munition kaufen - nicht etwa einfach Waffen, sondern deutsche Präzision zu billigem Preis! Unaufhaltsam häufen sich die Vorzeichen des Verfalls. Die Wehrmachtsangehörigen sind - unglaublich - wie im Fasching bekleidet: Einer trägt Schuhe aus Österreich, einer eine tschechische Reithose, wiederum ein anderer italienische Unterwäsche mitsamt italienischer Litevka, hierzu die Mütze eines deutschen Gebirgsjägers - da sind sogar mittlerweile die von den Engländern versorgten Partisanen besser dran!

Die Wehrmachts-Offiziere und -Soldaten kommen aus Schreibstuben, Verpflegungslagern und irgendwelchen Stellen der Verwaltung - kurz: Sie sind ohne jeden Kampfwert! Und so weiter. Ehemaliges Flugplatz-Bodenpersonal hantiert hilflos an Geschützen und Paks herum, ein Funker tritt kräftig auf einem Fahrradgestell „ohne Räder" in die Pedale und erzeugt auf diese Weise die minimale nötige Elektrizität für den Funkverkehr. Alles stockt, erlahmt, ermattet, steht still. Die deutsche Wehrmacht: Ist der Funker, der in die Pedale tritt und doch nicht von der Stelle kommt, ein Sinnbild für sie? In der Nacht darauf träumt Ludwig, dass er allein, ohne jeden Beistand die Rote Armee angreift, auf einem Fahrrad ohne Räder sitzend…

Am nächsten Tag dann die Überraschung: Das Dorf, das die Prinz Eugen - mit der Kompanie der Wehrmacht vereinigt - vor dem Tor Belgrads taktisch besetzen soll, hat hölzerne Tore, geschmückt mit Tannengrün, zur feierlichen Begrüßung errichtet, Spruchbänder sind zum Willkommen über die Straße gespannt, ein Orchester spielt auf. Lächelnd, zum Gruß, wartet ein Empfangskomitee. Auf einmal gefriert das Lächeln, stockt auch hier alles: Das Dorf steht bereit zur Begrüßung der Roten Armee.

Flugzeuge am Himmel

Weit oben am Himmel sieht Paula sie ihre Bahn ziehen,
ein mächtiger Schwarm von einem Ende des Horizonts zum anderen.
Viel, viel größer als Mückenschwärme oder die Schwärme von Bienen.
Paula weiß, dass sie jetzt in den Weinkeller gehen muss…,
da warten Opa und Oma schon ungeduldig auf sie.
Die Mama ist aber in Beli Manastir, und wenn Opa und Oma
mit ihr schimpfen, ist es nicht so schlimm.

Sie will ja die vielen Flugzeuge zählen - nur wo anfangen?
Sie beginnt eins, zwei, drei, vier, fünf... ihre Augen hüpfen
aber da und dort hin und machen Paula ganz wirr.
Mama hat gesagt, die vielen Flugzeuge kommen aus Italien,
das auch ein Land ist, wie Ungarn … wohin sie fliegen.
Auch Papa ist jetzt in Ungarn, sagt Mama, aber sie weiß es nicht genau!

Darum ist sie jetzt nach Beli Manastir gefahren, das auch in Ungarn liegt,
wie Darda... Paula versteht nur, dass irgendwie alles in Ungarn liegt
und dass Papa dann nicht so weit weg sein kann.
Ihm zuliebe zählt sie die Flugzeuge jetzt sogar auf ungarisch:
Egy, kettö, három, … diesmal sind es die Flugzeuge,
die herumhüpfen! Soll sie vielleicht doch in den Weinkeller gehen?

Opa sagt, die Flugzeuge könnten eine Bombe verlieren, und dass
das ganz schlimm sei. Auch Mama hat Angst, dass sie auf Papa
eine Bombe verlieren. Nein, Paula ist sich jetzt ganz sicher.
Sie wird tapfer sein und nicht in den Keller gehen.
Wenn nämlich die Flugzeuge auf sie keine Bombe verlieren,
verlieren sie bestimmt auch keine auf Papa!

Warum blieb sie hier?

Und dann ist es zu spät! Mit Heergepäck und Tross - geschleppt von vollständig ausgemergelten Gäulen - ziehen die Sieger müden Fußes in Kikinda ein, in staubigen Schuhen, zerlumpten Uniformen, bunt zusammengewürfelt, marode. In nichts gleichen sie triumphierenden Heeren. Sich vorsichtig vorwärtstastend wirken sie eher wie ein verlorener Haufen. Ganz anders hingegen eingezogen waren die Deutschen in den Ort, mit donnernden Panzern, schweren Motorrädern, blitzblank polierten Stiefeln, prächtigen Uniformen: sieghafte Eroberer, glänzende Helden!

Ist es tatsächlich möglich, dass dieser stolze Heerbann von einem russischen Lumpenhaufen besiegt ist - kampflos Stadt und Einwohner dem Feind überlässt? Doch der Jubel ist groß! Alles, was nicht deutsch spricht, steht am Straßenrand mit Fähnchen, winkt und lacht, weint und umarmt, tanzt: Der Krieg ist zu Ende, die Okkupanten: geschlagen! Im Schlepptau der Roten Armee kommen die Partisanen, manche in englischen Uniformen, andere sogar zerlumpter noch als die armseligen Rotarmisten. So zahlreich und wild bewaffnet ängstigen sie Anna, die verborgen hinter Fenstervorhängen das Treiben der Straße unten beobachtet, angespannt, unruhig, nervös.

Seit Wenzel die Stadt verlassen hat - und alle Deutschen mit Rang und Namen: Funktionäre, Kulturbündler, SS-Männer, Militär, Beamte, Experten - kommt sie sich nackt und schutzlos vor. War es doch falsch, hierzubleiben? Ein fataler, grober Wahnwitz, den sie bald bereuen wird? Warum blieb sie hier? Wegen Ludwig? Ja, sicher - auch! Andere Frauen aber flüchteten und ihre Männer kämpfen immer noch, so wie Ludwig einen längst verlorenen Kampf (denn gewonnen kann er nicht mehr werden). Durch die Zweige der herbstlich bunten Bäume vor ihrem Fenster sieht sie die neuen Fahnen mit dem roten Stern, die auf den Häusern gegenüber aufgezogen wurden.

Gestern flatterten da noch sieghafte Hakenkreuz-Flaggen.
Warum blieb sie hier? Ging es ihr wie den Landwirten?
Wegen des Himmels, der Flüsse, der Felder? Den Aromen der Lüfte?
Wegen der Eltern? Wenn Anna an die Trecks denkt, wird ihr übel:
der Schmutz, Schlamm und Staub der Straßen, das Stroh,
die Unreinheit der Übernachtung, überall Unrat, Flöhe, Ungewissheit.
Nein, nein, nur das nicht, nur das nicht!

Spiel mit dem Tod

Von der Ukraine hat Johann nicht viel mitbekommen,
schneller als Hunde Hasen jagt die Rote Armee die Honvéd vor sich her.
Schon liegt Johann in einem ungarischen Ort und soll die nahezu völlig
von Rotarmisten eingeschlossene Kleinstadt mit Zähnen und Klauen verteidigen.
Vor dem mächtigen Pak- und Werfer-Feuer der Russen igelt sich
Johanns Einheit auf dem alten Friedhof ein und wirft sich
hinter der Friedhofsmauer in Deckung. Ein Schlag, ein Knall:
Eine Panzergranate durchschlägt die Mauer und öffnet eine breite Bresche
für weiteren Beschuss. Ziegel fliegen, roter Staub legt sich auf Gräber,

Granate um Granate kommt jetzt heulend angeflogen und wühlt die Erde
der Gruben und Grüfte auf. Hier sieht Johann eine knöcherne Hand herausragen,
da einen Schädel oder den Knochen eines Schenkels. Es ist das letzte Bild,
das er in sich aufnimmt. Vom Turmfenster der Kapelle gegenüber trifft ihn
der Schuss eines russischen Scharfschützen schon wieder an der Stirn.
Johann fällt zu Boden, in seinem Kopf strahlt ein reines Licht aus einer Höhe
herab auf ihn. Stirbt er? Aus dem Lichtstrahl kommt ihm ein Rotarmist
auf einer Straße entgegen und fragt freundlich: Führt dieser Weg
hier nach Berlin? Johann fällt endgültig in ein tiefes, schwarzes Loch.

Warum kommen sie nicht?

Anna wartet. Sie weiß, sie werden kommen. 15 kg Mehl, 7 kg Schmalz, 7 kg Speck und Schinken, 3 kg Pekmes (Marmelade) stapeln sich in ihrer Speisekammer: die Ration (laut Flugblatt) für den Fall der (natürlich nur provisorischen) Flucht. Der Vorrat ist für Wochen groß genug. Anna kocht Kartoffeln, immer wieder Kartoffeln, isst Brot mit Marmelade oder Schinken, Speck. Sie will auf keinen Fall die Wohnung verlassen. Immer trockener wird mit der Zeit das Brot, das sie bestreicht. Warum kommen sie nicht? Die Partisanen wissen doch, dass sie für Wenzel, für die Gestapo gearbeitet hat. Dann treiben Ruhelosigkeit, Unruhe und Sorge um den Vater Anna auf die Straße.

Das erste, was ihr in den Blick gerät, ist eine Straßenlaterne, unter der ein Volksdeutscher an einem Strick baumelt mit einem Schild auf der Brust: *So wird es euch allen gehen, ihr verfluchten Schwaben.* Sie kennt ihn, Anton Euler, chemische Reinigung. Anna beschleunigt ihre Schritte, nur weg, zum Korso hin, wo die Eltern wohnen. Sie muss an der Kurie vorbei, in die sie vor wenigen Tagen noch Akten hineinschaffte, hört Trommeln und sieht schon von weitem: Der Sokolpark ist voller Partisanen, die dicht an dicht beieinander stehen. Sie johlen, grölen, lassen Slivovitzflaschen kreisen.

Anna will vorüberhasten, da werden ihre Augen gebannt von dem Ereignis: Ein Dutzend volksdeutscher Männer müssen die Eichensärge wieder aus der Gruft ausgraben, in die vor Jahren die Gendarmen so feierlich bestattet wurden. Als die Särge freigelegt sind (weniger vermodert als man glaubt), reißen die Partisanen die Überreste der Toten auseinander, prügeln mit den Knochen der nicht vollständig verwesten Leichen roh auf die unfreiwilligen Totenausgräber ein. Teils erschrocken zurückweichend, teils jauchzend, mit Freudenschüssen in die Luft, reagieren die umstehenden Partisanen, und im allgemeinen Durcheinander des Ausgrabens, Prügelns, Lärmens, Tobens und Rasens flieht Anna in panischem Entsetzen zurück in ihre Wohnung.

Fremd in der Heimat

Unaufhörlich regnet es, schüttet der Himmel dicke Wassertropfen
in schrägen Bahnen vom frühen Morgen bis in die späte Nacht
auf die heimatlichen Bergtäler, verwandelt Fahrwege in Hindernisse
aus Schlamm und harmlose Quellen zu gurgelnden Wasserläufen. Es scheint,
als habe der wolkenverhangene bleierne Himmel Peko aus Mitleid
das Weinen abgenommen. Er selbst kann es nicht. Bleiern wie der Himmel,
betäubt, stumpf, starr, ohne Empfindung, vollkommen leer, so fühlt Peko
sich seit Tagen. Tot sind sie alle: sein Vater tot, seine Brüder
und Schwester tot, seine so heiß und aufrichtig geliebte Schwester -

auch sie wurde hingeschlachtet von den Deutschen die - auf dem Rückmarsch,
quasi im Vorübergehen - zuletzt doch noch sein *zerlegbares* Heimatdorf
auslöschten, die überraschten Dorfbewohner (die sich schon sicher
wähnten seit dem Einmarsch der Sowjets und dem Sieg der Partisanen)
im Schlaf hinstreckten. Jetzt reitet Peko in sein Heimatdorf zurück,
das er vor Jahren den Partisanen zuliebe verließ. Eigenartig, wie ihm
die vertraute Heimat so unwirklich fremd, wie fast nie gesehen
in seiner Bitternis und Not erscheint. Hat denn der Krieg die Macht,
selbst solche Dinge wie Weg und Wald, Bäume und Büsche,
Quellen und Bäche, ja, sogar den wohlbekannten Himmel zu verderben?

Nachbarn

An einem der nächsten Tage treibt es Anna wieder auf die Straße. Sie nimmt Umwege, meidet voller Furcht den Sokolpark und stößt auf eine serbische Nachbarin, die vom Markt her kommt und Anna schon von weitem bespuckt. Voll Häme deutet die Serbin auf eine KUNDMACHUNG: *Erschossen! Für Untaten und Verbrechen, am serbischen Volk begangen.* Es folgt Name um Name, und: *Sie alle dienten in der SS-Division Prinz Eugen, durch ihre Verbrechen berüchtigt - Tod dem Faschismus, Freiheit dem Volk!* Anna erstarrt, sie liest die Namen der Liquidierten, wieder und wieder. Ihr Ludwig? Gottseidank! Gottseidank!

Im Haus der Eltern trifft sie ihre Mutter an, weinend, verzweifelt. Mit Mühe und Not beruhigt Anna sie und erfährt: Ihr Vater ist nicht mehr zurückgekommen, seit gestern! Er hat pflichtgemäß (wie durch Trommeln verkündet, verlangt) sein Kraftrad im Rathaus abgegeben, jedoch sein uraltes, völlig unbrauchbar verrotetes Wanderer-Leichtmotorrad (noch mit veraltetem Keilriemen-Antrieb und morschen Reifen) im Keller einfach vergessen. Denunziert hat ihn die ungarische Nachbarin - sonst immer freundlich - schon eine halbe Stunde später.

Er ist verhaftet… in der Kurie… wieder schluchzt die Mutter. Über einen Wachposten hat sie ihm das Abendessen bringen dürfen, hernach im Tragekorb dann aber einen verstecken Zettel von seiner Hand gefunden: *Hilfe, Hilfe!* Auf dem Heimweg begegnet Anna dem Bekanntmachungs-Trommler, der jetzt kein Schwabe mehr ist, sondern ein ziemlich krummbeiniger Serbe. Er sieht sie schadenfroh an, während er trommelt und trommelt: Morgen in der Früh haben sich alle Schwaben Punkt 5 Uhr in der Kurie einzufinden!

Flüsse und Frachten

Pero - allmählich genesen - denkt darüber nach, wie es weitergehen soll.
Noch fiebert er, fragt sich, wer mehr fiebert - Peko oder er?
Es tut ihm leid um Pekos Vater und Schwester, die er - wie lange ist das her? -
in dem Dorf kennen gelernt hatte (der freundliche, weißhaarige,
so kluge, ja weise Alte). Aber die Wandlung, die mit Peko vor sich ging,
seit er vom Tod seiner Verwandten erfuhr, beunruhigt Pero.
Aus Peko, immer schon kalt und unbedenklich, wenn es ums Töten ging,
ist ein Eiferer, ja glühender Fanatiker geworden, stets bereit,
die Deutschen aus Hass bedingungslos umzubringen.

In der Nacht, bevor Peko sich auf den Weg in sein Heimatdorf machte,
träumte Pero von den 2 Menschengeschlechtern seines Landes.
Friedlich und gemeinsam hatten sie bislang Städte und Dörfer bewohnt,
Handwerk und Landwirtschaft betrieben, sich auf der Straße
über das Vieh und das Wetter unterhalten, zusammen Geselligkeiten,
Feste veranstaltet und sich hie und da auch untereinander sogar vermischt.
Aber dann wollte sich das eine Menschengeschlecht über das andere
erheben - und alles geriet in Peros Traum durcheinander.

Vor allem die Flüsse verließen ihre vorgezeichneten Bahnen,
flossen kreuz und quer durch die Ebenen und legten sich wie ein verwirrtes,
vollkommen verworrenes Spinnennetz über das weite Land.
Die Sutjeska strömte in den Lim, die Una, Sava, Drava in die Drina,
Tara und Kupa rissen die Neretva und Zeta und Piva und Rama mit sich
- und alle zusammen schäumten, warfen wütend Gischt in den Himmel,
bildeten Strudel, rissen von den Ufern breite Streifen Landes ab
und wirbelten es in heftigen Kreisen herum wie tobsüchtige Kreisel,
deren Malstrom blutig das stolze Menschengeschlecht verschlang.
Im Traum verschwand es aus Peros Heimat für alle Zeiten...

Schmalz, Schinken, Speck

An Schlaf war nicht zu denken. Fieberhaft, rastlos geht Anna 5 Schritte hin zum Wandschrank, 5 Schritte zur Kommode, zur Bettstatt, zur Kommode, ohne Besinnung. Erst als sie Tumult unten auf der Straße hört - die ersten Schwaben auf dem Weg zur Kurie -, zerrt sie den Koffer unter der Bettstatt hervor, und nach einem Blick auf die Uhr - sie hat noch 10 Minuten - wirft sie wahllos Strümpfe, Unterwäsche, Kleider, Blusen und Schuhe, ein Bündel von *Sie-weiß-nicht-was* hinein, holt die fein gewirkten Strümpfe, die frisch gestärkten blütenweißen Blusen, Spitzenunterwäsche, das viel zu gute Schuhwerk wieder heraus und ersetzt alles durch abgetragene Kleidungsstücke (vor Wochen für die Vomi im Leinensack bereitgestellt und dann vergessen).

In ihre Handtasche steckt sie Puderdose, Weckuhr, Kamm, Sparbuch, Brillantenbrosche, nimmt Brosche und Sparbuch wieder heraus, versteckt sie hinter der Kommode. Halt - das Album mit den Fotos! Rasch blättert sie: Ludwig, Arm in Arm mit ihr auf dem Korso in seiner schicken SS-Uniform. O Gott! Nur das nicht! Wie viel Zeit? Höchstens 5 Minuten noch! Soll sie eine Schallplatte auflegen - auf dem Grammophon - zum Abschied? Zu sentimental!

Und der Pelz, den sie zurücklassen muss! Muss sie? Ein Buch wenigstens - oder nicht? Sie rennt zum Wandschrank, zur Kommode, zur Truhe, schließt alles ab, legt die Schlüssel in die Schmuckkassette, will die Kassette rasch auf dem Dachboden verstecken, besinnt sich, bindet sich stattdessen den Kassettenschlüssel oberhalb des Knies mit einem Gummiband ans Bein - fertig. Grau ist der Himmel draußen, dünner Dauerregen, geduckte Rauchfahnen.
Schmalz, Schinken, Speck? - Vergessen!

Ehrenbegräbnis

Peko bestattet mithilfe der Bewohner vom Nachbarort seine Schwester und seinen Vater. 3 Tage stellt er die Leichen auf dem Dorfplatz aus und ignoriert die erstaunten Blicke, die ihm seine Genossen wegen der ungewöhnlichen, ja befremdlichen Aufbahrung zuwerfen. Wo gibt es ein solches Aufheben um den Tod? In diesen Zeiten werden tote Freunde verscharrt, tote Feinde lässt man liegen oder wirft sie in die zahlreich vorhandenen Schluchten und Klüfte - aber aufbahren? Dunkel, ihm selbst nicht völlig klar sind die Gründe, die Peko zu dieser besonderen Ehrung bewegen.

Er liebte seine Schwester - natürlich -, und will den endgültigen Abschied so lange wie nur möglich hinauszögern. Aber da, in seinem Sinn, ist auch noch etwas anderes, ihm selbst nur verschwommen Fassbares. Peko möchte den Dorfbewohnern - unter ihnen auch Genossen - demonstrieren: Eine Beerdigung von Freischärler-Familienmitgliedern ist etwas Besonderes, etwas Großartiges, Überragendes und ganz Außerordentliches! Sind es nicht die Partisanen, die den Sieg gegen die Okkupanten erfochten? Sie werden es auch sein, die den neuen sozialistischen Staat aufbauen und mit ihren gerechten Idealen begründen! Würdig, feierlich, ja erhaben, sollen sie und ihre Anverwandten darum bestattet werden!

Nach einem Wink von ihm bringen die Genossen einen in der Nacht zuvor gefangenen, verstörten und vollkommen verwirrten Deutschen herbei. Peko will den Dorfbewohnern und vor allem auch seinen Genossen noch einen entscheidenden Grundsatz darlegen: Er überprüft die Schneide seines Dolches und köpft den Deutschen mit scharfem, sicherem Hieb. Ja, Hass ist ein edler Impuls und die reinste Form der Idee ist die Gewalt. So war es und so wird es auch immer bleiben!

Johann fragt den Tod

Werd' ich ein Grashalm sein bei dir? Der Schatten einer Kirsche?
Ein blauer Duft? Der Schimmer einer Farbe? Ein Klang? Ein goldener Hang,
von Elisabeth schräg in den Himmel gehofft,
auf dem Trauben hängen und anschwellen wie ihre Brustwarzen,
süße Trauben, wie ich sie mit ihr las? Werd' ich ein Tier sein,
so wie jenes, das wir *Tupfer* nannten? Oder werd' ich der Tau sein
auf dem Glückskleeblatt, das Paula unserer Kuh zu fressen gab?
Werd' ich ein Weizenfeld sein, aus einer Harfe gezupft?
Wahrscheinlich werd' ich sein wie du, Tod! Ach, Elisabeth,
du - Geliebte! Nie wieder wirst du meine Zärtlichkeit spüren…

Von seiner Habe

Denn es verlässt der Mensch so ungern das Letzte der Habe
(Hermann und Dorothea)

Dick vermummt, zweifach wollene Unterwäsche, ein warmer Anzug obenauf, darüber Wintermäntel, die Frauen mit einem halben Dutzend Kopftücher, dreifachen Röcken, mit Ungetümen von Rucksäcken und Kinderwagen voller Mehl, Brot, Speck, Töpfen, Pfannen, Geschirr: So wälzen sich vor und hinter Anna - von flankierenden Bewachern mit *Hajde, gubi se du dreckige Schwäbin* begrüßt - die Deutschen in einer schier endlosen Schlange auf die Kurie zu. Alte Männer (die jungen sind im Krieg), Frauen, Kinder, Kranke - nur noch Reste von Familien, die wie zerfranste Vogelscheuchen aussehen, absonderlich, lächerlich, komisch.

Manches Kind starrt verwirrt seine unter der Last stöhnende, schwankende Mutter an, ungläubig: Ist diese Lawine aus Gewändern, Tüchern und Häkelspitzen wirklich meine Mutter, dieser Kleiderberg ohne Arme, Beine? Längst hat das Gerücht von der Internierung der Deutschen die Runde gemacht: Von seiner Habe will jeder so viel wie möglich hinüberretten. Wohin? In die quälende Ungewissheit, in eine Vorahnung, die sie angesichts der unerbittlichen Partisanen (mit langen Schießprügeln bis an die Zähne bewaffnet und grimmigen, ja höhnischen Gebärden) in Bestürzung und Furcht, Angst und Schrecken versetzt.

Anna (schlank beinahe unter den Gestalten) späht nach einem bekannten Gesicht: nach ihrer Mutter, ihren Freundinnen, doch sie sieht nur unbekannte Mienen, vor Bangen blass. An schwäbischen Häusern vorbei - an ihnen hängen neben vergilbten deutschen Anschlägen *Wir bleiben hier* neue serbische: *Dies Haus gehört dem Ausschuss der Volksverteidigung* - gelangt der Zug endlich ans Ziel. Drinnen in der Kurie sitzt in einem großen Saal an Tischen die neue Obrigkeit. Vom Sehen her kennt Anna einen der Sitzenden, ein langer Kerl, ein ewiger Student, der sich seit kurzem erst den Partisanen (nach ihrem Sieg) angeschlossen hat.

Barsch fährt er sie an *Ich kenne dich, Anna Fierling, Gestapo-Sekretärin! Wertsachen - los, los, auf den Tisch!* Als Anna zögert, brüllt er laut: *Geld, Uhren, Ringe, Ohrgehänge, allen Schmuck...! Und vergiss nichts! Wenn wir bei einer Stichprobe etwas finden...* In der Reihe neben ihr erhebt sich ein Geschrei, ein klägliches Jammern: Weinend bittet eine Frau um ihr Leben, in ihrem Schuh versteckt fand ein Bewacher Geld. Vergeblich... ein Schuss kracht, die Frau sinkt tödlich getroffen zu Boden. In diesem Augenblick treten 2 Partisaninnen an Anna heran, mustern sie, befehlen *Skinite cipele! - Zieh deine Schuhe aus!* Zitternd gehorcht Anna, erhält als Dank zerfledderte Schuhe ohne Sohlen *Hajde, gubi se!*

Wird der Karpfen schmecken?

Und dann ist es auch in Darda soweit, und obgleich Elisabeth sich innerlich darauf eingestellt hat, ist sie jetzt wie vom Blitz getroffen. Durch Darda ziehen Trecks, und selbst wenn man von den Flüchtlingen (aus der Batschka, aus dem Banat) nichts Genaues hört, müssen nach ihrer Flucht *furchtbare* Dinge geschehen sein, die sich kein Mensch ausdenken kann oder auch nur will. Die serbischen Nachbarn, mit denen man doch bisher ganz gut auskam (oder etwa nicht?), wollen jetzt keine Nachbarn mehr sein? Misstrauisch beäugt der Deutsche den Serben, der Serbe den Ungarn, der Ungar den Deutschen.

Und fassungslos auch hörte Elisabeth im Radio damals, dass von den Deutschen im Handstreich Ungarn besetzt wurde. Also ist ihre ungarische Nachbarin jetzt ihre Feindin? Aber größer noch drücken Elisabeth die Sorgen um Johann, um Ludwig, um Anna. Von niemandem auch nur ein Lebenszeichen! Konnte Anna aus Kikinda rechtzeitig fliehen? Und Ludwig? Wo kämpft er jetzt? Und Johann! Mein Johann, lieber Johann, wo bist du? Lebst du noch? Bist du verwundet? Warum erhalte ich keine Antwort auf meine Briefe? Aber Elisabeth weiß es ja, in diesem allgemeinen Durcheinander - wie soll da ausgerechnet die Feldpost noch funktionieren?

Sie war schon bei der Zigeunerin in Beli Manastir, doch die ist fort, und kein Mensch weiß, wohin. Und immerzu dieses Dröhnen, Hämmern, diese Detonationen, die Schläge in der Luft da drüben über der Donau und jenseits der Drau. Es wimmelt von deutschen Soldaten in Darda, sie kommen, sie gehen, werden dahin und dorthin geworfen, und wissen selbst nicht, ob sie am nächsten Tag noch kämpfen oder tot sind. Nur eines ist sicher: Der Russe rückt an, er ist mit seinen Kanonen schon bei Batina, nur ein paar Steinwürfe entfernt, aber noch - gottlob - jenseits der Donau. Doch wenn er übersetzt, wenn er den Feind und das Wasser besiegt hat (und wer könnte ihn daran noch hindern?), steht er vor der Tür.

Und während Elisabeth diese Gedanken durch ihren Kopf gehen,

deckt sie den Tisch, breitet Töpfe und Teller, Messer, Gabeln,
die schweren Silberlöffel aus auf dem von ihr selbst gehäkelten Tischtuch
(es ist Freitag, da gibt es gute Grumbieresuppe sowie Palatschinken
und für den Großvater, der keine Mehlspeisen mag, Karpfen).
Und indessen Elisabeth fleißig wirtschaftet, fragt sie sich, ob auch
dem verwundeten Wehrmachtsoldaten, den sie zum Abendessen einlud,
der Karpfen aus dem eigenen Teich wohl schmecken wird?

Spinnennetze

Gewitter im Oktober? Wetterleuchten? Das Firmament ist blau und wolkenlos. Woher kommt dann das Dröhnen? Jetzt erst sieht das Auge die vielen silbernen Punkte, Flugzeuge, die gleichmütig und stoisch hoch oben ihre Bahn durch des Himmels Bläue ziehen. Wohin? Ist das nicht egal? Kann denn einer der Piloten wahrnehmen, was tief unter ihnen geschieht? Die Partisanen werfen Spinnennetze über das ganze, weite Land aus. Frauen und Kinder, sogar Kranke, Greise treiben sie wie Schafherden zu den Mittelpunkten ihrer Netze.

In Kikinda dient die Milchhalle - Molkerei, Käsefabrik - am Stadtrand den neuen Herren als Sammelstelle. Von allen Seiten, aus Orten wie Heufeld, Mastort, Soltur, St. Hubert, Nakodorf werden die drangsalierten Schwaben (von Partisanen tödlich flankiert) unter Schimpfen, Schlägen, Schüssen und Peitschen-Hieben in diese Halle hineingetrieben. In unbeheizten Unterkünften mit blanken Wänden und ohne Mobiliar liegen sie auf Böden aus sprödem Beton. Schütteres Stroh, das eher wie gelichtetes Häcksel ist, mit groben Kieselsteinen vermischt, bildet ihr Nachtlager.

Zusammen mit 25 Frauen, kleinen Kindern und gebrechlichen Greisinnen muss Anna sich einen schmalen Winkel teilen, der kaum Platz bietet um sich auch nur ein bisschen auszustrecken. Dabei hat sie sogar noch Glück, ihre Schlafstätte liegt neben einer defekten Tür, die zu einem Balkon führt und sich nicht mehr schließen lässt. Auf diese Weise beißt ihr der barbarische, bestialische Gestank nicht ganz so ins Gesicht, der vom rostigen Behältnis (Eimer neben dem Eingang) für die Notdurft der Frauen herrührt.
Anna sind die ekelerregenden, unhygienischen Zustände unerträglich.

Darum ist sie froh, dass alle arbeitsfähigen Frauen zum Küchendienst, Wäschewaschen, Säubern von Unterkünften und Büroräumen eingeteilt werden. Zwar muss sie zu ihrer Arbeit - Reinigen der Treppen und Flure im Gerichtsgefängnis - an den das Lager umzäunenden Stacheldraht

und an den stets bösartigen, unberechenbaren Posten vorbei,
doch entkommt sie so wenigstens zeitweise dem Auswurf des Lagers.
Anna blickt zu den Maschinen weit oben am Himmel hoch.
Ach, wären die silbernen Flugzeuge doch Stukas. *Alles, wirklich alles*
sollten sie hier unten mit Sturzflügen und Bomben vernichten!

Serbischer Zirkus

Mama schickt Paula zum Mockl Seppl, dem Kaufmann. Lustig macht die Tür *kling kling*, als Paula sie öffnet. Höflich grüßt sie Herrn Mockl und den Sohn vom alten Grieg, der sich gerade mit dem Kaufmann unterhält.
Sie muss warten, bis sie an der Reihe ist, und während sie begehrlich die Süßwaren hinter der Theke anstarrt, fällt ein Wort, das sie aufhorchen lässt. *Serbischer Zirkus?* Was ist damit? Sie lauscht neugierig der Erzählung vom Grieg-Sohn, der von einem Zirkus der Serben spricht, bei dem alles drunter und drüber geht. Hier in Darda? Soll denn hier ein serbischer Zirkus sein? Wieso hat ihr die Mama nichts gesagt? Ausdrücke fallen nun, unter denen sie sich nichts vorstellen kann. Während sie noch nachdenkt, redet der Grieg-Sohn auf einmal von 2 Männern. Einer trägt Pluderhose und auch Opanken und ist irgendwie ein Serbe, vielleicht aber zugleich auch ein Muselmane, anscheinend weiß der Grieg-Sohn das aber selber nicht so genau.

Jetzt fragt der zweite Mann, der wahrscheinlich auch ein Zirkuskünstler wie der erste ist, den Serben oder Muselmanen: *Warum haben deine Opanken da vorne dran solche großen Schnäbel?* Gleich geht der Muselmane oder Serbe ganz tief in die Hocke und erwidert: *Das ist doch klar, mein lieber Freund, damit ich mich beim Kacken an den Schnäbeln festhalten kann und nicht gleich umfalle, siehst du?* (Paula freut sich über das Wort *kacken*, das zu Hause verboten ist und das sie nur auf der Straße heimlich sagen darf.)

Und warum musst du kacken? - Aber weil ich doch Burek gegessen habe. - Was ist denn Burek, sag mal, mein Lieber, diese Speise ist mir ja doch völlig unbekannt? - Eine Pastete mit Weißkäse oder Fleisch, mein Freund, aber darum muss ich nicht kacken. - Warum musst du dann aber kacken, wenn es gar nicht am guten Burek liegt? - Weil Käfer und Schaben darunter gemischt sind und ich jetzt davon schrecklichen Durchfall habe! - Aber du hast doch eine schöne Pluderhose mit herunterhängendem Hosenboden an! - Ja und? - Lass die Scheiße doch einfach hinein fallen, und wenn deine Hose voll ist, schütte sie aus wie einen Eimer.

Der Grieg-Sohn sagt jetzt aber ein Wort, das Paula ganz verwirrt, und auf einmal weiß sie nicht, ob er von einem wirklichen Zirkus spricht oder ob er sich das alles nur ausgedacht hat. Vielleicht ist es auch ein - für Kinder verbotener - Witz? Bestimmt ist es das, denn der Kaufmann beginnt jetzt ganz laut und fürchterlich zu lachen. *Essig, Zucker, Nudeln; und diese blauen Bonbons da,* sagt Paula schüchtern, als der Mockl sie endlich nach ihrem Wunsch fragt.

Bald bist du dran

Bitter bereut Anna, was sie vergessen hat: Schmalz, Schinken, Brot. Wie konnte sie nur so dumm sein! Wo sie jetzt ist, gibt es nichts Genießbares. Am frühen Morgen eine helle Brühe (Kaffee), am Abend, nach der Rückkehr von der Arbeit, wiederum Brühe, dieses Mal mit Erbsen, Würmern, Käfern, auch *leere Suppe* genannt, dazu ein trockenes Stückchen Maisbrot, grob geschrotet. Tagtäglich denselben Fraß. Die an Nahrhaftes dachten beim Austrieb aus ihren Häusern hüten ihr Brot: herrlicher, kostbarer, unteilbarer Schatz! Das Loch in Annas Magen dehnt sich, schwillt an, wächst. Der Hunger ist zuerst Tatsache, dann Lebensbedingung, schließlich Angst.

Als Erstes holen die Totengräber die Greisinnen ab, und nach 7 Tagen, an denen es ein dünnes Nichts zu essen gab, folgen ihnen die Kinder. Viel schlimmer aber als der Hunger sind die Schüsse, die Anna Abend für Abend durch die nicht abschließbare - kaputte - Tür hört. Schließlich wagt sie einen Blick vom Balkon hinunter in den Hof der Milchhalle. Vollständig entkleidet, nackt und mit aufgelösten Haaren stehen etwa 20 Frauen bleich im Mondlicht zitternd beisammen. Vor ihnen Partisanen - der ewige Student unter ihnen -, Gewehre im Anschlag. Dann die Schüsse. Voller Angst muss Anna daran denken, was der Student vor Tagen zu ihr sagte: *Gestapo-Sekretärin, bald bist du dran!*

Aktion Intelligenzia

Nachdem Peko seinen Vater und seine Schwester bestattet hat, schließt er sich einer mobilen Brigade an. Immer beginnt es auf dieselbe Weise: Sie umstellen ein Dorf, blockieren die Wege und marschieren auf allen Ausfallstraßen zugleich schließlich von außen ins Zentrum. Einheimische Führer zeigen ihnen die schwäbischen Häuser und sagen, in welchen sich schwäbische Männer und Frauen aufhalten müssen. Mit viel Geschrei und mit dröhnenden Schlägen ihrer Gewehrkolben verschaffen sie sich Zutritt. Auch mit Drohungen - oder Lügen - werden die Deutschen veranlasst, sich im Gemeindeamt, Bürgersaal oder auch einfach im Wirtshaus zu versammeln.

Wer von Beruf Beamter, Kaufmann, Lehrer, Gutsbesitzer, Pfarrer, Gastwirt oder Notar ist, muss auf die eine Seite (es genügt auch, dass jemand nur gut gekleidet ist oder dass ein bebrillter Bursche aussieht wie ein Gymnasiast); brauchbare Handwerker (oder solche, die von den Führern als unschuldig - sehr selten - geschildert werden) auf die andere Seite. Nach der *Entlausung* (sie werden gefilzt), die sich bis zum Abend hinzieht, beginnt der Marsch aus dem Dorf. Geordnet in Reihen gehen die Deutschen, immer 4 an den Handgelenken gefesselt, ohne Unterschied des Alters oder Geschlechts. Hinter ihnen rumpelt ein Wagen mit Gebrechlichen und gehunfähigen Kranken.

Laternen werden angezündet und Spaten verteilt. Bald steigt ein feuchter, modriger Brodem aus der Erde auf - ein Geruch, den Peko liebt.
Er wundert sich stets, dass niemand zu fliehen versucht. Beinahe immer sind die Todgeweihten wie gelähmt, ja handlungsunfähig, kaum gelingt es ihnen, sich ihrer Kleidung (mit bebenden Händen) zu entledigen. Zitternd stehen sie nackt in der Kälte, sie beten und bekreuzigen sich, der Vater malt auf die Stirn seines Kindes ein Kreuzzeichen - es soll, hat Peko erfahren, den Teufel bannen. Die Frau nimmt mit Tränen in den Augen Abschied von ihrem Mann.
Alles verläuft ruhig, seltsam gefasst sind die Schwaben im Angesicht des Todes.

Sie stellen sich - Gesicht zur Grube - an den Rand. Nun kann die Monotonie der Genickschüsse beginnen. Pero und die Partisanen erschießen den *Švabo* reihenweise von hinten. Wie plötzlich erschlaffte, aneinander gebundene Säcke plumpsen die Sterbenden in die Grube. Nur heute ist es anders: Dem bebrillten Burschen mit dem Gesicht eines Gymnasiasten gelingt während des Ausziehens - alle müssen hierzu kurz entfesselt werden - in der Dunkelheit die Flucht ins rettende Gebüsch. Alles Hinterher-Schießen und Hinterher-Laufen ist unnütz, der Junge bleibt verschwunden. Tags darauf zieht die Truppe weiter ins nächste Dorf. Giftig und hart klingen auch hier die Schüsse, ihr Pulverdampf streicht wie ein tröstendes und heilsames Narkotikum über Peko hinweg.

Die ersten Trecks

Großvater will nicht und Großmutter ebenso nicht! Und auch wenn Elisabeth noch so sehr auf sie einredet, sie bleiben unnachgiebig bei ihrer Meinung. *Den will ich sehen, der mich von meinem eigenen Grund und Boden vertreibt!* schimpft Großvater, und Großmutter fragt nur: *Verpflanzt man alte Bäume?* Elisabeth weiß aber, worum es ihnen geht. Sie - Johanns Eltern - sind bemittelte Bauern in Darda. Weinberge, Wälder, zahlreiche Äcker, Pferde und ein fischreicher See zählen zu ihrem Besitz. Und die Dreschmaschine wird von den Bauern der Nachbarorte für gutes Geld gemietet!

Ihre List, den leicht verwundeten Soldaten zum Essen einzuladen, gelang nicht. Zwar riet er (wie Elisabeth sich dies insgeheim erhoffte) den Großeltern zur raschen Flucht - besser heute als morgen - , schimpfte auch auf den Obmann vom Kulturbund, der stur bis jetzt vom Flüchten abrät. Alles beiseite aber wischte Großvater, pochte auf seine Verbindung zu den tonangebenden Serben. Doch nun? Vor dem Bahnhof stehen tatsächlich Trecks, und der Kultur-Obmann will schon in 2 Tagen eine weitere Kolonne zusammenstellen.

An der Hand Paula, schaut Elisabeth überrascht zu, weiß nicht ein noch aus. Hierbleiben? Gehen? Wie nur entscheiden? Kennt sie denn die Antwort? Und Oma, Opa? Zurücklassen? Sie will noch ein letztes Mal mit den Großeltern reden und macht sich auf den Heimweg. Da kommt von der Hutweide her das voll beladene Fuhrwerk vom Grieg-Sohn und ein Serbe naht ihm mit seinem leeren Fuhrwerk ungestüm entgegen. Elisabeth weicht aus und erwartet das auch vom Raizen. Der denkt nicht dran, schreit nur laut, ein Švabo habe jetzt dem Serben auszuweichen, ob volles, ob leeres Fuhrwerk - und zieht dem überraschten Grieg eins mit der Peitsche über.

Krankenlager

Eine unbekannte Frau hat Anna verstohlen einen Zettel von Resi zugesteckt, Annas liebster Freundin. So bald wie möglich macht sich Anna auf den Weg zu dem angegebenen Zimmer. Auf dünnem Stroh voller Ungeziefer liegen Kranke mit eingefallenen Gesichtern und gelblicher Haut. In einer Ecke des Zimmers raschelt es, eine Gestalt windet sich aus einer verdreckten Decke und ruft schwach *Anna!* - Wie? Dieses runzlige Gesicht einer Greisin soll ihre Freundin sein? Bestürzt eilt Anna auf Resi zu und will sie - nach einem Moment des Zögerns - umarmen. Die Freundin weist sie aber zurück. Anna soll sich an ihrem Fleckfieber nicht anstecken.

Resi kann nur leise sprechen. Sie berichtet Anna, dass sie bis vor kurzem noch in der Wäscherei des Lagers arbeitete. Zusammen mit anderen Frauen hat sie Hunderte von Kleidern erschossener oder erschlagener Deutscher waschen und bügeln müssen. Die Kleider waren oft mit Blut besudelt und von vielen Schusslöchern durchsiebt. Allmählich hat sich der Waschraum bis an die Decke mit Kleidern aufgefüllt. Später wurden sie im Keller sortiert und in Regale eingeordnet. Hierbei sind die Lagerfrauen regelmäßig auf Kleidungsstücke von verschwundenen Landsleuten gestoßen. Resi hält einen Moment inne, greift mit schwachen Bewegungen an ihr Kopfende, holt ein schmales Bündel hervor und rollt es zaghaft auf.

Sie fragt Anna mit den Augen, ob dies die Jacke ihres Vaters sei? Am reich verzierten Innenfutter erkennt Anna die Jacke ihres Vaters, die unzählige Schusslöcher aufweist. Und das hier? Ja, auch die rosa Bluse, blutbesudelt, gehört ihrer Mutter. Anna weiß jetzt: Ihre Eltern sind tot. Sie vermag ihre Tränen kaum zurückzuhalten, murmelt *Vater,* reißt sich aber wegen ihrer Freundin zusammen. Sie will Resi, die es noch schwerer als sie hat, mit ihrem Kummer nicht belasten. Ohnehin ahnte sie es: Abend für Abend hört sie durch die nicht verschließbare Tür Schüsse, die im Hof der Milchhalle abgefeuert werden. Einmal zählte sie bis 300, dann hat sie aufgehört. Es scheint, dass die Milchhalle zur Bluthalle geworden ist.

Ein Stöhnen reißt Anna aus ihren Gedanken. Sie erblickt auf einem Strohlager ein hübsches Mädchen, dessen Gesicht vor Hitze glüht. Sie schaut Resi fragend an. Ja, erklärt Resi, Katharina wurde gestern zur *Nachtarbeit* abgeholt - du weißt schon. Partisanen brachten sie zur russischen Kommandantur. Sie wehrte sich, war den Russen nicht gefügig. Die Partisanen bearbeiteten ihren Körper von oben bis unten mit einem heißen Bügeleisen. Der letzte Satz fällt hinein in die Dunkelheit, die sich inzwischen über das Krankenlager gesenkt hat. Plötzlich ertönt ein heftiges Tadeln, Schimpfen und Schelten. Eine alte Schwäbin nennt ihre Tochter *miserable, ja jämmerliche Köchin*.

In den Speisen sei kein Vitamin, im Brot kein Kleber, an Salz fehle es auch! Sie schickt ihre Tochter zum Gasthaus Krone, zum Gasthaus Bären, Bohnensuppe und Krautwickerl holen, widerruft sogleich ihren Befehl, will Mehlspeise, nein, einen Schweinebraten! Mit gebieterischer Stimme verlangt sie Wein, süßen, köstlichen Kadarka! - Resi erklärt Anna, die alte Frau rede immer um diese Zeit im Delirium. Sie habe in Wirklichkeit nie eine Tochter gehabt. Die beiden müssen trotz ihres Kummers über die schimpfende Frau lächeln. Wenig später verabschiedet sich Anna. Sie weiß, ein Wiedersehen zwischen ihr und Resi wird es nicht mehr geben.

Jagdhüter und Wildschütz

Die Russen überschreiten schließlich die Donau beim Brückenkopf Batina, riesengroß sind ihre Verluste; die Wellen des Flusses färben sich rot vom Blut ihrer Soldaten. Tage später treiben tausende Leichen stromabwärts. Schon morgen werden also russische Stiefel die Straßen Dardas betreten und russische Fäuste an Türen hämmern. Wer die deutsche Sprache spricht, hat den Ort bis auf wenige Ausnahmen - Treck für Treck - schon verlassen. Was blieb, reibt sich verwundert die Augen, sieht sich erstaunt an: du auch? Ich kann von Darda doch nicht weggehen, aber warum denn du nicht?

Auch Elisabeth brachte es nicht übers Herz, die Großeltern zurückzulassen. Was würde Johann, wenn er nach Hause kommt, von ihr denken? Schon einmal traf er ganz plötzlich ein - ach Johann, tu es doch wieder!

Da wühlt die Deutschen noch vor dem Russen-Einmarsch ein Vorfall auf. Als die Wehrmacht Jugoslawien besetzte, erschoss der deutsche Jagdhüter (wie es hieß, ein versehentlicher Schuss) einen serbischen Wildschützen, der Rehe im Wald eines Deutschen gewildert hatte. Jetzt - Jahre später - rächten sich seine Söhne. Sie banden den Jagdhüter an einen Pferdewagen und schleiften ihn durch den Staub, bis er tot war. Danach wurde Großvater sehr still. Die Söhne des Wildschützen - sind sie jetzt die einflussreichen, tonangebenden Raizen? Weswegen sonst das Schweigen *seiner* Serben?

Ein Verbrechen

Am Wochenende wüten die Partisanen besonders grausam. Zufällig wird Anna - sie hat sich nach Resis Tod völlig erschöpft krank gemeldet - vom Balkon aus Zeugin eines schrecklichen Verbrechens. Unten auf dem Hof stehen in einer Reihe schwäbische Männer vor den Partisanen - unter ihnen der ewige Student. Die Gefangenen schwanken, stolpern, taumeln vor Schwäche und können sich kaum auf ihren Beinen halten. Der Student baut sich vor ihnen auf und schreit: *Wir sind keine Unmenschen. Wer krank ist, soll vortreten. Er wird in ein Lazarett verlegt und dort gesund gepflegt!*

Zögernd tritt ein Mann vor, ein zweiter, dritter, vierter, fünfter, sechster… *Und jetzt der Rest - ebenfalls vortreten!* brüllt höhnisch der Student. Die Partisanen feixen, als die Gefangenen wie zuvor in einer Reihe stehen. *Also seid ihr alle krank,* spottet der Student nun, *zum Glück sind wir Ärzte und können euch kurieren.* Die Männer müssen sich nun ihrer Kleidung entledigen und sich nackt auf den Boden legen. Unter Schlägen und Stößen, Tritten, Schreien und Brüllen - *Hast du bei der Prinz Eugen gedient? Ti lažeš! Du lügst!* - werden den Männern aus ihren geschundenen Rücken blutige Streifen Haut geschnitten - *Bist du Mitglied im Kulturbund? Ti lažeš! Du lügst!* - die Augen ausgestochen - *Wie viele Partisanen hast du donauschwäbisches Schwein umgebracht? Ti lažeš! Du lügst!* - Geschlechtsteile herausgerissen - *Wie viele Häuser hast du angezündet? Ti lažeš! Du lügst!* - Finger, Nasen und Ohren abgeschnitten.

Die Gefangenen brüllen vor Schmerzen und Qual auf, winden sich in Spasmen und Krämpfen. Einer kriecht auf allen Vieren auf dem Hof herum, bellt und kläfft, ein anderer schlägt ein krummes, windschiefes Rad, einer zappelt wie ein Fisch auf dem Trockenen. Die Peiniger lachen und rufen sich gegenseitig zu *Sieh mal, wie der da hoppelt, ha, wirklich ein Hase, und der da kläfft wie ein Pinscher, und der da ist bestimmt ein Pfau.*

Dann zerteilen sie mit Holzhacken die blutüberströmten Leiber der Männer.

Zitternd vor Furcht zieht Anna sich zurück vom Balkon. Erst Stunden später wagt sie sich wieder auf den Weg, will sich schnell - in panischer Angst - auf der Kurie gesund melden. Einige Kinder der neu hinzugezogenen Serben (sie haben bereits die Häuser der Schwaben übernommen) hopsen im Hof der Milchhalle über den Boden - ein Hüpfspiel. Entsetzt sieht Anna, dass der Boden mit Augen, Zungen, Nasen, Ohren und Fingern übersät ist.

Auf dem Damast die roten Weinflecken

Klein ist er, ein schmächtiges Bürschchen, auf der Mütze prangt rot der Stern, am Kinn ein dünnes, verfilztes Bärtchen, kurz: ein Milchbübchen mit Brille. Neben ihm der zweite Rotarmist - sieht der nicht aus wie ein Muschik aus einer vergangenen Zeit? So klopfen sie an das Hoftor. Draußen wimmert der Wind, beim Essen klappern die Löffel schwer auf dem Häkeltischtuch. Von der Straße her hört man lautes Hundegebell und Gewehrschüsse, und furchtsame, sich nach irgendwohin verwehende ängstliche Stimmen und schrilles Geschrei. Der Muschik und das Bürschchen sind beinahe höflich, nur wollen sie - *sofort, sofort* - in den Weinkeller gehen; ihr *dawai, dawai* lässt aber auch die Möglichkeit eines derberen Auftritts erahnen.

Elisabeth führt sie die Stufen hinab zum gewölbt-gemauerten Weinkeller. In gebrochenem Serbisch deuten sie ihr: Großvater soll helfen kommen *dawai.* Vor dem Hoftor, sagt Großvater zu Elisabeth, steht ein Fuhrwerk, wozu? In einer Ecke des Weinkellers stapeln sich sündhaft teure Damastrollen, die Großmutter - niemand außer ihr weiß, wozu - schon seit geraumer Zeit vor sich hinschimmeln lässt; die muss Elisabeth nun die Treppenstufen mühsam hinaufrollen, durch den ganzen Hof bis hin zum Pferdefuhrwerk - ein weißer Teppichläufer aus wahrhaft kostbarem, teurem Damaststoff.

Auf Befehl der Russen muss Großvater nun den Wein Eimer für Eimer zum Fuhrwerk hinauftragen - immer auf dem weißen Damast entlang - und den Wein in die auf dem Wagen vorbereiteten Fässer schütten. Großmutter, Paula - weil es dem Muschik zu lange dauert - müssen ebenfalls zur Hand gehen, und so läuft Paula vergnügt die Stufen mit ihrem Eimerchen hoch und hilft fleißig mit. Der schmächtige Rotarmist trinkt spaßeshalber aus Paulas „Weinglas“, und Paula kreischt munter vor Vergnügen.

Elisabeth betrachtet besorgt die Rotarmisten: Ihr Gang wird torkeliger, sie lallen und werden stetig betrunkener. Auf dem weißen Damast die roten Weinflecken - sind sie ein Unheil bringendes Omen? Die Blicke, die sie ihr zuwerfen, werden sie nicht lüsterner? Nach Stunden endlich ziehen die Rotarmisten aber ab. In der Nacht darauf schüttet der Großvater den restlichen Wein auf den Mist, zertrümmert die Fässer mit einer Axt.

Der Tanz

Hart drückt die Stufenkante sich in Annas Knie, seit Stunden wischt sie mit einem groben Scheuerlappen in der Kurie Treppe für Treppe.
Eben, als sie den schmutzigen Lappen über dem Eimer auswringen will, erhält dieser einen Stoß, Wasser schwappt über, der Eimer kullert scheppernd die Stufen hinab. Erschrocken sieht Anna auf und blickt in das boshafte Gesicht des Studenten, der dem Eimer den kräftigen Fußtritt verpasste.
Neben ihm, in einer neuen goldbetressten Uniform mit roten Knöpfen, steht ein Partisan mit finster-hagerem Gesicht, den rechten Arm in Gips.
Vor Schreck erbleicht Anna: Es ist der Kommandant der Milchhalle, wegen seiner Misshandlungen gefürchtet. Er hat sich den rechten Arm aus Abscheu und Hass gegen die Deutschen eingipsen lassen, um seinen Schlägen eine größere Härte zu verleihen.

Jetzt hebt er den Arm - Anna duckt sich unwillkürlich - und legt ihn dem Studenten auf die Schulter *Lass das!* Und dann, mit einem Blick auf Anna: *Wer ist diese Frau? - Anna Fierling, sie arbeitete als Sekretärin bei der Gestapo, ihr Mann kämpft bei der Prinz Eugen.* Der Student spuckt vor Anna aus *dreckige Schwäbin! - Wenigstens verstand die Gestapo etwas von Frauen,* sagt der Kommandant und lacht. Der Student grunzt nur und blickt Anna feindselig an. *Kannst du tanzen?* fragt der Kommandant.

Anna, verwirrt, nickt. - *Komm mit!* Verstört folgt sie den beiden Männern in einen Saal. In der Mitte des Raums bilden aneinander gereihte Tische ein großes Rechteck. An den äußeren Seiten sitzen Schnauzbärtige und trinken Schnaps aus Wassergläsern. Eine kleine Kapelle mit Dudelsack spielt einen Kolo auf; die Sitzenden erheben sich, erklimmen die Tische und hopsen auf der anderen Seite zu Boden - laute Schmerzensschreie. *Erhebt euch,* spotten die Partisanen. Anna begreift nun, was sich abspielt:

Bis zum äußersten ist das die Tanzfläche bildende Rechteck aufgefüllt mit den Leibern von Schwaben, auf denen die Schnauzbärtigen jetzt tanzen.

Die Musik schwillt an, wird lauter, übertönt die Schreie, das Stöhnen. *Dole! Dole! Niederwerfen!* Anna wird vom Gipsarm des Kommandanten roh gepackt, auf einen Tisch gehoben; sie meint, in einem der Rücken eine Freundin zu erkennen und spürt gleich danach diesen Körper weich und nachgiebig unter ihren Schuhen. Sie strauchelt, wird heftig emporgerissen und sieht, wie manch einer der Tänzer seine Stiefelabsätze wuchtig in die Leiber rammt. Blut färbt die Kleider ein, bildet Flecken, während Anna im Arm des Kommandanten über die Tanzfläche stolpert. Sie spürt jetzt heiß den Atem des Begehrlichen an ihrer Wange, sein Geschlechtsteil, steif. - Ja, sie wird ihm in allem willfährig sein: Tanzt sie nicht zitternd ihren Totentanz? Und wird ihn überleben!

Trostlose Weihnachten

Immer schrecklicher klingen von jenseits der Donau die Berichte; niemand weiß, was schlimme Wahrheit ist, was Gerücht. Woche um Woche vergeht trostlos in Darda, und selbst Weihnachten ist in diesem Jahr kein Fest der Tröstung. Nicht einmal das abendliche Gebetsläuten findet statt, und das Nachspielen der christlichen Herbergssuche von Maria und Josef - an dem Elisabeth früher so gerne teilnahm -, fällt sogar ganz aus (fort sind schließlich die *Mimen*). Soweit sie kann, führt Elisabeth die weihnachtlichen Gebräuche durch, den Großeltern zuliebe. Heilig Abend stutzt sie den lange zuvor in einem Teller gesäten Weizen und bindet ihn mit einem roten Seidenband zusammen. In die Mitte stellt sie ein Glas, füllt es auf mit Speiseöl und Wasser, legt einen Docht darauf und zündet ihn an: Dieses Licht soll Tag und Nacht als Sinnbild für Christus brennen. (Und das Band, das den Weizen umschlingt als Zeichen der Liebe - hilft es wider die Söhne des Wildschützen?)

Auch den Teller mit Mohnnudeln vergisst Elisabeth nicht, platziert ihn für die nahestehenden Toten auf den Fenstersims: Kommt, verköstigt euch! (Bloß das nicht, nein, erschauert Elisabeth innerlich, *so* darf ihr Johann nicht kommen!) Großvater quält sich mit der Pflugschar ab, wuchtet sie unter den Tisch: Im nächsten Jahr soll die Ernte gut heranwachsen! Für Paula liegen unterm Weihnachtsbaum die Geschenke: Puppenwagen und Puppe, Kleidchen, Schuhe, bunte Strümpfe. Über die Puppe freut sich Paula am meisten; sie denkt über einen Namen nach, verfällt schließlich auf Klara. Und obwohl Oma es besser weiß, späht sie auf die leere Straße hinaus: Nein, dieses Weihnachten wandelt es nicht von Haus zu Haus, das Christkindl ist mit seinen Eltern verschwunden - wohin, weiß niemand. Januar und Februar folgen, dann kommt der schreckliche März...

Anna lebt sich ein

Anna arbeitet in einem Raum, der neben dem Büro der Kommandantur liegt. Als sie ihre Arbeit antrat, sah sie nur zerknäulte, zerknautschte, zerlöcherte - wie von Mistgabeln traktierte - Blätter: ein unbegreifliches Papierchaos. Manch *Lagoroschi* besorgte sich hier sein Papier für die Latrine oder drehte sich aus Dokumenten Zigaretten. Seit Anna eine Liaison mit Pajo, dem Kommandanten mit dem Gipsarm hat, erledigt sie die Registratur, hält täglich die Toten im Matrikelbuch fest. Auch die neue Obrigkeit will Ordnung, überlässt sie aber lieber den für ihre Akkuratesse bekannten Schwaben. Anna fand hier ihre Kommode wieder (zu der sie sich so eilig den Schlüssel um ihr Bein gebunden hatte): Was die Schwaben einst besaßen, ging in den Besitz der Serben über, geklaut, geplündert, auf *Hitlermärkten* (sogenannten) ergattert. Anna kann sich aber nicht beschweren:

Zu dem den Schwaben weggeraubten und in Magazinen eingelagerten Speck, Schinken, Salz hat sie durch Pajo Zugang - und füttert damit so manche schwäbische Klatschbase durch, die sich wegen ihrer Liaison das Maul zerreißt. Kurzum, Anna lebt sich allmählich in die neue Ordnung ein, ihre Büroarbeit ist beinahe so wie früher: Tote hier und Tote da. Heute stellt sie in 2-facher Ausfertigung eine Liste auf. Das Partisanenkommando gab dem Verlangen einer Serbin nach, deren Mann erschossen wurde beim Einmarsch der Deutschen: 100 Schwaben wurden zu ihrer Zufriedenheit liquidiert. Penibel überträgt Anna Namen für Namen auf die Liste, und erstarrt: Der allerletzte Name trifft sie bis ins Mark - *Ludwig Fierling.*

Schwabe ist Schwabe

Zwei Monate lang erschoss Peko jede Nacht Schwaben. Warum zum Teufel
sind die Deutschen nicht geflohen? Es wäre besser für sie gewesen!
Vielleicht sind es Unglückliche, aber wie immer man sie auch nennen mag,
vor allem sind es Hunde. Peko weiß: Sie müssen ausnahmslos verschwinden!
Ein für alle Mal, so Tito, *muss mit den Schwaben Schluss sein.*
Man fing bei den sogenannten Honoratioren an, bei der führenden Schicht
oder den *Großkopfeten*, wie die Schwaben sie selber so gerne nennen.
Stets lief es auf dieselbe - beinahe schon stupide - Art und Weise ab:
Austrieb aus der Ortschaft, massenhaftes Erschießen. Zuweilen boten sich breite,
tiefe Naturschächte an und das Ausheben von Gruben erübrigte sich.

Eine Zeit lang war Peko in einer Gegend tätig, in der es viele Zisternen
oder große, runde Brunnen gab - eine gewaltige Arbeitserleichterung!
Man stieß die Ersten hinein, zündete eine Handgranate, stieß die nächsten hinein
und so weiter - allmählich bürgerte sich dafür der Begriff *Schicht-Torte* ein.
Diese blutigen Aktionen waren aber vorüber, die Partei gab Peko zu verstehen,
dass das Ziel erreicht und man mit seiner Arbeit sehr zufrieden sei.
Ob Peko nicht beim Aufbau seines zerstörten Dorfes mithelfen wolle?

Aber bald stellt Peko fest: Die im Dorf neu angesiedelten Bewohner
sind ehemalige Hirten, von Ackerbau haben sie überhaupt keine Ahnung
und auch ihr Naturell ist anders. Peko kommt mit diesem Menschenschlag
nicht zurecht; er fühlt sich einsam. Von seiner Familie blieb allein er übrig.
Seine Brüder - einer ein Tschetnik, der andere ein Neditsch-Mann - wurden
von seinen eigenen Genossen getötet. Und noch etwas bereitet Peko Sorgen.
Er wacht seit Wochen - scheinbar grundlos - Nacht für Nacht auf
und kann sich im ersten Augenblick nicht entsinnen, wer und wo er ist.

Eines Morgens aber erinnert er sich (wie vom Blitz getroffen) seines Traums.
Aus einem Brunnen kriechen Tote und zeigen ihm ihre zerfetzten Gesichter.
Ab diesem Moment kehrt der Traum regelmäßig jede Nacht wieder.

Als ihn eines Tages die Partei fragt, ob er nicht der Kommandant eines Lagers werden möchte? - eine Stelle sei vakant -, sagt Peko sofort erfreut zu.
In der Nacht darauf träumt er, dass in sein Lager nur Tote eingewiesen werden, die er ohne Ausnahme von seinen wachhabenden Posten exekutieren lässt.
Es sind ja allesamt schwäbische Tote - *Švaba je Švaba!*

Selektion

Zunächst hielten die Partisanen, die auch in Darda als Nachhut der Sowjetarmee eingezogen waren, sich zurück. Ob sie sich andernorts schon ausgetobt und ihren Rachedurst gestillt hatten? Die angespannte Ruhe hielt nicht lange vor, im frostigen Januar waren Opa und Oma ins Schmorl-Haus einbestellt, dann aber - als schon zu bejahrt - wieder nach Hause entlassen worden. Jetzt, im März, machen die Partisanen - meist aus den Nachbarorten, ein Teil aber wie die Söhne des Wildschützen aus Darda - jedoch Ernst. Die Deutschen, die nicht geflüchtet waren, treiben sie mit der Gewalt ihrer Gewehre in den Hof des Schmorl-Hauses. Da sind: Paul Gerber und seine Gerlinde, der alte und der junge Grieg - wie schaffte der *Neuerer* es bloß, dem Waffendienst fernzubleiben, rätselt Elisabeth -, Ida Glaub, die Weigerts, der Pfarrer, gebrechliche Greise, Mütter mit weinenden Kindern!

Zusammengepfercht, verwirrt, verängstigt stehen Alt und Jung beisammen und fragen sich: Was wird aus uns? Wo sind denn jetzt die Serben, die uns Sicherheit versprachen? Es geht, vermutet Paul Gerber, nach Russland; ins Lager nach Gakowa, fürchtet der alte Grieg; nein, auf die Sallaschen zur Feldarbeit, so hoffen Weigerts. Die Bewaffneten treiben sie zum Bahnhof, roh und hämisch lachend. Auf dem Bahnhof wagt die Glaub Ida ein Wort. *Wir sind doch gute Nachbarn...*, sagt sie zum jüngsten der Wildschütz-Söhne. Er stößt sie wütend, zornig an, sie stürzt, bleibt benommen liegen und er höhnt: *Nachbarn? - Diener, Dienstboten, Knechte,* gute *Lakaien waren wir für euch!* (und er war doch früher einmal so feinfühlig, so friedfertig gewesen? Wie konnte er nur so böse werden?) Und jetzt, er sieht den Ring an ihrem Ohr, wird er brutal, reißt den Schmuck ab mit einer jähen Bewegung - blutig hängt am Ring noch die halbe Ohrmuschel. Glaub Ida schreit auf vor Schmerz.

War dies das Startzeichen? Da hin und dort hin, links, rechts, zurück und vor - erbarmungslos treiben die Partisanen den *Švabo* über den Bahnhofsplatz und langsam, allmählich erst, dämmert den Schwaben der Plan. Die Greise, die Mütter mit ihren kleinen Kindern sollen sich auf die eine Seite stellen, und auf die andere Seite die Arbeitsfähigen. Paula, Oma, Opa reißt man fort von Elisabeth, und als Paula sich weinend von dem Bewacher losmacht, zur Mama rennt, zerrt der sie an der Hand zurück und droht den Großeltern: Passt auf den verfluchten Fratz auf, sonst… Verzweifelt sieht Elisabeth sich um nach Hilfe, und da, in ihrer Not und Pein, fällt ihr im Hintergrund ganz unerwartet eine gedrungene Gestalt auf. Ist das nicht Pero?

Pekos Hass

Pero, im Schlepptau der Sowjetarmee nach Darda zurückgekommen,
will vom Krieg, vom Töten und Getötet-Werden nichts mehr wissen.
Tote sah er zuhauf; auf beiden Seiten Massakrierte und Abgeschlachtete.
Zwar ist der Krieg noch nicht zu Ende, aber lang kann er nicht mehr dauern.
Er lebt zurückgezogen, will nur noch Fahrräder, Dreschmaschinen, Eisengitter,
Fuhrwerke und Maisschober reparieren. Doch ist er angesichts dessen,
was auch in Darda vor sich geht, ratlos. Soll sich sein Alptraum erfüllen
und das Land bald von Deutschen entblößt sein? Was wird dann ohne sie?
Warum quält man die Zurückgebliebenen so? Weiß man denn nicht,
dass die wirklich Schuldigen schon lange über alle Berge sind!

Jetzt treibt man die Schwaben auf den Bahnhof, reißt ihre Familien auseinander,
bringt die einen nach Gakovo, die anderen auf die Äcker zur Arbeit.
Und obwohl Pero fühlt, dass er gegen die Rachsucht der neuen Oberhäupter
in Darda nicht ankommt (Auge um Auge, Zahn um Zahn, Blut für Blut -
das sind in Wirklichkeit die neuen *Herrscher*), drängt es ihn zum Bahnhof hin.
Was will er da? Sich ohne Not in Gefahr bringen? Dass er *im Wald* war,
respektieren das denn die wildgewordenen, rachsüchtigen Wildhüter-Söhne?
Da sieht er schon im allgemeinen Chaos des Bahnhofs, im Heulen, Klagen
und Schreien die Helfrich Elisabeth auf sich zustürzen: *Hilfe! Hilfe!*
Sie nehmen ihr die Paula weg! Ihre kleine, hilflose, unschuldige Paula!
Sie sind doch stets gut ausgekommen, gaben Pero für guten Lohn Arbeit?
Behandelten ihn anständig? Ja, Pero hat sich immer gut verstanden,
mit Johann, der zu den Ungarn musste, und auch mit seiner Frau Elisabeth.
Für Paula, wenn er auf den Hof kam, gab's immer was Süßes zum Naschen.

Bezeugen, fleht Elisabeth ihn an, solle er: Paula ist schon 12, kann arbeiten
und mit der Mutter gehn! Niemand wird ihm das abnehmen, schüttelt Pero
innerlich den Kopf, und zudem wissen doch die Wildhüter-Söhne selbst
um das Alter von Paula ganz genau Bescheid. Dessen ungeachtet versucht er
auf den ältesten der Wildhüter-Söhne einzuwirken, den er von früher

als umgänglich kennt. *Ach, der Wurm der Helfrichs,* höhnt der freilich nur, sei der vielleicht nicht deutsch? Unschuldig, erwidert Pero, sei die kleine Paula. Habe sie denn einem Serben Leid zugefügt? Das nicht, aber da sie deutsch sei, müsse sie zugrunde gehen... *wird man im Wald ein Švabe-Freund?*
Pero sieht in seinen Augen Pekos Hass - und lässt es bleiben.

Naturgewalten

Dann beginnt vom Bahnhof aus der Marsch nach Beli Manastir.
Unter wolkenverhangenem schwarzem Himmel zieht sich der Schwabenzug - in ihm Elisabeth - hin, während unbändige Windstöße von allen Seiten einen Sturm erwarten lassen. Früher fuhr Elisabeth mit dem Zug zur Zigeunerin nach Beli Manastir. Wie lange ist das her? War das in einer anderen Welt? Elisabeth vergeudet keine Gedanken daran, zu tief schmerzt sie die Trennung von Paula, ihr Herz macht sich mit heftig-unregelmäßigen Schlägen bemerkbar, sie kann kaum atmen, und obwohl es doch noch kühl ist um diese Jahreszeit, bricht ihr der Schweiß aus allen Poren. *Paula* pocht, klopft es in ihrer Brust, so dass ihr ganz schwindelig wird. Wo ist Paula jetzt? Wie mag es ihr gehen? Nur dieser eine Gedanke beherrscht sie. Können Opa, Oma ihr gegen die wilde, barbarische Hartherzigkeit der unversöhnlichen Wildschütz-Söhne beistehen, denen sie doch selber hilflos und ganz ohne Schutz ausgeliefert sind?

Da, jetzt bricht der Sturm los, rast auf die Kolonne zu und schlägt Elisabeth heftig gegen die Brust. Will er sie zurückwerfen? Wohin? Wohin denn? Zurück nach Darda? Am unteren Ende der Straße hebt sich auf einmal Staub, strudelt umher, dreht sich schneller und schneller und schraubt sich in die Höhe. Elisabeth schließt die Augen und spürt eine mächtige, wirbelnde Säule aus pulvriger Erde gegen sich prallen, stürzt, sucht hinter einem Maulbeerbaum und dann im Straßengraben Schutz (ist das der Grieg-Sohn, der neben ihr liegt?). Der Sturm löst die Kolonne auf, wirbelt die *Švabe* in alle Richtungen davon. Toll und vor Wut ohnmächtig springen die Posten hin und her, fluchen, schimpfen, brüllen und schlagen, schießen und stechen auf die Leute ein, treiben sie weiter die Straße hinunter, unter einem tobsüchtigen Himmel voller Kopftücher und Hüte, die nach allen Seiten davonfliegen.

Vorwärts, ihr schwäbischen Schweine, vorwärts, schreien die Aufseher. Sie haben die Deutschen besiegt und werden dieser verfluchten Naturgewalt nicht gestatten, die Ordnung der Kolonne - hier die neuen Herren, da die Gefangenen - aufzulösen. Als habe aber der Sturm nicht nur Wut

und Jähzorn der Posten entfacht, sondern auch den Ingrimm des Grieg-Sohns, fängt der auf einmal zu lästern und zu diffamieren an, nennt die Partisanen *Wollige* und *Bohnenfresser*, schimpft auf den *Zirkus*, den sie landauf, landab veranstalten und macht sich auch sonst mit Spott und Sticheleien Luft.
Den Posten neben ihm, der eine Fellmütze und eine verzierte Weste trägt und eng um die Waden liegende Hosen und Opanken, fragt er, ob er die Sachen denn gekauft habe, als gerade niemand im Geschäft war? Und ob er glaube, dass man aus Hanffabriken Gerstenröstereien und aus christlichen Kirchen Bedürfnisanstalten machen könne - zu mehr sei ein Serbe ja nicht in der Lage?

Elisabeth hört die Schmähungen erschrocken; sie fragt sich, ob der Grieg-Sohn jetzt übergeschnappt und närrisch sei - ein Rappelkopf war er ja schon immer mit seinen blöden Predigten vom *serbischen Zirkus*. Finster hören die Posten zu und halten jetzt die Kolonne der Schwaben an. Während sie sich ins Gras neben den Fahrweg legen und auf etwas zu warten scheinen, ahnt Elisabeth wegen ihrer seltsamen Ruhe nichts Gutes. Nach einer Weile kommt ein Posten mit einem Bauern - wohl aus dem Nachbardorf - zurück auf einem Fuhrwerk. Umständlich entladen sie ein eisernes Ungetüm - eine Häckselmaschine. Bestürzung, Entsetzen erfasst Elisabeth, und wirklich erschlagen die Bewacher jetzt kurzerhand den Grieg-Sohn und werfen ihn in die Häckselmaschine.

Kopf und Kragen

Für einen Moment kann Pero sich eines Triumphgefühls nicht erwehren. So sehen also die ehemaligen Herren des Landes aus. Nicht einmal die Hälfte des Wegs ist zurückgelegt und ein Taumeln und Wanken, Schreien, Heulen ist zugange. Er hört die sonst so stolzen Schwaben manchen Partisanen um Milde anflehen, wenn diese mit den Kolben ihrer Gewehre auf sie einprügeln. Etliche scheinen jetzt schon um ihren Verstand gebracht. Eine Witwe, die Pero nur vom Sehen kennt, klammert sich an ein Nudelbrett - einzige Habe, die sie gerettet hat. Gerlinde Gerber, die grausame Schläge auf den Kopf erhielt, will niemanden mehr erkennen, selbst ihren Mann nicht. Doch dann erschrickt Pero vor sich selbst und schämt sich (er ist allerdings froh, dass der junge Grieg nicht da ist, dem er seinen kaputten Arm verdankt). Freilich, mit welcher Schnelligkeit und Hast die Schwaben den *deutschen Sieg* (von einem V umfasstes Hakenkreuz) beim Einmarsch der Roten Armee von ihren Giebeln kratzten - verdient das nicht Verachtung?

Pero sieht, wie ein pockennarbiger Partisan - aus einem ihm unbekannten Dorf - sich an ein Mädchen, kaum 10 Jahre alt, heranmacht. Er hascht nach ihrer Hand, streichelt es, wird zudringlich. Das Mädchen, ganz verwirrt, ohne Eltern, weiß nicht, was es tun soll. Immer zudringlicher wird der Pockennarbige, umklammert jetzt die Hand des Mädchens, zerrt es an den Straßenrand und an den Zöpfen in den Graben - und jetzt erst, als die Kleine ahnt, was da Schlimmes mit ihr passieren soll, schreit und weint sie...
Was ist das für ein tollwütiger Hund, denkt Pero, und ehe er überlegen kann, ist er am Graben und ruft: *Hör auf, brutaler Kerl, du bringst sie ja noch um!* *- Was, was! Du Krüppel willst mir dreinreden!,* schreit der Pockennarbige. *Hast du etwa Mitleid mit dem Gör! Du bist ein feiges Schwein - traust dich nur selber nicht!* Er prügelt mit Schlägen auf das Mädchen ein, das - ein willenloses Körperchen - im Straßengraben hilflos niedersinkt.

Pero, auf einmal ganz ruhig, sagt kalt: *Ich sage dir zum letzten Mal, hör auf! Oder ich erschieße dich! - Was, was, du Krüppel, das wirst du noch bereuen, bei der ersten Gelegenheit mache ich dich kalt,* prophezeit der Pockennarbige, lässt aber von der Kleinen ab. Als sei ihm selbst gerade etwas klar geworden, geht Pero zu Paula und setzt sie sich auf die Schulter. Er sucht den alten Grieg, läuft dicht neben ihm und ignoriert die hasserfüllten Blicke seiner Genossen. Ja, so oder so, Kopf und Kragen riskiert er, oder seine Selbstachtung!

Zweierlei Zeiten

Später sieht Johann in der Sonne wogende Weizenfelder, dann einen Halm; golden schwankt die Ähre auf ihm und will gemäht sein. Johann muss mit der Dreschmaschine hinaus aufs Feld - es ist ja höchste Erntezeit. Nur was ist los mit der verwünschten Dreschmaschine? Sie steht verrostet, verrottet in der Scheune. Auch der Elevator ist generell nicht in Ordnung, der Riemen auf dem Schwungrad rissig, und überhaupt: Unbrauchbar, in sich vollkommen versackt ist das eiserne Gestell der Maschine.

Manchmal blitzt ein Weiß auf vor Johanns Lidern - und zerstäubt … unverständliche Laute hört er… das Krächzen einer kaputten Kehle… *Bu bumm bu bumm* schlägt ein dumpfer, stumpfer Ton dazwischen - *bum bu - bum bu.* Ist das sein Herz? Eine Maschine? Ein Granatwerfer? *Bumm bumm bumm* - die Geräusche verschwinden; die Weizenfelder, eben noch wogend, die Ähren auf den Halmen erstarren - reglos.

Während die Zeit in Johanns Körper stockt, ein ermatteter Arzt ohne Ausbildung und ohne Medikamente, eine unerfahrene Schwester um sein Leben kämpfen, ändert sich die Zeit außerhalb seines Körpers rasend schnell. Deutsche Truppen besetzen Ungarn; Reichsverweser Horthy tritt zurück; die Wehrmacht verliert die zweite Panzerschlacht bei Debrecen; Budapest wird eingekesselt; Warschau befreit; Wien fällt. Indessen Johann gegen das bösartige Gift in seinem Leib kämpft, ficht das giftige Berlin noch immer für den Endsieg.

Der Nussbaum

Gakovo scheint zu sein wie immer: schnurgerade Reihen von Bäumen links und rechts neben den Gräben der Straße, schwäbische Häuser, die ihre Giebel stolz in den Himmel recken, und das Kopfsteinpflaster, das man so penibel-akkurat in rein serbischen Dörfern nicht findet. Wie immer scheinen die Wagenräder der schwäbischen Schubkarren scheppernd darüberzupoltern, nur dass sich dieses Mal völlig erschöpfte, greinende Kinder auf diesen Schubkarren befinden, keines Schrittes mehr fähig, und das willkürlich zusammengeraffte letzte Hab und Gut der Schwaben - Schachbrett neben Wanduhr, paar Flaschen Wein in einem Nachttopf.

Die Fenster der Häuser zeigen aber an, dass hier etwas anders ist als sonst. Schmutzige Gardinen hängen hinter zersprungenen Fensterscheiben. An dem einen oder anderen Fenster (früher vielleicht eine Zierde der Straße) wurde das fehlende Glas durch Pappe in unterschiedlichen Farben ersetzt. Nie und nimmer ließe ein Schwabe solche Nachlässigkeiten durchgehen! Nach außen hin scheinen die Häuser noch stattlich, aber drinnen? Etwas stimmt ganz und gar nicht, und jetzt sieht Pero auch die abgezehrten, ausgemergelten Schwabengesichter hinter den Fenstern.

Das ist nicht das Gakovo, das er kennt! Als sich die Schwabenkolonne aus Darda langsam der Hauptstraße nähert - auf dem Weg zur Intendantur - , kreuzt sie eine Gruppe älterer Männer unter einem dürren Nussbaum. Ihre Gesichter sind gelb und hager, um ihre Körper schlottern Kleidungsstücke, die man nur schmierige Lumpen, Lappen oder Fetzen nennen kann. Und selbst der Nussbaum - wie zum Hohn steht er völlig kahl da, ohne ein *einziges* Blatt: Ist er ein Sinnbild des vollständigen Mangels? Und als Pero endlich klar wird, dass er bis jetzt in Gakovo nicht *einen* Hund, nicht *eine* Katze sah - wo sind sie? - fasst er einen Entschluss.

An diesem anderen Ort

Lange starrt Paula dem Schubkarren nach, bis er in der Ferne als kleiner Punkt verschwindet. Wird sie eines Tages auch so gehen? Lenes Kopf und ihre Arme auf dem Schubkarren hüpften hin und her, und dabei spielten sie gestern noch zusammen. Paula war froh, dass Lene mit ihr spielte, die meisten Kinder hier wollen nämlich nicht. Sie kriegen nur große Augen, wenn man sie fragt. Opa und Oma sagen, sie hätten keine Kraft zum Spielen, weil sie nichts zum Essen haben. Auch Opa und Oma haben keine Kraft; die meiste Zeit liegen sie einfach so da und sagen nichts. Wenn man sie etwas fragt, antworten sie nicht einmal. Paula hat das Gefühl, dass sie dann weit weg sind. Sie sind bestimmt an diesem anderen Ort. Paula erinnert sich noch gut daran, dass sie am Anfang auch ganz weit weg war an diesem Ort und viel geweint hat.

Als sie nämlich damals nach Gakowa kamen, ist etwas von ihr einfach weitergelaufen, immer nur weiter. Sie hat es daran gemerkt, dass ein Partisan sie schlimm geschlagen und sie trotzdem nicht geweint hat. Sie hat an diesem anderen Ort geweint, aber nicht hier. Auch jetzt fühlt sie sich manchmal an diesem anderen Ort, weil hier überhaupt kein Platz mehr für sie ist. Jeden Tag kommen nämlich neue Menschen ins Zimmer, und alle bleiben hier. Es sind so viele, dass man Schwierigkeiten mit dem Zählen hat. Ganz schlimm ist es in der Nacht, weil Opa sich so oft umdreht und weil sich dann alle anderen auch umdrehen müssen. Paula grübelt, wie lange ist sie schon in Gakowa?

Sie kann sich dunkel erinnern, dass ihr damals die Beine vom vielen Laufen wehtaten und Onkel Pero ein Fuhrwerk holte, auf dem sie und die Großeltern und die Weigerts und auch der Pfarrer dann endlich sitzen durften. Onkel Pero ist der einzige, der es gut mit ihnen meint, sagen Oma und Opa. Mama kam damals nicht, obwohl Paula viel *Maria hilf* gebetet hat. Auch jetzt bittet und betet sie jeden Tag, dass Mama kommt und sie holt. Aber auch wenn sie möchte, sie glaubt nicht mehr so richtig daran, weil ja Opa und Oma auch nicht mit ihr weggehen können.

Außer Mama vermisst sie am meisten Papa und ihr Spielzeug;
sie durfte nur ihre hübsche Puppe Klara mitnehmen, alles andere nicht.
Auf die muss sie aber gut aufpassen, weil sie sonst gestohlen wird.
Kaum ein Kind hier in Gakowa hat Spielzeug, sie haben nur solche Sachen,
die sie selbst gebastelt haben und die ziemlich hässlich aussehen.
Paula überlegt, ob sie vielleicht doch auf den Friedhof zu Lene gehen soll,
aber allein traut sie sich nicht. Sie weiß, dass sie um Lene weint,
aber ganz weit weg, an diesem anderen Ort.

Luftspiegelung

Elisabeth arbeitet nun seit 2 Monaten in der Zuckerfabrik von Beli Manastir. Hier wird guter serbischer Zucker produziert, von Rüben, der aus den Äckern der Deutschen stammt. Elisabeth weiß wohl, dass sie es besser traf als die meisten anderen Schwaben. Wundersamerweise ist ihr Schicksal in dieser Ortschaft stets mit Zigeunern verknüpft. Bei einem von ihnen, der den sonderbaren Namen Madschmurdallo trägt, „logiert" sie. Wenn sie von der nicht allzu schweren Arbeit „nach Hause" kommt, vertreibt ihr Madschmurdallo mit Späßen und Scherzen die Zeit. Er sagt, die Hellseherin sei in die Batschka gegangen, lebe glücklich mit ihrem Mann.

Wenn schon nicht glücklich, könnte Elisabeth zufrieden sein mit ihrem Los, aber der Gedanke an Paula lässt sie nicht ruhen, tags nicht, nachts nicht. In Darda damals am Bahnhof hat sie Pero unauffällig gebeten, Paula und die Großeltern bis nach Gakowa zu begleiten, auf die Partisanen besänftigend einzuwirken, obschon sie sah, dass sein Einfluss nicht groß ist. Aber ist er nicht ein Partisan? War *im Wald* sogar? Seitdem ruht ihre Hoffnung ganz auf Pero - einem Partisanen! An diesen Strohhalm klammert sie sich, verliert dann aber schnell wieder allen Mut und fühlt sich elend.

Jeden Tag verpackt sie Zucker - ach, könnte sie doch nur ein Tütchen davon nach Gakowa tragen, zu Paula, ihrer Tochter. Eines Abends - es ist schwül, fast noch glüht, flimmert am Horizont die Luft - ist Elisabeth auf dem Weg „nach Hause" zu Madschmurdallo und hat plötzlich Gesichte:
In der Luft - über den Dächern von Beli Manastir - scheint eine Art zweites Dorf zu schweben: Die Straßen stehen tadellos lotrecht zueinander, ja das trügerische Dorf sieht wie ein riesengroßes Schachbrett aus, eine sorgfältige Anordnung akkurat angelegter Parzellen, die aus Gärten und Höfen, aus Mauern und aus Zäunen bestehen - eine schwäbische Siedlung.

An einem dürren Baum lehnen Kinder, magere Ärmchen und Beinchen ragen aus ihren zerrissenen Kleidern. Die Kleinen sehen krank und schwach, hinfällig, unterernährt aus. Und dann spürt Elisabeth einen Stich im Herzen: Eines der Kinder ist ihre Paula, ganz gewiss - sie trägt im Arm ihre Puppe Klara. Elisabeth weiß, sie *sieht* Gakowa! Sie schreit jetzt auf vor plötzlichem Schmerz, und als sie - atemlos vom Laufen - Madschmurdallo von ihrer Vision erzählt, nickt der - auch in der Batschka, schrieb ihm die Hellseherin, gibt es Luftbilder. Elisabeth will, selbst unter Lebensgefahr, Paula sogleich zu Hilfe eilen.

Pero und Peko

Ohne weitere Überlegung geht Pero direkt zur Intendantur in der Hauptgasse, ohne auch nur einmal um sich zu blicken. Seine Absicht ist bestimmt verrückt, mindestens gewagt - von seinem Entschluss soll ihn aber nichts mehr abbringen. Auch ist die „Tätigkeit“, um die er ersuchen will - nein: fordern - in einem solchen Internierungslager ohnehin unentbehrlich. Der Raum, den er betritt, ist bis auf das notwendige bürokratische Inventar nur spärlich eingerichtet. Der Kommandant, den er sprechen will, ist gerade nicht da, hat einen Termin, und die (schwäbische) Sekretärin bittet ihn höflich, ja unterwürfig zu warten. Wie abgemagert, verhärmt sie ist, denkt Pero, obwohl er sich ausmalen kann, dass sie als Sekretärin näher an den Fleischtöpfen ist als andere.

Pero muss nicht lange warten. Die Tür öffnet sich, jemand betritt den Raum. Sein Erscheinen löst sofort zwiespältige Gefühle in Pero aus. Er, der Jüngere, und Pero, der Ältere, waren früher so gut wie freundschaftlich verbunden, doch war dann ihr Abschied nicht ganz so aufrichtig und herzlich ausgefallen - nicht von Freund zu Freund, sondern eher wie von Kampfgefährte zu Kampfgefährte. Es ist Peko - tatsächlich Peko! Sie umarmen sich, fragen sich gegenseitig nach ihrem Befinden, reden über dies und jenes (Politik) und endlich will Pero von Peko wissen, wie er Kommandant des Lagers wurde. Peko winkt ab: In diesen Zeiten macht man heute dies und morgen das. Aber wie kommt Pero nach Gakovo? Hat er hier dienstlich zu tun oder privat?

Pero meint, ein Misstrauen herauszuhören, doch wischt er das Gefühl beiseite. Wachhabender Posten von Gakovo will er werden! Peko tritt vor Verblüffung - ungläubig - einen Schritt zurück. Wie, wieso denn? Das kann doch jeder, aber nicht Pero, der schließlich wie Peko *im Wald* war! Die *im Wald waren* sind zu anderen Aufgaben befähigt! Soll Pero lügen oder die Wahrheit sagen? Dass er nicht mit dem Leid einverstanden ist, das den Schwaben zugefügt wird? Er murmelt stattdessen etwas von seinem kaputten Arm. Sei der ihm nützlich beim Reparieren der Dreschmaschinen? Beim Flicken von Maisschobern? Zudem die Schmerzen, nicht auszuhalten, höllisch abscheulich sogar manchmal!

Was solle er sonst machen? Der Krieg sei ja schon so gut wie zu Ende, und bessere Kämpfer als ihn gebe es zuhauf. Pero wird Posten in Gakovo.

Elisabeth flieht aus Beli Manastir

Der gute Madschmurdallo rät Elisabeth, noch ein paar Tage zu warten. Ohnehin geht die Beschäftigung in der Zuckerfabrik bald zu Ende, es ist ja nur eine Saisonarbeit. Zudem muss die Flucht gut vorbereitet sein. Aus Beli Manastir *durchzugehen*, ist leicht, aber wie über die Donau kommen? Die Brücke ist zerstört, zwar gibt es einen notdürftigen Übergang, doch der ist streng bewacht - unmöglich, ungesehen hinüberzukommen. Sie werde verhaftet und ohne viel Federlesen erschossen, so Madschmurdallo. Es ginge nur in der Nacht mit einem Kahn, um den er sich kümmern wolle. Mit Hilfe eines serbischen Fischers, den er kenne und der ein guter Mensch sei, werde dies gelingen. Auf keinen Fall dürfe Elisabeth öffentliche Wege nehmen, sondern müsse über Äcker und vor allem durch die vielen Maisfelder gehen, die ihr um diese Jahreszeit den besten Schutz böten.

Madschmurdallo hält für Elisabeth noch etliche weitere Ratschläge bereit, die ihr ein wenig sonderbar erscheinen. Kleide dich wie ein Mann, sagt er zu ihr, nimm einen Stecken in die Hand, von weitem magst du so als Jäger durchgehn und fällst nicht so leicht auf. Elisabeth macht sich in der Nacht auf den Weg, mit Brot und Schinken und Wasser im Rucksack. Um schneller voranzukommen, nimmt sie entgegen Madschmurdallos Ratschlag - solange es noch dunkel ist - die öffentlichen Straßen und Wege und muss nur ein einziges Mal sich kopfüber in ein Maisfeld stürzen, als ihr ein Pferdefuhrwerk entgegenkommt.

Herrlich, groß und klar taucht dann der Mond über dem Firmament auf, und die schützende Dunkelheit weicht einem hellen Schein. Jetzt muss Elisabeth die Straßen und Fußwege meiden. Zum Glück wachsen überall Maisfelder, aber das Laub schneidet ihr in Gesicht und Hände, so dass sie ganz zerschunden endlich die Donau bei Batina erreicht. Sie ist über sich selbst erstaunt, wie schnell sie die angegebene Stelle am Ufer des mächtigen Flusses findet, die Madschmurdallo ihr angab (ihre vielen Gebete wurden von Maria erhört!).

Der gefährlichste Abschnitt ihres Weges - die Überquerung der Donau -

erscheint ihr mit dem sympathischen, serbischen Fischer und dem großen, runden Mond über ihnen sogar ein wenig romantisch, obwohl der Fischer unruhig um sich schaut und vor lauter Vorsicht kein Wort an sie richtet. Auf der anderen Seite des Flusses - in der Batschka - sucht sie im Maisfeld eine Stelle zum Rasten. Sie hat bereits die Hälfte des Weges geschafft und muss sich ausruhen. In einer Erdfurche legt sie sich in den Staub, und jetzt erst, in der nächtlichen Stille, als sie ringsum dunkle Schatten sieht, wundert Elisabeth sich über sich selbst - woher nahm sie nur ihren Mut?

Die unnütze List

Schlag auf Schlag überstürzen sich die Ereignisse. Eilends wird Ludwigs Einheit in den Raum Zagreb geworfen. Die Prinz Eugen soll verhindern helfen, dass die deutsche Heeresgruppe aus Griechenland von der Roten Armee auf dem Balkan abgeschnitten wird. Endlos staut sich der gestreckte Heerwurm - staubig, erschöpft - auf den Straßen. In einem Bergeinschnitt, dessen Hänge voller undurchdringlicher Bäume sind, haben sich die Partisanen eingegraben, so gut wie unsichtbar, ihr wirkungsvolles Streufeuer beherrscht die Umgebung: ein Nadelöhr, in dem Teile des riesigen Heerwurms „Süd“ hängen bleiben. Ludwig kämpft mit seiner Gruppe Serpentinen frei, umgeht einen Bergstock und versucht, auf die Höhe ungefähr der versteckten Partisanen zu gelangen. An einem allein stehenden Haus sperren aber unerwartet cirka 30 Gegner.

Frontal und zugleich überraschend von einer Anhöhe aus angegriffen, retten sich die Widersacher durch überstürzte Flucht und lassen alles liegen, sogar einen intakten Fernsprecher. In flüssigem Serbokroatisch sucht Ludwig Verbindung mit der Feindseite, „meldet“ Verluste durch den deutschen Angriff und will schließlich wissen, wohin die Verwundeten zu bringen seien. Zu seinem Erstaunen gelingt die List, er erhält eine exakte Wegebeschreibung zum Gefechtsstand der Partisanen. Um Verluste zu vermeiden, soll der Angriff aber erst im Morgengrauen stattfinden. Nach Mitternacht klingelt plötzlich der erbeutete Fernsprecher, auf der anderen Seite meldet sich jubelnd der Feind. Die Deutschen haben kapituliert, alle Kämpfe sind beendet, ihre Waffen sind unverzüglich einzusammeln. *Zivio Stalin, zivio Tito, smrt faschizmu!*

Im Buch liest Michael ein Gedicht

Fest zusammengebunden mit Draht an den Händen
ging's hinaus zum Friedhof von Gakowa,
entkleidet, nackt. Blutige Haut in roten Streifen
an uns hängend war die Partisanen-Mode.
Statt Faden, Nadel, Zwirn:

Ochsenziemer, Gleditschen und Korbatschen!
Hinausstehlen aus dem Lager und betteln
um ein bisschen Brot war unsere Freveltat.
Ich, von Beruf Schneider,
trug eine Zahl auf meiner geschundenen Garderobe,

die meine bloße Haut war: *3214,* eingebrannt
mit einem Feuereisen.
Als wir vor dem Graben standen (unserem Grab,
wir hatten es selbst ausheben müssen),
vor uns das Erschießungs-Kommando

der Tito-Partisanen (sie wie wir in *Reih und Glied*
- u stroj), kam zufällig Pero vorbei,
ein Serbe aus Darda, der früher in meiner Werkstatt
sprungweise ausgeholfen hat. Er band
mich ab vom Draht… stattdessen wurde Paul

von irgendjemand in den Draht geflochten.
Paul war Protokollant des Lagers - nun gewesen.
Ich, glücklich entkommen,
wurde nach ihm nun Buchhalter, schrieb *3214* ins Buch,
dahinter: *verstorben. Herzversagen.*

Komische Käuze

Spätnachmittags endlich erreicht Elisabeth erschöpft Gakowa.
Von weitem sieht sie hohe, weiße Giebel, schnurgerade Straßen und Parzellen, aneinandergereiht wie die Felder eines Schachbrettes. Ja, es ist das Dorf, das ihr als Fata Morgana über den Dächern von Beli Manastir erschien.
Und dann sieht sie den Posten und weiß, sie muss sehr vorsichtig sein.
Sie beschreibt einen weiten Kreis ums Dorf, das in regelmäßigen Abständen von Posten umstellt ist. Zwar ragen Maisfelder oder andere bestellte Äcker bis an den Rand des Dorfes heran, aber immer ist ein Stück freigelassen, eine Art Brache oder toter Streifen, der allen Blicken offen liegt und der ungesehen unmöglich überquert werden kann.

Elisabeth beobachtet eine Weile einen Posten, der die Straße abschreitet, ein paar Schritte nach links, nach rechts wandert und schließlich gelangweilt sein Gewehr von der Schulter nimmt. Fast scheint es, als ziele er auf Elisabeth, aber er schaut nur durch den Lauf seines Gewehres und beginnt ihn mit einem Gegenstand zu säubern. Während er sich auf diese Weise seiner Waffe widmet, steht Elisabeth unschlüssig zwischen Maispflanzen und fragt sich, wie sie an dem Posten vorbei ins Lager gelangen kann.
Weder kommt aus Gakowa jemand heraus, noch geht einer hinein, die Straße liegt von allen Menschen entblößt und wie ausgestorben da.

Elisabeth plant, die Nacht abzuwarten und dann weiterzusehen.
Als sie tiefer im Maisfeld die Zeit überbrücken will, erscheint ein sich rasch nähernder schwarzer Punkt auf der Straße: tatsächlich, ein Priester.
Der Posten, mit seinem Gewehr beschäftigt, nimmt keine Notiz von ihm.
Gilt seine Duldung nur für Geistliche? Elisabeth muss es schließlich wagen.
Sie nimmt den Rucksack ab, verstaut alle Habseligkeiten in ihrer Kleidung und huscht am Posten vorbei - das Herz klopft ihr bis zum Hals - hinein ins Lager. Der Wachposten sieht ihr kurz prüfend ins Gesicht, dreht sich weg.
Wer so verrückt ist und freiwillig hineingeht, kümmert ihn nicht.
Gleich um die Ecke sieht Elisabeth 2 alte Männer stehen, verwahrlost,

dreckig, Stoppelbart, zerrissene Kleider. Komische Käuze, denkt Elisabeth.

Bis zur letzten Sekunde

Verunsichert begibt sich die Kampfgruppe Fierling früh am Morgen auf den Rückweg zu ihrer Division. Ludwig schwankt, argwöhnt, zweifelt: Ist die nächtliche Verkündigung von der Kapitulation wahr? Ein Scherz? Ein makabres Täuschungsmanöver? Merkwürdigerweise lässt sich mit dem eigenen Gefechtsstand keine Verbindung mehr herstellen. So oder so heißt es jetzt, bedachtsam, vor allem aber auf der Hut zu sein. Den geplanten Angriff bricht Ludwig ab, zu groß ist die Gefahr eines Irrtums. Zwar hört man Schüsse - ist das aber Gefechtslärm oder Freudengeballere der sieghaften Partisanen? Auf dem Rückzug kommt Ludwigs Kampfgruppe durch ein Dorf voller beflaggter Häuser mit blau-weiß-roten Fahnen, deren Mitte rote Sterne zieren. Einzelne Wachposten, unrasiert, ungepflegt, mit typischen Partisanenmützen, ballen Fäuste, schreien Schmähworte, halten sie aber nicht auf - ein Gefecht mit einer schwer bewaffneten SS-Einheit erscheint ihnen wohl zu gefährlich und wenig aussichtsreich.

Am Ausgang des Dorfes dann die blanke Bestürzung.
Cirka 20 erschossene Rotkreuz-Schwestern liegen mit Kameraden der Wehrmacht „vereinigt“ zu Liebespaaren am Straßenrand, Gesicht an Gesicht, nackt und bloß. Als ihre Körper umgedreht werden, dann das Grausen, Grauen. In die Münder der Frauen sind männliche Glieder gelegt, die Antlitze der Soldaten bedecken weibliche Geschlechtsteile, blutig, barbarisch. Neben ihren Körpern liegt ein Schild *Hitler kaputt.* Überall verstreut herumliegende Teile von Wehrmachtsuniformen.
Ludwig, innerlich aufgewühlt, kalkuliert dennoch kühlen Kopfes:
Wenn Kameraden der Wehrmacht so misshandelt werden, wie dann die SS?

Kurz, knapp, erteilt er den Befehl, die SS-Waffenröcke abzuwerfen. Kaum hat er eine neue zerrissene, zerlöcherte Wehrmachtsuniform an, werden sie von - wie aus dem Nichts auftauchenden - Partisanen umstellt, deren Anführerin (in Zivilkleidung, mit knallroter Armbinde, Haare verfilzt) sie hasserfüllt anblickt. Sie entnimmt dem Mund einer Rotkreuzschwester

das männliche Glied und wirft es einem herumstreunenden Hund hin,
äußert verächtlich: *Das alles, was von euch deutschen Banditen übrig bleibt.*
Ein Kamerad neben Ludwig schluchzt. Ludwig will ihn beruhigen,
dieser flüstert: *Aber wie sollen wir jetzt unsere Brüder im Banat befreien?*

Gehen - Bleiben

Pero kann nicht schlafen, wälzt sich - wegen des Schneiders aus Darda,
bei dem er früher in der Werkstatt (selten genug) sprungweise aushalf -
unruhig im Bett hin und her. Ist es nicht immer so? Unüberlegt, gedankenlos
springt er herbei, beschützt und hilft, wo es ihm notwendig erscheint
oder sein Herz ihm Beistand befiehlt - und bringt sich selbst in Not und Gefahr.
Und kann er helfen? Statt des Schneiders hat man einen anderen Schwaben
verscharrt im Friedhof. Was bedeutet es schon im großen Himmelsgefüge,
wenn ein Schwabe stirbt, ein anderer überlebt? Und was besagt es,
wenn er sein Gewissen beruhigt? Nichts! Nicht das Geringste bedeutet es:
Wie eh und je kreisen die Gestirne unberührt von alledem umeinander.

Am selben Tag später dann der Befehl: In die Intendantur kommen, sofort!
Pero schwant nichts Gutes, und tatsächlich gerät er mit dem Jüngeren
in eine schwere Auseinandersetzung. Peko schäumt vor Wut: Wie kannst du
einem Schwaben helfen? Du untergräbst mit deinen Eigenmächtigkeiten
die Moral meiner Mannschaft! Pero fragt: Ist das jetzt unsere neue Moral,
wenn wir die Schwaben wegen ihres Bettelns und Bittens hinrichten?
Diese Jammergestalten verdienen es nicht anders, schreit Peko.
Ob er die Toten aufzählen müsse, die der Heimat zugefügten Schäden?
Ganz zu schweigen von den Verbrechen und Demütigungen?

Nein, erwidert Pero, aber das rechtfertigt nicht, dass wir sie jetzt unsererseits
wie Hunde umbringen. Ja - Hunde sind wir alle. Sie die fetten, wir die mageren!
Die Schwaben fett?, fragt Pero, nur noch Haut und Knochen sind sie ja!
Gut, um der alten Zeiten willen, sagt Peko auf einmal ganz ruhig,
will ich die Angelegenheit auf sich beruhen lassen. Aber die Deutschen
werden verschwinden - so oder so! Wenn es mit dem Gewehr nicht geht,
dann eben mit dem Kessel. Erschießen kann man sie vielleicht nicht alle,
dem Tod durch Hunger preisgeben aber schon. Punktum!
So lautet der Standpunkt der Partei - du bist damit nicht einverstanden?
Gut, geh wohin du willst, in einem Lager bist du fehl am Platz

mit deiner Rührseligkeit. Wenn du aber bleiben willst, machst du es genau so wie die anderen Posten: ohne Pardon für diese Verräter. Der Kessel hat das letzte Wort! Pero nickt und geht. Jetzt wälzt er sich schlaflos hin und her: Soll er gehen - bleiben? Er kann Pekos Augen nicht vergessen, ein seltsames, nie gesehenes irres Licht flackerte darin.

Der Alte neben ihr

Die beiden komischen Käuze drehen sich nach ihr um, Elisabeth erschrickt: Wie sehen *die* denn aus? Das linke Auge des einen ist völlig verquollen, drum herum eitert es und sieht nach Ausschlag oder Krätze aus; hohle Wangen, wochenlange Bartstoppeln, graugelb und ein einziges Schuppengeflecht die Haut! Überhaupt der ganze Mensch: sinnlos mager - ein Strich. Der andere schaut nicht besser aus. Durch sein zerrissenes Hemd erblickt Elisabeth einen hageren Körper mit hervorstehenden Rippen und Knochen, überall auch Geschwülste, und schmierig der ganze Kerl, auch riecht er ziemlich stark, so dass Elisabeth unwillkürlich ein paar Schritte zurückweicht.

Sie wirft einen Blick in die lumpigen Säcke, die beide vor sich auf dem Boden stehen haben, erhascht seltsame Dinge: Strohhalme, Blätter, Grasbüschel, Stoffreste, eine alte Schuhsohle, Zeitungsfetzen, ein paar Nägel, eine leere Tüte, zusammengeknüllte Pappe. Es sieht wahrhaftig so aus, als zeigten die beiden Alten sich gegenseitig ihre aufgelesenen Schätze. Sind sie nicht mehr ganz richtig im Kopf? Irritiert bemerkt Elisabeth, dass der eine sie mit einem stechenden Blick fixiert. Sie will am liebsten weitergehen, überwindet sich aber und fragt ihn schließlich nach den Helfrichs, nennt Opas und Omas Vornamen und fügt auch den von Paula hinzu. Der alte Mann nickt nur, verabschiedet sich von seinem Gegenüber und bedeutet Elisabeth, ihm zu folgen.

Er spricht kein Wort, läuft vor ihr eine Gasse entlang, biegt nach links ab an einer Kirche vorbei und biegt nochmals ab. Schließlich geht er schnurstracks in ein Gebäude und vor ihr die Treppenstufen in ein Zimmer hinauf, betritt es ohne anzuklopfen. Elisabeth sieht in der Mitte des Raums einen schmalen Durchgang von Ziegelsteinen links und rechts flankiert, die das Stroh unzähliger „Schlafstätten" umfassen und es mehr schlecht als recht zusammenhalten. Ihr stockt der Atem: Überall liegen schwäbische Menschen auf dem bisschen Stroh, hohlwangig, mit großen Augen, abgemagert bis zum Skelett, elendig in ihrem Dreck, matt, kraftlos und wohl auch krank.

Neben einem Ofen mit krummem Rohr, das sich quer durch den Raum zieht,
liegt eine alte Frau, die bei ihrem Eintritt zögerlich das Gesicht hebt
- zahnlos und verschrumpelt wie eine Sultanine! Und doch zieht sich plötzlich
eine Art heller Schein über ihre unzähligen Runzeln und Falten.
Lissy, ruft die Alte, *wie schön, dich zu sehen.* Ist das denn möglich?
Das kann doch nicht Oma sein! Mit einem Aufschrei stürzt Elisabeth sich
zu der Alten hin und umarmt sie. Da grüßt Oma auch den kauzigen Greis,
der Elisabeth zur Oma herführte. *Du dreimal wunderbare Mutter*,
entfährt es Elisabeths Mund. Der Alte neben ihr ist Opa!

Furien des Siegs

Maschinenpistolen unter dem Arm: die Partisanen; Zivilisten mit Gewehren; von allen Seiten kommen die Sieger herbeigeströmt, lärmend, jubelnd, rasend. Wie im Rausch schießen sie in die Luft, knapp an den Köpfen vorbei ihrer eigenen Kameraden, lachend, triumphierend ihr *Zivio Stalin, zivio Tito, smrt faschizmu!* unentwegt ungestüm hitzig schreiend - ein brodelnder, gefährlicher Hexenkessel der Ekstase! Ludwig und seinen Gefährten werden zuerst die Waffen entrissen; alles Weitere ergibt sich: Abgabe der Munition, der Fahrzeuge, Funkgeräte, überhaupt des gesamten Ausrüstungsmaterials. Dann am ganzen Körper die Demütigung durch Finger: Schuhe, Kämme, Waschzeug, Füllfederhalter, Essbesteck, Rasierzeug, Teile der Uniformen, Kompassgeräte verschwinden in den Taschen der Zivilisten oder landen - Brillen, Verbandszeug, Medikamente - im Schmutz des Straßengrabens.

Ein höherer Offizier der *Befreiungsarmee*, hager, mit hängendem Schnurrbart und stechendem Blick, gibt einem Kameraden zu verstehen, dass er dessen Eisernes Kreuz will, *nein!*, wehrt dieser sich. Der Offizier zückt seine Pistole, erschießt ihn. Johlend, schimpfend wird der Leichnam mit Fußtritten traktiert. Eine Partisanin, bewaffnet bis an die Zähne, geht von Mann zu Mann, blickt in die Münder, wo sie Gold sieht, „requiriert" sie es mit einem Messer. Aufstöhnend, vor Schmerzen wie irrsinnig, gehen die Gefangenen in die Knie. Kommt jetzt der Tod - ist es soweit? Ludwig erbleicht und will instinktiv einem Kameraden zu Hilfe eilen, wird jedoch von einer drallen Partisanin mit dem Kolben ihres Gewehres wie toll zurückgestoßen: *Wohin willst du?*, fährt sie ihn an. *Was habt ihr vor mit uns?*, will - keuchend - Ludwig wissen. *Was ihr verdient! - Und was ist das? Ihr habt uns nicht nur besiegt, ihr habt uns auch gedemütigt. Für euch ist nur noch Platz unter der Erde!*

Schmetterlinge

Noch im Schlaf jubelt, freut sich Paula, ist glücklich. Mama ist da. Ist da.
Liegt direkt neben ihr. Warm ist ihr Körper, so anschmiegsam, so weich,
ein Nest im Himmelreich. Das schüttere Stroh unter ihr ist ein Kissen aus Flaum,
federleicht liegt sie darauf, schwebt und schwebt. Das laute Schnarchen
um sie herum, sind das nicht Engelsposaunen, und Mamas Geruch,
ein herrlicher Duft von prächtigen Blumen und Blüten?

Paula schläft ein. Sie sitzt mit Mama und Papa in der Sommerküchl,
Schmetterlinge flattern hinein und hinaus, so viele, mit Farben,
wunderschön auf den Flügeln. Warum nur versuchen Mama und Papa
sie zu fangen? Jetzt sieht Paula: Es sind gar keine Schmetterlinge -
zu den Fenstern herein, heraus flattern Suppenhühner, ein bisschen mager,
aber Suppenhühner. Mama und Papa versuchen, ein Huhn zu erhaschen,
im Schlaf muss Paula lachen, weil es so lustig aussieht.

Aber immer, wenn Mama oder Papa ein Suppenhuhn gefangen haben,
wird es ein Schmetterling und fliegt davon. Und auf einmal fliegen alle
hinaus zum Fenster, flattern hoch hinauf zum Himmel,
der jetzt voller bunter Schmetterlinge ist…

Hoch hinauf und steil hinunter

Hoch hinauf geht es - und ist zugleich ein grauenvoller Sturz in die Tiefe!
In steilen Serpentinen windet sich die Straße bergan, umsäumt von Sträuchern, zwischen denen die Sicht hin und wieder frei wird auf den staubigen Wurm, der in Spiralen und Kurven den Berg hinauf kriecht: Kriegsgefangene, seit Tagen ohne Nahrung, ohne Wasser, ohne Marschpause, kilometerlang, Kolonne an Kolonne. Das also ist das Ende der ruhmreichen deutschen Armee, denkt Ludwig bitter, ein Heer von Vogelscheuchen - zum Heulen.
Immer wieder pfeifen Schüsse über die Köpfe der Gefangenen, knattert vor oder hinter Ludwig ein Maschinengewehr, ist ein verwehter Schrei zu hören.

Die Sonne wirft feindselig heiße Strahlen auf den Elendszug herab, saugt den Poren der schwitzenden Leiber die letzten Tröpfchen Flüssigkeit aus. Am Straßenrand liegt dann der erste Tote, den Mund weit aufgesperrt - Schale, die auf einen Strahl Wasser wartet. Ludwig vermisst seine Kameraden, die am ersten Tag von ihm getrennt und im großen Chaos weiß Gott wohin geworfen wurden. Neben ihm schwankt und taumelt ein dicker Österreicher, fällt hin, bleibt nach Luft keuchend liegen. Noch ehe er sich aufrichten kann, kommt ein schmächtiges Bürschchen - ein junger Partisan, noch ein Kind fast, mit schlaksigen Gliedern - herangeprescht, schreit *Haijob haijob - schneller,* und als der Dicke nochmals strauchelt, schießt er ihm eine Kugel ins Genick.

Was starrst du so, fährt er Ludwig verächtlich an, droht ihm mit dem Gewehr und jagt wieder nach vorn. Als der Zug den Kamm des Berges erreicht, sieht Ludwig sie im Schmutz am Straßenrand liegen: Soldaten, mit Draht aneinander gefesselt - seine Kameraden von der SS, nackt, verstümmelt, auch sie. Ihn schaudert, sich den Leichen zu nähern hat er nicht mehr den Mut - und schämt sich deswegen. Den Berg hinab wird der Zug der Gefangenen jetzt immer schneller angetrieben, *Haijob, haijob,* schreit der Halbwüchsige, der schon wieder da ist und prahlerisch mit dem Gewehr herumfuchtelt. Ein paar Gefangene können jetzt das Tempo nicht mehr halten,
sie schnaufen, japsen, keuchen, hecheln - bleiben zurück. *Haijob, haijob!*

Schuss kracht um Schuss! Ludwig wendet den Kopf nicht, er weiß auch so: Tot sind sie. Während er mühsam mit den vorwärts taumelnden Kameraden Schritt hält, grämt er sich. Ist es jetzt schon so weit mit ihm gekommen, dass er vor einem Jüngelchen kuscht? Er tastet nach dem Eisernen Kreuz Erster Klasse, versteckt in seiner Unterhose. *Ha*, niemand hat es ihm bis jetzt entreißen können, niemand wird es ihm je nehmen…

Vom Leben im Lager

Schmutziges Stroh, Papier und Reisig, Lumpen und kaputte Möbelstücke. Inmitten dieses schmutzigen Haufens von Gegenständen sitzen Elisabeth, Paula und die Großmutter zwischen den *Logoraschi*. Großvater ist schon wieder mit seinem Lumpensack unterwegs und sammelt unnützes Zeug.
Paula plappert vergnügt von ihrem Traum letzte Nacht, von Schmetterlingen und irgendwelchen Suppenhühnern. Sie „flattert" mit ihren dünnen Ärmchen und zeigt, wie sie in den Himmel davonfliegen. Mein Gott, denkt Elisabeth, wie mager die Kleine ist. Wie bei Großpapa sieht man auch bei ihr nur noch Haut und Knochen. Auch Großmutter geht es nicht gut, sie hat am Bein offene Wunden, die schwären und schon sehr stark zu riechen beginnen. Überhaupt der Geruch im Zimmer! Ach was, Geruch - penetranter Gestank! Wie halten die Leute das bloß aus, fragt Elisabeth sich still bestürzt.

Zärtlich fährt sie mit dem Kamm durch Paulas dreckige, verfilzte Haare - ärgert sich insgeheim über die Großeltern. Konnten sie nicht besser Acht geben auf ihre Kleine? Wie verwahrlost sie ist, wie schmutzig ihr Kleidchen, wie elend und spindeldürr ihr Körper. Großmutter scheint ihren stummen Vorwurf zu spüren, denn übergangslos beginnt sie vom Leben im Lager zu sprechen: Das Schlimmste aber ist - *Lissy, das wirst du bald merken* - der Hunger. *Lissy, du glaubst es nicht.* Zum Essen gibt es kein Brot, sondern nur grob geschrotetes Mais in harten Klumpen und rissigen Brocken. Es ist - *Lissy* - unverträglich und ungenießbar. Und oft - *Gott steh uns bei* - bekommt man tagelang nicht einmal das. Was meinst du denn wohl, was wir dann essen? Gras! - ja, *Lissy* - Gras! Hättest du das gedacht?

Und hast du denn auf die Bäume geachtet? Hast du ein Blatt gesehen? Mein Gott, *Lissy,* was haben wir bloß verbrochen? Jetzt ernten wir den Hass, den *unsere Deutschen* gesät haben! Wer von uns weiß aber - *meine liebe Lissy* -, ob wir durch Hunger sterben sollen oder durch eine böse Vergiftung? Kannst du dir so etwas vorstellen - sie sollen Kalisalz ins Essen schütten! Ja ja - so geht das Gerücht! *Ach Lissy, wenn Menschen...* aber wenn nicht, woher kommt dann der Durchfall im Lager? Und die Ruhr? Und all die anderen schlimmen Krankheiten? *Lissy, Lissy, es ist alles noch… du weißt es ja nicht.* Jeden Tag bete ich zu Gott, dass er mich zu sich nimmt. Das ist kein Leben mehr.

Auf einmal fängt Oma, die in ihrem Leben nie geweint hat, zu schluchzen an. Ihr abgezehrter und geschrumpfter schwacher Körper schüttelt sich. Elisabeth weiß vor lauter Verlegenheit nicht, was sie tun soll. Paula sagt *Aua, Mama, du tust mir weh...* Und um Oma von ihrem Schmerz abzulenken, fragt Elisabeth sie, ob es denn keinen Arzt im Lager gebe? *Doch*, schluchzt Oma, und beruhigt sich langsam. Aber was vermag der denn schon auszurichten? Er hat ja keine Medikamente. Außer ein paar Trostworten ist von ihm nichts zu erwarten. Weißt du, dass er alten Kukuruz auf einer Herdplatte röstet und zu Pulver vermahlt? Diese „feine" Medizin verabreicht er gegen Durchfall und Ruhr, gegen Herzkrankheiten! Anders kann der Unglückliche nicht helfen!

Gegen Opas Hirngespinste ist er auch machtlos. Seit Opa im *Keller* war - *das ist das Lagergefängnis, Lissy* -, ist er ganz wirr im Kopf. Ständig redet er von seinem verfluchten Pflug, den er in seiner Phantasie vor den Partisanen versteckt halten will. - Warum musste er denn ins Gefängnis, Mutter? - Weil er sich weigerte, seinen Hosenriemen abzugeben. Kommt man ins Lager, wird man gefilzt. Überhaupt nehmen sie einem *alles* weg, *Lissy, alles! Sie lassen einem nichts, rein gar nichts!* Darum wahrscheinlich sammelt Opa diesen Ramsch. Er kann es nicht aushalten, dass man ihm *alles* nimmt.

Dabei hat er noch Glück gehabt! Die meisten Gefangenen überleben den *Keller* nicht. Es herrschen dort Zustände, *Lissy,* viel, viel schlimmer, als du dir denken kannst. Sie greifen sich beliebig Gefangene heraus, prügeln sie zu Krüppeln und quälen sie auf andere unvorstellbare Weise. Seine Notdurft muss man auf dem blanken Boden… Während Oma berichtet, kämmt Elisabeth Paulas Haare. Mit ihrem Daumennagel zerquetscht sie zwischen den Zinken des Kamms Laus um Laus. Jetzt erst fällt ihr auf, dass Großmutters Blick in eine ferne Unendlichkeit gerichtet ist…

Verwüstungen

Im Zickzackkurs werden die Gefangenen durchs Land gejagt, immer weiter weg von der rettenden Grenze. Links und rechts der Wege liegen brache Felder, zerstörte Dörfer mit vom Feuer verkohlten Häusern, Hütten und Ställen. Soll den Gefangenen (Deutsche, Österreicher, Italiener) ihr Vernichtungswerk noch einmal vor Augen geführt werden? Oder wissen die Partisanen nicht, was mit ihnen anfangen? Sie übernachten in kaputten Fabrikhallen ohne Fenster, ohne Dach, auf Wiesen im Freien ohne Schutz vor Regen, in Kiesgruben, Kasernen, Baracken und Scheunen für Schafe voller Mist und Dreck, auf Sportplätzen - Tausende und Abertausende. Manch einer der Kameraden wird während seiner Notdurft - weil er zurückblieb - erschossen.

In unbegreiflichen, unvorstellbar winzigen Rationen gibt es Mais oder Erbsen, Bohnen, 1 Brot zum Essen für 50 Mann, am Abend auf offener Feuerstelle gekocht eine warme, dünne Brühe: das Beste darin sind die Käfer. Bei allen wird der Stuhlgang schleimig, blutig. Ruhr, Dysenterie brechen aus, und was die Partisanen mit ihren Gewehren nicht schaffen, erledigt der Tod mit seiner gewaltigen Sense. Und die Überlebenden? Ein siecher Haufen, der sich erschöpft, entkräftet dahinschleppt. Ludwig verachtet die Kameraden, die sich irrsinnig vor Durst in einen Fluss stürzen und ertrinken. Er weiß, nur Disziplin kann ihn retten. Gestern erst (weil er Gras aß) wurde ein Kamerad wegen *Verwüstung jugoslawischer Anpflanzungen* erschossen.

In der Küche

Elisabeth muss sich, sagt Oma, beim Gassenkommandanten anmelden - einem Logoraschi - sonst bekommt sie kein Essen. Und selbst wenn es noch so kümmerlich, kärglich ist, ja herzzerreißend dürftig (Wassersuppe mit Erbsen, schwarze Würmer darin, manchmal auch „Tee" aus undefinierbaren Blättern), so ist es doch besser als gar nichts. Aus dem Lager darf sich kein Mensch ohne Erlaubnis entfernen, wer es wagt - kommt in den gefürchteten Keller oder wird vor aller Augen von den wachhabenden Posten erschossen - an Ort und Stelle. Nach einigem Hin und Her und Suchen findet Elisabeth den Gassenkommandanten. Er inspiziert gerade die „Küche": ein Raum mit 2 Badewannen auf Sockeln. In den rostigen Wannen brodelt eine rote Brühe, vom Feuer erhitzt, das unter den Trögen lodert. Ob die Brühe rot ist vom Rost oder von irgendwelchen Stücken, die träge in der Tunke schwimmen - das vermag Elisabeth beim besten Willen nicht zu entscheiden. Fleisch ist es jedenfalls nicht, wie sie mit einem raschen Blick feststellt.

Als Elisabeth sich bei ihm meldet, beachtet sie der Gassenkommandant kaum. Er betrachtet im Augenblick verzweifelt 2 weitere Wannen, die auf Geheiß des Lagerkommandanten von den Partisanen zerstört wurden und umgeworfen in der Ecke liegen: Womit soll er jetzt die vielen unglücklichen Münder füllen, für die er verantwortlich ist? Schon jetzt reichte es höchstens zum Sterben! Elisabeth weiß nicht, wie sie ihn trösten soll; sie will gerade gehen, da kommen der alte Grieg und Paul Gerber herbei. Sie haben von dem Unglück gehört und wollen mit dem Gassenkommandanten gemeinsam beratschlagen. Freudig begrüßt Elisabeth sie: Mein Gott, wie lang nur..., wie lang ist es her...? Paul Gerber bekommt feuchte Augen, seine Gerlinde ist gerade gestorben und auf dem elenden Lagerfriedhof wie schon so viele vor ihr begraben.

Schnell erzählt man sich das Neueste - nur Trauriges -, um sich dann der Frage der Verpflegung wieder zuzuwenden. Haben die Partisanen wahrhaftig vor, alle Deutschen auszurotten? Der Gassenkommandant hält das für unmöglich, der alte Grieg und auch Gerber ebenfalls. Waren es nicht die Schwaben, die die Wälder gerodet, die Sümpfe entwässert und die Furchen der Äcker gezogen haben? Wer - außer ihnen - hat denn Dörfer mit schnurgeraden Straßen und mit Zäunen und Kirchen gebaut? Aus Steppe fruchtbare Erde gemacht? Wo sind die Franzosen, Spanier und Italiener, die auch hier ansiedelten? Aufgegeben! Ohne uns Deutsche - sagt Gerber - geht das Land zugrunde!

Das Dorf der Mandelbäume

Wochenlang währt jetzt bereits der jämmerliche Hungermarsch.
Und wieder 2 Tage ohne Verpflegung - sieht man von einigen Schlammspritzern aus einer Pfütze ab. So gut wie alle Männer sind schon zu Skeletten abgemagert, ihre Haare, ihre Bärte verfilzt, von der Sonne verbrannt auch die Haut und die Füße vom ewigen Marschieren schrundig aufgebrochen und rissig. Betrachtet Ludwig seine Kameraden, sieht er schäbige Elendsgestalten, staubig, dreckig, räudig, verlaust, schlimmer als jemals die Partisanen aussahen. Manche der Kameraden tragen mittlerweile Zementsäcke als Uniformen, um notdürftig ihre Blöße zu verdecken. Ludwig sah einen leibhaftigen General - inzwischen am Straßenrand krepiert - in schmuddeligen Unterhosen.

Nach einem den erschöpften Männern endlos erscheinenden Marsch stößt der Gefangenenzug in einem Tal auf eine Plantage voller Pfirsich- und Mandelbäume, die Ludwig irgendwie vage bekannt vorkommt, und kurz darauf taucht tatsächlich das von ihm und seinen Soldaten bis auf die Grundmauern mit Flammenwerfern niedergebrannte Dorf auf. Er erschauert innerlich, als er die ersten Bewohner sieht - erkennt man ihn? Seine Sorge ist aber grundlos: Es handelt sich um neu angesiedelte Bauern aus fernen Gegenden, die den Deutschen erstaunlich freundlich mit *Zdravo - Willkommen* entgegentreten. Noch immer sieht man verkohlte Ruinen, eigentlich unbewohnbare Häuser und Hütten, zum großen Teil ohne Dächer, Fenster oder Türen, und auch das Vieh ist notdürftig in zerstörten Ställen unter blankem Himmel - heute mit freundlichen Wolken - versorgt.

Der vor 2 Jahren von Ludwig mit Handgranaten mutwillig zertrümmerte, aus wunderschönen Steinen gemauerte Brunnen ist immer noch eingestürzt und nutzlos in sich versunken. Trotzdem wird den Gefangenen von den freundlichen Dorfbewohnern reines Quellwasser in Krügen gereicht, frisches Obst und Gemüse - vor allem herrlich duftendes, selbstgebackenes Brot. Sind es die schönen Mandel- und Pfirsichbäume? Die Hügel im Hintergrund? Ist es das so pittoresk im Tal liegende Dorf? Das Wachpersonal der Partisanen

plaudert mit den Bauern über dies und jenes, trinkt den dargebotenen Wein und sieht mild gestimmt über das versöhnliche Geschehen hinweg.
Ein hübsches, junges Mädchen geht auf Ludwig zu und bietet ihm einen frisch gebräunten Hefezopf in einem Korb dar. Ihr Haar, das heller ist als sonst bei Slawinnen, erinnert ihn wehmütig an seine Anna. Wo mag sie jetzt sein? Wie mag es ihr ergehen? Sind es die Sorge und Furcht um seine Frau, ist es der braune Hefezopf, die freundliche Herzlichkeit der Dorfbewohner? Auf dem Weitermarsch plagen ihn schlimme Blähungen und Durchfall…

Frühsport

Schnell in die Schuhe schlüpfen und die Schnürsenkel knoten, aus dem Stroh die dürftigen Habseligkeiten an sich raffen und dann nichts wie losrennen - man schläft sowieso immer in den Kleidern. Schon zum 5. Mal müssen sich die Logoraschi auf dem Hof - um 4 Uhr in aller Herrgottsfrüh - auf Anordnung des Lagerkommandanten versammeln. Elisabeth, die Großeltern und Paula suchen mit den Augen Gerber und Grieg: Die Dardaer müssen zusammenhalten. Endlich hört das Schieben und Stoßen auf, jeder steht irgendwie und wartet. Was wird es diesmal Schlimmes geben? Die Partisanen schließen einen Kreis um die ängstlichen, bang besorgten Logoraschi, bewachen sie im trüben Licht zwischen spärlichen Funzeln, Gewehr bei Fuß. Vom Regen in der Nacht ist der Boden breiig aufgeweicht - ein einziges morastiges Schlammbad.

Mit Flüchen, Schimpfen, mit Kolbenhieben und Knüppeln prügeln die Wachhabenden die halb verhungerten Logoraschi jetzt zum „Frühsport“: hinlegen - aufstehen - knien - auf und nieder - hinlegen - knien! Ob Alt, ob Jung - ohne Unterschied - ob Frau oder Mann, ob kleines Kind, alle müssen sich im Matsch, im Dreck, im Kot und Schlamm herumwälzen und dürfen sich nach einer Stunde (nahezu tot schnappen einige nach Luft) *schlammverkrustet* in Reih und Glied wieder aufstellen - waschen oder säubern darf sich bei Todesstrafe keiner. Die Logoraschi warten nun gespannt auf das eigentliche Ereignis; ein jeder weiß ja: Diese Art von „Frühsport“ ist nur das Vorspiel zu mutmaßlich Furchtbarem und Schrecklichem.

Tatsächlich erscheint jetzt der Kommandant und stellt sich auf die Stufen einer Treppe. Seine Gestalt - unterhalb des Scheitels ist alles dunkel an ihm, seine Augen sind die Augen eines Toten - flößt Elisabeth Furcht ein. Und jetzt erstarrt sie. Wer da in den Kreis geführt wird, ist die Glaub Ida. Die Ida aus Darda! Was hat man vor mit ihr? Warum - und wie - wie nur - soll sie bestraft werden? Was - um Himmels Willen - soll sie verbrochen haben? Idas halbe Ohrmuschel hebt sich rot von ihrer Haut ab im Schein der Funzeln. Sie zittert am ganzen Körper, hebt die Hände hoch zum Kommandanten und bittet, fleht um ihr Leben. Ihr Verbrechen? Ein Partisan gab ihr *in seiner Gutmütigkeit zu trinken, und sie, diese verdammte Schwäbin,* säuberte die Flasche, bevor sie daraus trank, mit ihrer verfluchten Nazihand! Heißt das, alle Serben sind Schweine? Und slawische Menschen schmutzig? Eine unreine Menschenrasse vielleicht? So tobt und wütet der Kommandant. Alle sind erschüttert, als er den Schießbefehl gibt. Jeder verkriecht sich in sich selbst und will so weit fort wie möglich vom Ort des Geschehens. Als Elisabeth den alten Grieg am Tag nochmals trifft, fällt ihr ein: Sie hat ihm vom Tod seines Sohnes noch gar nichts gesagt. Doch auch jetzt schweigt sie, während Grieg zum ersten Mal von Flucht spricht...

Flüsse und Frachten

In zerfledderten Unterhosen eingenähte teure Eheringe - auch das Allerletzte an Wertsachen wechselt für eine Feldflasche voll Wasser jetzt immer öfter den Besitzer (im Tausch mit der Bevölkerung). Die Wachmannschaften halten die Gefangenen vom Trinken aus den Dorfbrunnen mit Knuten immer wieder rüde zurück - in einem Fall war Ludwig sogar recht froh: Er hat das Wasser bei einer früheren Operation selbst verseucht. Müde, hungrig, durstig schleppt sich der Zug durch den Staub und Schmutz der Straßen, Tag für Tag unter sengender Sonnenhitze, begleitet von den Schlägen und Kolbenstößen der stets gereizten Partisanen *Haijob, haijob - schneller, du dreckiger Schwabe!*

Es geht weiter im Zickzackkurs durchs Land, selbst das Begleitpersonal scheint oft das genaue Marschziel nicht zu kennen. Nahezu alle Gefangenen verloren ihre Schuhe und müssen trotzdem täglich im Laufschritt 50 Kilometer und mehr zurücklegen. Ist es ein Hunger-, ein Todes-, ein Sühnemarsch? Immer kleiner, immer kümmerlicher wird der Zug, der doch am Anfang wegen seiner unüberschaubaren Länge - selbst im Elend - beeindruckend war.

Nach abermaligen Gewaltmärschen erreichen die Überlebenden am Abend einen sanft plätschernden Seitenarm der Sawe, schütten - dieses Mal unbehelligt von den Aufsehern - ihr fast ungenießbar schmeckendes Wasser gierig in sich hinein und schlafen dann (wie schon häufig) unter freiem Himmel. Die ganze Nacht weht aus der Richtung des Flusses ein ekelhafter Geruch zu ihnen herüber. Als Ursache entdecken sie am Morgen 5 deutsche Landser, die am Ufer der Sawe verwesen. Ein Kamerad wirft zornig seine Brille fort: Konnte sie etwa das vergiftete Leichenwasser sehen? - *Ich bin doch so gut wie tot!*

Lass doch im Traum

Seit Montag kein Essen mehr, und heute ist Freitag! Der Lagerkommandant, heißt es, sei fort und sein Stellvertreter kümmert sich um nichts. Elisabeth weiß nicht ein noch aus. Paula wird von Tag zu Tag dünner und schwächer, genau wie Opa und Oma immer zerbrechlicher werden. Wo soll das hinführen? In den Tod? So muss es wohl sein, anders lässt sich das beständige Ausbleiben von Nahrung nicht erklären. Dass ihre Kleine nicht - wie andere Kinder - jammert und weint, sondern tapfer durchhält, macht es für Elisabeth nur noch schlimmer. Sie überlegt lange: Wie kann sie Paulas Los erleichtern? Endlich sammelt sie Halme vom Stroh ihres Lagers und ruft Paula zu sich.

Gemeinsam gehen sie in den „Garten“ - inzwischen nur noch ein Stück Boden ohne jedes Grün, verdorrt und verwelkt, so dürr wie die verhungerten Kreaturen im Lager. Paula rennt fort und füllt eine Flasche aus Großvaters Lumpensack so oft mit Wasser auf, bis es genug ist für ein goldenes Meer in einer Schüssel. *Pff pff* blasen Paula und Elisabeth gemeinsam, und das Wasser in der Schüssel wird zu einem stürmischen Ozean, *pff pff,* in dem goldene Schiffe aus Stroh schwimmen. *Aber was haben die Schiffe denn geladen?* fragt Elisabeth, und wahrhaftig, jetzt zaubert sie aus ihrer Schürze goldene Kartoffelschalen - aus der Küche vom Gassenkommandanten erbettelt. Paula lacht und strahlt, eine Schiffsladung nach der anderen versinkt fröhlich in ihrem Mund. *Bitte lass doch im Traum die Spinnen Fliegen fangen,* betet Elisabeth zu Maria.

Lager und Latrine

Endlich macht der Elendszug Halt in einem ehemaligen Ziegeleigelände, das den Partisanen offenbar als Lager für ihre Kriegsgefangenen dient. 10 Baracken mit immerhin eigenen Latrinen, weiträumig zwar, sonst aber ohne jede Ausstattung. Kaum Essnäpfe oder Blechdosen zum Einnehmen der Nahrung, kein Besteck, keine Handtücher, Waschschüsseln, -lappen oder Seifen zum Reinigen ihrer verwahrlosten Körper. Die Dächer der Baracken sind schadhaft, bei Regen rauscht das Wasser durch, läuft an den Wänden entlang und sammelt sich in schlierigsumpfigen Pfützen am Boden. Betten bzw. Strohlager sind halbwegs ausreichend vorhanden als Schlafstätten für die Erschöpften, aber vor allem als Brutstätten für Läuse und Wanzen - so zahlreich, dass der Gedanke an ein Ausrotten gar nicht erst aufkommt.

Es ist auch höchste Zeit. Vom Marschieren, von der ständigen Gefahr, nicht mehr mithalten zu können - vor Hunger, Durst, Entkräftung, Schwäche zurückzubleiben, erschossen zu werden -, flackern den Männern die Augen vor Angst. Manche reden irres Zeug und sind inzwischen so gut wie verblödet. Auch Ludwig ist am Ende. Erschöpft, ermattet, ausgelaugt lässt er sich auf ein Lager fallen und sieht am nächsten Tag: Der Kamerad, der seine Brille wütend wegwarf (weil sie kein Leichenwasser sah) ist tot. Er ist nur der erste… ihm folgt eine lange Reihe von Toten, obwohl es, o Wunder, auf einmal ausreichend Nahrung gibt - ½ Liter Dörrgemüse und Scheiben Knäckebrot aus einem in der Nähe liegenden ehemaligen Verpflegungslager der Wehrmacht.

Das Dörrgemüse ist sogar gut, das Knäckebrot schmeckt aber nach Petroleum; sicher ist es von den sich zurückziehenden Deutschen ungenießbar gemacht, aber nicht (wie höchstwahrscheinlich beabsichtigt) angezündet worden. In kurzer Zeit häufen sich jetzt Durchfälle, Schüttelfrost und hohes Fieber: Verdacht auf Vergiftung. Auch Ludwig erwischt es; sobald er etwas isst, erbricht er es. Ein deutscher (ehemaliger) Sanitäter „verschreibt" ihm *Defäkation unter Beobachtung*. Ludwig sitzt Stunde um Stunde auf einer Stange über der Latrine und stürzt vor Entkräftung einmal sogar in den Kot.

Schließlich verscherbelt er - der Not gehorchend - sein Eisernes Kreuz widerwillig für Kohletabletten an den *Dezurni* (Unteroffizier v. D.).

Der Bettelgang

Der erste Schnee des Jahres fällt in schrägen Strichen durch Elisabeth und friert ihr den Leib weg. Doch bringt die winterkalte Jahreszeit kaum weniger Läuse und Wanzen mit sich. Überall kriechen sie zu Tausenden auf Decken, im Stroh und in den wenigen Lumpen, die man auf der falben Haut trägt. Manchmal haben sie sich so zahlreich auf einem einzelnen Halm festgesetzt, dass der wie ein lebendiger Klumpen wimmelnden Fleisches aussieht. Wegen der Kälte ist das Entlausen der Leibwäsche so gut wie unmöglich, und der eigene Körper, durch Entkräftung, Hunger und Kälte geschwächt, lehnt sich gegen diese alltägliche Plage und Peinigung kaum noch auf.

Beim letzten Toten, den man aus dem Zimmer fortschaffte - Gott sei seiner armen Seele gnädig - fraßen sie ziemlich große Löcher in die gelbe Haut. Viel schlimmer aber noch als das Ungeziefer ist der Mangel an Nahrung - die Läuse fressen den Körper von außen auf, der Hunger hingegen von innen. Seit Wochen liegt Oma kraftlos im Stroh, Opa hat seine blöde Sammelwut eingestellt und dämmert still neben ihr, beider Nasen stechen wie Segeltücher blass in die frostige Luft. Und Paula? Elisabeth wagt sie kaum anzuschauen, ihr mageres Körperchen überzieht sich mit Flechten, Krätze, Pickeln, Pusteln.

Auch wenn Elisabeth von allen vor den Folgen des Bettelns gewarnt wird, sie muss hinaus aus dem Lager und für die Ihren Nahrung beschaffen! Ein Logoraschi hat ihr die Adresse eines sogenannten *Guten Hauses* gegeben - in ca. 15 km Entfernung, das einer freigiebigen Ungarin gehören soll. Bei solchen Bettelgängen muss man aber sehr vorsichtig sein, man weiß nie, ob man mit seinem Wunsch willkommen ist oder der Behörde ausgeliefert wird. Erwischt einen dann auf dem Rückweg ein Lagerposten, kann es schlimm enden. Wenn man Glück hat, wird nur das Erbettelte weggenommen, bei Pech drohen Schläge und Prügel, der Keller, oder - noch schlimmer - der Tod.

Elisabeth nahm von dem jüngst Verstorbenen einige Kleidungsstücke an sich, vielleicht tauscht jemand aus purer Barmherzigkeit diese Fetzen gegen Brot ein.

Paula fleht, sie will mitkommen und nicht allein bei den Großeltern bleiben, die stur in sich hinein schweigen und auf sie gar nicht mehr reagieren. Elisabeth zögert, willigt aber schließlich ein, andere Kinder in Paulas Alter gehen sogar schon ganz allein auf Bettelgänge. Sie verlassen das Lager zur Zeit der Wachablösung auf einem Stück vorgeschobenen Garten. Nur schemenhaft sind in der Dunkelheit die Posten zu sehen, die soeben während der Ablösung miteinander schwatzen. Elisabeth und Paula huschen über die kahle Fläche des toten Streifens. *Mach, liebe Maria, dass die Posten das ungeschickte Tapsen von Paulas kleinen Füßen nicht hören,* die eher stolpern und stürzen als gehen.

Schon sind sie am zugefrorenen Bach. Sie müssen das Eis aufschlagen, die Strümpfe ausziehen und durch das eiskalte - schneidende - Wasser waten. Paulas Füße fühlen sich beim Überziehen der Strümpfe steif an - *die Kleine holt sich hoffentlich nichts!* Elisabeth hält sich ängstlich auf der Landstraße, sie kennt die Feldwege nicht, die bestimmt sicherer wären. Es ist so riskanter - wegen unerwünschter Begegnungen - aber die Gefahr, sich zu verlaufen, ist dafür viel geringer. Im Lager hört man oftmals, dass Logoraschis nach bereits gelungenem Bettelgang wegen mangelnder Wegkenntnis kopflos herumirren, um dann am Schluss einem Wachposten direkt in die Arme zu laufen.

Endlos dehnt sich vor ihnen die weiße Landschaft, nur von weit entfernten Bäumen oder Büschen unterbrochen. In Darda zuhause ruhte jetzt (beinahe) die Landwirtschaft, denkt Elisabeth. Sie säße (im Schoß Paulas Kopf) am Herd und strickte, und Johann schnitzte an einem Stück Holz herum - lieber Johann, wo bist du? Die Nacht verbringen sie verborgen in einem trockenen Schober. Das erste Haus der Ortschaft, das sie in der Frühe erblicken, versteckt sich hinter einem hohen Gartenzaun. Elisabeth zögert, sie hat noch nie gebettelt; Zigeuner betteln, ja - aber Schwaben? Dann gibt sie sich energisch einen Ruck, stößt das Gartentor auf und steht vor der Haustür. Wieder zaudert sie - klopfen? Besser warten, bis sich die Tür von selbst öffnet und der Hausherr heraustritt.

Mama! - drängelt Paula. Elisabeth klopft, drinnen tut sich tatsächlich etwas, die Tür öffnet sich und eine blonde Frau mit Lockenwicklern in den Haaren schaut sie unwirsch an. Mit Blick auf die Bettlerinnen sagt sie auf schwäbisch:

Es ist verboten zu geben - und schließt die Tür! Elisabeths Herz wird ein Stein, nur schnell fort, schnell fort, Paula soll ihre Scham nicht bemerken - Schwaben helfen Schwaben nicht! Nur langsam, allmählich beruhigt sie sich. Vielleicht ist diese Frau mit einem Serben verheiratet und will ihn nicht unnötig in Gefahr bringen? Oder ihre Nachbarn beobachten sie? Erstatten Anzeige? Die Schwäbin wird sie - immerhin - wohl kaum denunzieren. Es kann ja auch nicht alles auf Anhieb klappen. Ein ungutes Husten Paulas sagt ihr aber, dass sie jetzt zum *Guten Haus* gehen und sofort Erfolg haben wird.

Von weitem bemerkt sie einen Milizen und schlägt einen großen Bogen. Außerhalb der Ortschaft sieht sie bald das einzeln stehende Haus der Ungarin. Es ist kleiner als beschrieben und scheint sich ein wenig ängstlich zu ducken vor dem wieder einsetzenden Schneefall. Elisabeth klopft diesmal ohne Zögern. Die Ungarin, die herauskommt und sie mit freundlichen Augen anschaut, erinnert sie an ihre nette ungarische Nachbarin zuhause. In ihrem fremden Blick, der voller Mitleid ist, erkennt Elisabeth, wie schmutzig, verlaust und verhungert Paula und sie sind. Sie bekommen von der Hausherrin zu trinken und zu essen, so viel sie nur wollen. Würde Paula Milch trinken, wie sie mag - das Euter einer riesigen Kuh reichte nicht aus. Sogar die verlausten Lumpen des Toten verwandeln sich zu Schmalz, Brot, Mehl, Schinken, Zucker und Salz.

Als sie sich auf den Rückweg machen, platzt ihr „Rucksack" aus Stofffetzen, - kümmerlich zusammengenäht - aus allen Nähten. Wie schon einmal verbringen sie die Zeit bis zur Wachablösung der Partisanenposten im Schober. Bevor sie wieder die gefährliche Strecke über die weite Brachfläche wagen, verstaut Elisabeth das Erbettelte in ihrem Rock. Paula schaut ihr zu und erfindet in aller Stille das Wort *Rocksack.* Abermals sind nur die beiden Schemen - ein rundlicher und ein schmaler - der Posten zu sehen. Während sie über den toten Streifen kriechen und Elisabeth betet - *Maria hilf* - , murmelt Paula vergnügt und mit sich selbst zufrieden das neu erfundene Wort vor sich hin. Da schießt der helle Strahl einer Taschenlampe plötzlich auf sie zu...

Brotdiebstahl

Tumult mitten am Tag, ein unbeschreibliches Gekeife, wildes Geschrei, Aufruhr und Auflauf, Getümmel, Getöse. Ein Kamerad mit schlaffem Bauch (Hautfalten hängen an ihm herunter wie leere Säcke) ist erwischt worden - Fehltritt und Frevel, ein ungeheures Unrecht und todeswürdiges Verbrechen! Alles kommt wütend, zornig herbeigestürzt und schüttelt doch hilflos die Fäuste.

War nicht ein jeder von ihnen schon nah daran - halb irrsinnig vor Hunger - dasselbe zu tun? Auch Ludwig stand mehrmals kurz davor, schäbigen, kläglichen, charakterlosen Kameradendiebstahl zu begehen - so sehr quälte ihn die Drangsal nach ein bisschen Essbarem. Der so unrühmlich auf frischer Tat Ertappte schweigt voller Scham; er weiß, seine Handlung ist nicht entschuldbar und kann den Tod bedeuten. Tatsächlich ruft der Lärm den Kommandanten des Lagers mit gezückter Pistole herbei - er rühmt sich, ein echter Scharfschütze zu sein und „beweist" dies tagtäglich mit etlichen Genickschüssen.

Ludwig flüstert den Kameraden ein paar Worte zu, sie begreifen instinktiv, reißen dem Brotdieb die Lumpen vom Leib, halten ihn an Händen, Füßen fest und prügeln mit Seilen, Riemen auf den nackten, wehrlosen Körper ein.
Eine Weile ist nur das Klatschen der Seile, Riemen, das Wimmern und Stöhnen des Geschändeten zu hören. Schließlich aber lässt der Lagerkommandant - mehr als zufrieden mit der Selbstjustiz der Gefangenen - alle Mann abtreten.
Du hast mein Leben gerettet, sagt anderntags der Dieb dankbar zu Ludwig.

Peko brütet

Peko brütet. Schon wieder half Pero einer verfluchten Schwäbin mitsamt ihrem Balg. Nach dem Streit mit ihm war er für eine Zeit verschwunden. Jetzt ist er zurückgekehrt, aber wozu? Nur um diesem Verrätervolk beizustehen! Der Wachposten, der Pero ablöste, berichtete ihm: „Gerade zur Ablösung hörten wir beide das Geräusch. Es war uns natürlich sofort deutlich, dass es sich um Schwaben handeln muss, die auf dem Rückweg ins Lager sind. Sie unternehmen jetzt immer frechere Bettelgänge in die Umgebung, sogar in weit entfernte Orte. Hinterhältig nutzen sie den dichten Schneefall aus, bei dem man kaum etwas sehen kann. Der Strahl meiner Taschenlampe fiel auch gleich auf eine Mutter mit ihrem Gör. Die Schwäbin sah ziemlich dick aus in ihrem zerlumpten Rock. Natürlich hatte sie ihn mit Erbetteltem vollgestopft. Sie nutzen ja jede Falte in ihren Lappen und jede Ritze in ihrem Körper aus, um ihre Besitztümer vor uns zu verstecken. Manche von ihnen haben wir schon 5 Mal gefilzt und beim 6. Mal finden wir immer noch ein Geldstück, das sie im Saum ihrer Lumpenfetzen oder sonst wo vergraben haben.

Jetzt aber dieser verfluchte Pero! Was ist denn das für einer? Ich war nicht *im Wald,* nein, bin aber ein weitaus besserer Patriot als der! Als ich die beiden dreckigen Bettler in den Keller führen will, stellt *der* sich mir in den Weg - verdammt noch eins! Bald wären wir aufeinander losgegangen.
Aber das ist dieses schwäbische Lumpenpack nicht wert. Er hat zu mir gesagt, er kennt sie schon lange, aus der Baranja oder weiß der Teufel woher.
Ja, wo kommen wir denn hin, wenn jeder von uns einen Schwaben kennt!"
Peko überlegt nun, er will Pero eins auswischen, nur wie? Seine Gedanken schweifen ab, warum fällt es ihm immer schwerer, sich zu konzentrieren?
Die Toten aus der Schicht-Torte besuchen ihn jetzt mit ihren zerfetzten Körpern nicht nur nachts, sondern auch am Tag, sie tauchen vor seinen Augen auf, schüttelt er sie ab, kommen sie wieder. Auf einmal muss er aber lächeln: Jaja, er wird Pero eins auswischen, diese Baranjaschwaben müssen dran glauben!

Das Latrinenfass...

Der Schrecken der vergangenen Nacht sitzt Elisabeth noch in den Gliedern. Was war das aber auch für ein Glück, dass einer der beiden Posten Pero war. Ihre Kleine im Keller, *o Gott... nicht auszumalen!* Sie wirft den Gedanken von sich, will nur an das unbegreifliche und herrliche Festessen denken, an die Freude von Oma und Opa. Beide sind, obzwar schwach auf den Beinen, aufgestanden und gehen im Zimmer auf und ab (so weit das die Enge zulässt). Da wird die Tür aufgestoßen. Der Posten von vergangener Nacht steht im Raum. Er sagt kein Wort, aber Elisabeth ahnt, dass er etwas im Schilde führt. Der Posten stochert im Stroh, im Dreck, in Kleidungsstücken, tut gerade so, als kontrolliere er Sauberkeit und Ordnung. Schließlich fällt sein Blick auf das Latrinenfass. Mit Schrecken sieht Elisabeth: Voll bis zum Rand ist es! Der Logoraschi, der sich darum kümmern soll, hat es zu leeren versäumt!

Der Posten grinst, blickt zu Elisabeth und sagt: *Verunreinigung ist das - vorsätzlich, fahrlässig und verantwortungslos! Du dreckige Schwäbin, willst du, dass Seuchen ausbrechen? Damit ihr sagen könnt, ihr Heuchler: Verrecken lassen sie uns ordnungsliebende Schwaben in Müll und Dreck? Wasser auf die Mühlen eurer Lügenpropaganda, ihr schwäbischen Schweine!* Elisabeth will sich zur Wehr setzen, andererseits aber niemand verpetzen. *Fast alle hier,* antwortet sie, *haben Durchfall, und nachts darf niemand das Zimmer verlassen. Wie sollen wir...* Wutentbrannt gibt der Posten dem Fass einen heftigen Stoß - braune, ekelerregende Brühe schwappt auf den Boden. *Schleck auf, du, los!* Elisabeth versteht erst nicht, der Posten schreit laut: *Aufschlecken, sage ich, hörst du!* Sein Griff zum Gewehr ist unmissverständlich, und Oma begreift sofort, in welcher Todesgefahr Elisabeth schwebt.

Die fragile Person schiebt resolut den verblüfften Posten fort von Elisabeth: *Das ist jetzt meine Arbeit!* Sie lässt sich auf die Knie nieder und möchte die widerliche Brühe vom Boden aufschlecken - es geht einfach nicht! Mühsam erhebt sich Oma und sagt zum Posten: *Du, schleck es doch selber auf, wir sind Schwaben und keine Schweine!* Blindwütig stürzt sich der Posten

auf die gebrechliche Greisin und schlägt mit dem Griff seines Gewehrs so lange erbarmungslos auf sie ein, bis Oma regungslos am Boden liegen bleibt, und dann erst stürmt er - sie allesamt verfluchend - zur Tür hinaus.
Erschrocken beugt Elisabeth sich über Oma: *O Maria, mache…*

Steiner oder Stajner

In der Nähe des Gebäudes, in dem der Dezurni residiert, ist großer Lärm. Aus der Entfernung sieht Ludwig: Ein Pulk Partisanen hält eine Versammlung auf dem Vorplatz ab, schreit revolutionäre Phrasen, fuchtelt wild herum mit den unvermeidlichen Maschinenpistolen und löst sich genau so schnell wieder auf, wie er gekommen ist. Etliche Männer stehen noch in ein Gespräch vertieft mit dem Dezurni, doch sind das keine Partisanen, weder Serben, Kroaten noch Slowenen! Was ist da los? Ihre Kleidung - halb phantasievolle Uniform, halb zivil - verrät nichts über ihren Status, auch nichts über ihre Absichten. Sind das etwa Inspekteure, die das Lager der Gefangenen auf seinen Zustand (Hygiene, Schlafstätten, Unterhalt, Verpflegung, Einhaltung von Rechten) inspizieren wollen? Von solchen Kontrollen hat man gehört - Augenwischerei!

Ein Mann löst sich, kommt auf Ludwig zu, grüßt: *Steiner.* Ludwig, verblüfft: *Sie sind Deutscher? - Allerdings schreibe ich mich jetzt St-a-j-ner, Sie verstehen? - Sehr gut sogar, Sie kämpften als Deutscher auf der Seite der Partisanen! Wozu sonst ihr serbisierter Name? - In den Wäldern beschossen wir uns,* lächelt Stajner, *aber das ist jetzt vorbei! - Was wollen Sie?,* fragt Ludwig ziemlich widerwillig. *- Ihre Kooperation! Ich bin vom Rat der Antifaschisten; wir sorgen uns um das Wohl der Gefangenen. - Wir hungern, sind verlaust, dreckig, krank, täglich verrecken einige von uns durch Genickschüsse und andere Übergriffe. Ist das Ihr „Wohl"? - Ich verstehe Ihre Verbitterung,* versichert Stajner, *um die Abschaffung dieser Maßlosigkeiten eben geht es. - Aber ist Ihnen denn nicht klar, dass diese Unmenschen ...*

Vergessen Sie bitte nicht, wer den Krieg begonnen, dieses Land verwüstet hat! Arbeiten Sie mit uns zusammen und es wird besser. Auch um die Qualität, die Verbesserung des Essens werden wir uns selbstverständlich bemühen. Wir richten sogar eine Beschwerdestelle ein; jeder kann seine Anliegen - ohne dass er Repressionen befürchten muss - vorbringen. Ludwig fragt, nur um Stajner loszuwerden: *Und wie stellen Sie sich die* Zusammenarbeit *vor? - Zunächst benötigen wir eine namentliche Liste aller Kriegsgefangenen, ihre Dienstgrade, Lebensläufe usw. - Wozu das alles? - Im Fragebogen soll enthalten sein, was hilfreich ist in Bezug auf eine mögliche Entlassung. Sie sprechen von baldiger Entlassung? - So schnell nicht, jeder Einzelfall muss natürlich sorgfältig überprüft werden. - Warum so viel Aufwand? - Die Regierung will sicher sein, dass Kriegsverbrecher ihrer gerechten Strafe nicht entgehen. - Aha!,* entfährt es Ludwig, und zugleich erkennt er, was ihn die ganze Zeit über an Stajners Gesicht gestört, ja irritiert hat: Dessen linkes Ohr ist ungewöhnlich groß, sein rechtes hingegen klein.

...Schwelle der Ewigkeit

...doch, dass Oma nicht tot ist! Zwei Tage später muss man den Priester rufen: Die vom Partisan so schrecklich geschundene Oma wird nicht überleben! Ihr kleiner, geschrumpfter Körper ist voll grüner und blauer Flecken, ihre Wunden am Bein sind von neuem aufgebrochen und schwären stark, ihr Atem ist nur noch ein Hauch, ihr Herzschlag mehr zu erahnen als zu spüren. Der Priester, der kommt, ist noch jung, Elisabeth unbekannt (wo ist denn eigentlich der Priester aus Darda geblieben?) und wirkt gejagt, gehetzt: In der Kälte des hereingebrochenen Winters hat er mehr Sterbende zu versorgen, auch weil wieder - niemand weiß, weshalb - viel zu wenig an Nahrung ausgegeben wird und Krankheiten wie Typhus oder Ruhr grassieren.

Liegt es an der unheiligen Eile des Priesters oder hört Oma nicht mehr gut? Sie, die das ganze Jahr über stets zur Kirche rannte und voller Inbrunst betete, Paula mit ihren Sprüchen schreckte (Gott sieht *alle deine* Sünden, mein Liebes, ohne sein Wissen fällt kein Haar von deinem Schopf und kein Sperling vom Dach), schüttelt den Kopf: Sie will nicht beichten - nicht *eine* Sünde!

So sehr der Priester auch ermahnt, ohne ihre Reue könne ihm Lossprechung nicht gelingen: Oma sagt nichts, bleibt stumm. Der Priester schlägt rasch und flüchtig ein paar Kreuze und enteilt zu einer anderen Sterbenden. Elisabeth hört Großmutter flüstern, sie beugt sich zu ihrem Leib hinab. *Wertlos ist sein Himmel,* raunt Oma, *mir zu verzeihen hat Gott nichts... höchstens ich ihm! - Aber Mutter, warum hast du das denn getan für mich?,* fragt Elisabeth, und kann ihre Tränen jetzt nicht mehr zurückhalten. *Man schreitet leichter über die Schwelle der Ewigkeit als du denkst, meine liebe Lissy,* murmelt Großmutter. Dann erstarren ihre Augen...

Begräbnisse

Die Menschen, die Pero im Lager trifft, sehen wahrhaft aus wie Leichen. Entkräftet taumeln sie auf der Straße umher, kaum erkennen sie sich selbst noch. Alles Interesse scheinen sie verloren zu haben. Vergeblich erkundigt sich Pero nach der Adresse der Helfrichs; niemand vermag ihm Auskunft zu geben. Eine Mutter hält ihm - dem Partisan! - flehentlich ihren Säugling entgegen. Entgeistert sieht Pero, dass das Baby tot ist, wahrscheinlich verhungert. Peko hat seit Tagen die Nahrungsausgabe gestoppt - ohne jede Auskunft und ohne Anlass. Und auch das tägliche Stückchen *schimmeliges Maisbrot* in den Wochen zuvor war so völlig verdorben, dass es ungenießbar war.

Die Todeskurve im Lager steigt unerbittlich an, täglich sind es 100 Tote, vor allem auch, weil die Zimmer ungeheizt und erbärmlich kalt sind. Zur Ruhr und zum Typhus kommen Diphterie, Gürtelrose, Masern, Skorbut, Keuchhusten, Hirnhautentzündung und weitere Krankheiten hinzu - weiß Pero vom verzweifelten und ohnmächtigen (deutschen) Lagerarzt. Er sieht in der Ferne langsam einen Leichenzug auf sich zukommen - immer wieder hält er an, geht einer der beiden Leichenträger hinein in ein Haus und kommt mit den Angehörigen zurück, die einen ihrer Lieben - im Sack eingenäht - auf dem Leichenwagen weinend ablegen.

Manchmal kommt er auch allein zurück: Die Anverwandten des Toten scheinen zu schwach oder ohne jeden Lebensfunken zu sein. Roh wirft dann der Leichenträger den steifgefrorenen Leichnam auf das Fuhrwerk und zieht rasch zum nächsten Haus; auch er muss mit der Arbeit fertig werden. Einer der Leichenträger (Logoraschi) erteilt Pero Auskunft: Ja, die Helfrichs haben die Oma selber mit einem Schubkarren zur letzten Ruhestätte befördert. Die Hauptgasse hinunter will Pero über den alten zum „neuen Friedhof" (Massengrab) gehen. Eine trauernde Gemeinde steht aber auch hier beisammen: ein serbisches Begräbnis! Pero wundert sich - war das nicht die Familiengruft einer schwäbischen Familie? Er überlegt und tritt näher heran an die Grube: Auf dem Grabstein ist der schwäbische Familienname ausgekratzt, jetzt prangt ein serbischer Name in goldenen Lettern eingemeißelt im Stein!

Nimmt man den Schwaben ihre Familiengräber fort? Will sie auf diese Weise ganz aus dem Gedächtnis löschen? Es sieht so aus! Bekümmert setzt Pero seinen Weg zum Massengrab fort, erblickt auch tatsächlich die Helfrichs vor einer Grube, in der schon - schneebedeckt - viele Leichen liegen.
Zu ihnen legt der Großvater eben den Leichnam seiner Frau vorsichtig hinzu.
Stumm gesellt sich Pero zu der kleinen Trauergemeinde, nickt Elisabeth und den anderen (die sich über sein Erscheinen still zu freuen scheinen) zu.
Paula schreibt mit Mühe den Namen ihrer Großmutter auf einen Zettel - Kreuze sind verboten und sowieso ist alles Holz schon verheizt worden - und steckt ihn in eine leere Flasche, die neben ihre Oma gelegt wird.
Es ist die einzige Hoffnung, sie später vielleicht würdig begraben zu können.
Warum nur, denkt Pero, muss das so sein? Lässt es sich nicht ändern?
Er sicherlich nicht, nur der Himmel wohl kann hier noch helfen…

Himmlische Schenkung

Inmitten der großen Hungersnot findet Paula eine Kartoffel. Ein Bauer ist mit seinem Wagen gekommen, ein Leinensack reißt auf und überlässt die himmlische Schenkung der schlammverspritzten Straße. Die verschrumpelte Kartoffel kullert durch eine Pfütze, saugt gierig tausend Mikroben auf und schokoladenbraunen Dreck. Die eine Hälfte ist verfault, die andere Hälfte kurz davor. Ihre toten Triebe erinnern an das Haar von Totenschädeln, das immer weiter blüht, sogar im Exitus noch verwildert und verfilzt. Und auch die verweste Kartoffel blüht auf für Paula zu balsamischen Köstlichkeiten: Grumbieresuppe, Käspölsterli, Peckmeskipfel, Verrissene Hosen!

Paula denkt: Über dem Himmel waltet doch ein Gott, ein gütiger! Sie läuft zur Mama, die holt einen Koch herbei, der aus Kikinda stammt, im nördlichen Banat, nahe Werschetz. *Ist Reisig da?* fragt der nur. Reisig ist da und ein Kessel auch. Und irgend jemandes Schürze ist Befehlshaber über Salz und unterschreibt die Order: Requirierte Gewürze sind im Kessel zu versenken. So ist das Glück vollkommener noch als vollkommen. Heiß kocht das Wasser, und die 1000 Mal zerstückelte Kartoffel tanzt und hüpft in den Hitzestrudeln auf und ab und einem jeden in den Mund. Es sind 42 Frauen, 31 Männer und 28 Kinder, die schauen in den Kessel und warten geduldig…

Die Bitte

In der Nacht träumt Ludwig: Er zupft und zieht so lange am rechten Ohr des Antifamanns, bis es riesengroß wird, und endlich erhört Stajner seinen Wunsch. In Belgrad findet gerade eine prächtige Parade statt zu Ehren des großen Vorsitzenden Tito. Festlich steht er da in Marschall-Uniform und Titovka-Mütze: wahrhaftig ein ruhmreicher Feldherr, sogar Ludwig muss es, wenn auch ungern, anerkennen. Doch schluckt er seinen Groll hinunter um einer wichtigeren Sache willen. Die Parade zieht vorbei an Tito, ein unübersehbares Heer, dessen Tritte in den blumengeschmückten Straßen widerhallen; ein mächtiger Marschblock nach dem anderen, so schnurgerade, so exakt; so schneidig Echos werfend, als marschierten nicht Partisanen, sondern deutsche Soldaten. Ludwig ist tief beeindruckt. So rasch war es also dem schon am Boden liegenden Gegner möglich, wie Phönix aus der Asche wieder aufzuerstehen? Er hält Ausschau, ob es soweit ist. Ja, jetzt -

jetzt winkt der Marschall ihm zu; er ist bereit, Ludwig zu empfangen, sein Anliegen um Entlassung anzuhören. Ludwig will im Traum vortreten und die Stufen zu Tito hoch hinauf erklimmen. Er setzt Fuß um Fuß, nochmals, und noch einmal - und kommt Tito doch nicht näher.
Er schaut an sich herab und nimmt erstaunt wahr: Sein Körper steckt in unzähligen stählernen Ritterrüstungen; ihn umgibt Panzer um Panzer, und so sehr er sich auch bemüht, voran kommt er nicht...

Herbergssuche

Inmitten eines Schneesturms werden die Logoraschi aus heiterem Himmel aus ihren Häusern geworfen. Niemand weiß in dem Wirrwarr, was los ist. Die einen wollen gehört haben, die Auflösung des Lagers stehe kurz bevor. Das Leben beginne von vorn, die geflohenen Angehörigen dürften nach Hause und mit ihren Lieben vereint wieder friedlich in ihren eigenen Häusern leben. Andere hingegen vermuten nur neue Willkür und Schikane der Lagerleitung. Noch andere verkünden, das Lager werde tatsächlich schon wieder umgruppiert - in Arbeitsfähige und Nichtarbeitsfähige, in Gesunde und Gebrechliche, in Erwachsene und Kinder. Ausgezehrt und kraftlos vor Hunger (zuletzt gab es vor 2 Tagen einen Batzen Kukuruzschrot, ein Schweinefutter) irren die Mütter mit ihren Kindern und gebrechliche Greise auf den verschneiten Gassen umher.

Auch Elisabeth, Paula und Großvater wissen nicht, wohin sie sich begeben sollen. Plötzlich tauchen zwischen dicken Schneeflocken Posten auf und treiben sie vor das Gebäude der Intendantur. In einem sonst leeren Raum steht ein Tisch in der Mitte und entlang an den kahlen Wänden Posten mit schussbereiten Gewehren. Elisabeth und die Ihren haben Glück gehabt, sie befinden sich durch Zufall ziemlich weit vorn in der Reihe und müssen nicht wie so viele andere mit blaugefrorenen Lippen draußen im Freien warten. Die Logoraschi treten mit Händen über dem Kopf an den Tisch. Dem alten Grieg greift ein missmutiger, unwirscher Posten grob in die Tasche, klappt die Aufschläge der verschlissenen Jacke hoch und die Aufschläge der Hosenbeine hinunter, befingert flink das Mantelfutter und fährt mit der Hand über Griegs Brusthaare, nimmt dem alten Mann die Kappe ab und stülpt sie um. Zuletzt muss der Alte auch noch die Schuhe ausziehen und seine Socken; dann endlich darf er durch eine andere Tür in die eisige Kälte abgehen.

Als Elisabeth vor dem Tisch steht, liegen auf ihm schon jede Menge Messer, Gabeln, Löffel, Hosenriemen, Hosenträger, Uhren, Schmuckstücke, Taschenspiegel, Kämme, Eheringe, Geldmünzen, eine Brieftasche und sogar - weiß der Himmel woher und wozu - ein bizarr geformter Korkenzieher und ein Glasschneider. Bei Elisabeth wird der Posten kaum fündig, in ihrem fadenscheinigen Rock findet er nur ein abgebranntes Streichholz, und Paula winkt er missmutig durch. Als Opa an die Reihe kommt, befürchtet Elisabeth, er könne wieder rebellisch werden und wie schon einmal im Keller landen. Aber seit Omas Tod scheint Opa vernünftig zu sein (aus seinem Ramsch im Sack bastelt er aus Fahrradspeichen Häkelnadeln und andere nützliche Dinge für die von allem entblößten Logoraschi).

Als sie zur Tür hinausgewunken werden, folgt die Bestürzung: Großvater muss in das Haus für Arbeitsunfähige - Elisabeth und Paula in ein anderes! Alles Bitten und Betteln und Zureden hilft nicht, die Wachhabenden bleiben stur. Ja, wenn Elisabeth Geld hätte… (die einzige wirkliche Wertsache, den Ehering, den sie bei ihrer Flucht aus Beli Manastir trug, hat man ihr schon abgenommen). Unter Schimpfen begnügen sich die Wachhabenden damit, Elisabeth und Paula im Schneesturm in die eine, Großvater in die andere Richtung zu bugsieren - kein einziges Wort darüber, in welchem Haus sie Quartier nehmen sollen. Viel Zeit hat Elisabeth nicht, sich um Großvater Gedanken zu machen, sie muss für Paula in der bitteren Kälte rasch eine Herberge finden. Sie gehen in das erstbeste Haus, zu ihrer großen Überraschung wohnen *echte* Gakowaer darin, die in ihren eigenen 4 Wänden jetzt Lagerleute sind und sie eindringlich bitten, hier auf gar keinen Fall Unterschlupf zu suchen; schon jetzt seien ja die Wohnungen überfüllt - sie sähe es doch selbst!

Wieder auf der Straße ist der Schneesturm noch heftiger geworden, die dicken Flocken, vom Sturm gepeitscht, kreisen in so dichten Wirbeln, dass man die Hand nicht vor den Augen sieht. Zwischen dem Weiß der undurchdringlichen Schneeflocken tauchen auf einmal Schatten auf, zuerst nur ein paar, dann immer mehr, und unerwartet finden sich Elisabeth und Paula inmitten des ungestümen Schiebens und Stoßens, Schubsens und Schreiens einer gewaltigen Menschenmenge wieder: Gerade zur Zeit der Umgruppierung und des größten Durcheinanders kommt ein neuer Transport von Schwaben nach Gakowa ins *Verrecklager*, und auch sie sind verstört und verzagt auf der Suche nach einer neuen Herberge. Ein Gesicht hüpft vor Elisabeth auf und ab, verschwindet unter den vielen anderen Gesichtern, nähert sich wieder aus einer anderen Richtung und schält sich auf einmal ganz deutlich aus den dichten Flocken des Schnees: ein schon früh verblühtes, ziemlich verhärmtes Antlitz, die blonden Haare unter einem Fetzen von Kopftuch verborgen. *Anna,* ruft Elisabeth, *bist du's?*

Die Stacheldraht-Universität

Mit dem Erscheinen des Antifa-Manns Stajner ändert sich tatsächlich viel. Eine Medikamentenspende des Internationalen Roten Kreuzes trifft ein. Es ist längst nicht genug, aber hie und da lässt sich damit das hohe Fieber von Kranken senken oder ein wochenlang quälender Durchfall beenden. Auch die sanitären und hygienischen Zustände wenden sich - ein wenig - zum Besseren. Vor allem die Einrichtung einer Lagerbücherei ist Stajner zu verdanken. Ludwig, der - wie lange ist das schon her? - vor dem Krieg abends nach der Arbeit gerne in allerlei Büchern schmökerte, findet hier zu seiner Freude deutsche Autoren vor, zu deren Lektüre er nie Zeit hatte: Goethe, Schiller, Hölderlin, Kleist, Lessing oder auch Storm, Stifter.

Nicht immer fällt es ihm leicht, die ihm fremd anmutende Sprache zu verstehen, doch manche Sätze oder Gedanken bleiben in seinem Gedächtnis haften. Überhaupt werfen nicht wenige Gefangene ihre klebrige Lethargie ab, beginnen aus umherliegenden unbearbeiteten Balken und Brettern Tische, Hocker und sonst noch irgendwelche brauchbaren Gestelle zu bauen. Aus dem Blech verrosteter Konservendosen werden Behältnisse für Seifen, Töpfe und Pfannen, Messer, Löffel und Gabeln herausgeschnitten und andere lang vermisste Gegenstände des alltäglichen Gebrauchs.

Schließlich werden Seminare, Vorlesungen, theatralische Lesungen eingerichtet, und auf einmal stellt Ludwig erstaunt fest, dass er vom Hölderlin-Kreis zur Geschichte des alten Roms, von da zur Englischstunde, nach dem Essen (unverändert kläglich, kärglich, jämmerlich) zur Einführung in die Philosophie und anschließend zu einer groß angekündigten Theateraufführung eilt. Und während mitunter immer noch Kameraden willkürlich erschossen werden - sie kamen dem Stacheldraht aus Versehen zu nahe -, folgt das Publikum aus Gefangenen gebannt einer Aufführung von Goethes Faust. Im Rhythmus der melodischen Sprache Goethes zerquetscht Ludwig Laus um Laus (ein bisschen geistesabwesend) auf seiner Brust.

Nachtarbeit

Nach der Völkerwanderung in den Gassen Gakowas wird die Verzweiflung der Lagerinsassen immer größer; Tag für Tag und Woche für Woche kommen aus den umliegenden Arbeitslagern, aus der Batschka, aus der Baranja, aus dem westlichen Banat neue Schwaben an, erschöpft, verbraucht, entkräftet, arbeitsunfähig. Sie ersetzen die Toten, die in den ausgehobenen Massengräbern vom Priester zu Dutzenden eingesegnet werden. Auf Schubkarren schieben Mütter ihre Kinder und Kinder ihre Mütter zum Lager hinaus. Vielen Leichen werden nur noch Gesicht und Lenden verhüllt, nicht einmal mehr Lumpen zum Bedecken der Körper sind da. In vielen Häusern sind alle Bewohner krank; es gibt niemanden mehr, der sie pflegen könnte. Elisabeth ist über die Maßen froh um Anna, die im selben verwahrlosten Zimmer haust wie sie und Paula, ist andrerseits aber auch betrübt über die Nachricht von Ludwigs Tod.

Doch ist sie dem Tod gegenüber schon gleichgültig, ja sogar abgestumpft? Sie tadelt sich selbst und macht sich geradezu Vorwürfe, nur merkt sie: Sie kann nicht mehr fühlen. Auch wird sie schwerhörig und fühlt sich matt, hat Bauchschmerzen und Fieber. Bekommt sie Typhus? Viele haben es nach der Völkerwanderung bekommen und ruhen schon im Massengrab. Anna bringt ihr täglich Essensreste und geht Abend für Abend zur *Nachtarbeit* mit einem der Posten. Elisabeth tadelt sie - auch wieder nicht: Der Muschik und der Student damals, waren sie nicht 2 Nächte später zurückgekommen und haben das böse Omen - rote Flecken auf dem weißen Damast - erfüllt?

Das Verhör

Doch kommen mit Stajner neben den Annehmlichkeiten auch Unannehmlichkeiten auf Ludwig und seine Kameraden zu - recht gefährliche sogar. Sie werden von heute auf morgen strengen Untersuchungen unterworfen - mit unabsehbaren Folgen. Offenbar sind die Angaben der Gefangenen im Fragebogen die Grundlage dafür. Nach etlichen Tagen wird auch Ludwig in aller Herrgottsfrühe zum Verhör vorgeladen: *Wir Deutsche sind gut in der Arbeit und Technik, aber schlecht in der Politik, stimmen Sie mir zu?* Mit diesen Worten wird Ludwig bei der Befragung von Stajner empfangen. Ludwig erwidert so knapp wie möglich: *Mag sein.* Worauf will Stajner hinaus? Der wechselt schon das Thema. *Unsere jugoslawischen Genossen sagen uns: Deutsche Kriegsgefangene leiden eher unter gefährlichen Herzkrankheiten als andere Nationalitäten. Sagen Sie: Fiel Ihnen das nicht auch auf?*

Ludwig wundert sich. Was sollen diese Fragen? Welchen Plan verfolgt Stajner? *Unsere jugoslawischen Genossen führen das auf den zusammengebrochenen Glauben an Hitler und seinen Faschismus bei Ihren Kameraden zurück!* Ludwig antwortet kühlen Kopfes: *Derlei Beschwerden habe ich nicht.* *Das ist gut,* meint Stajner. Ich muss vorsichtig sein, der Kerl ist gerissener, als er aussieht, denkt Ludwig. *Wofür bekamen Sie Ihr Eisernes Kreuz? Leugnen Sie es nicht, wir wissen es durch die Aussagen Ihrer Kameraden.* *- Ich bekam es für die Erstürmung eines Bunkers. - Sie lügen!,* sagt Stajner ruhig. *- Ich lüge nicht!* Sein Gegenüber blättert in einer Akte: *Und das hier?*

Als Feldwebel der Division 747 steckten Sie am 24. März 43 in Ostbosnien persönlich 4 Häuser an, in welche Ihre Einheit zuvor 200 Frauen und Kinder hineingetrieben hat. Anschließend bildeten Sie einen Ring um die Häuser und erschossen gnadenlos alle, die dem Feuer zu entfliehen suchten! Hierfür bekamen Sie ihr Eisernes Kreuz! - Niemals, das ist Verleumdung! Ludwig ist sprachlos. Natürlich hatte er seinerseits die geforderten Auskünfte keinesfalls wahrheitsgemäß beantwortet. Als Angabe „Prinz Eugen" - das bedeutete ein unnötiges Risiko. Ersichtlich ist er aber nicht der einzige,

der mit falschen Angaben operiert. *Sie können sich das überlegen,* sagt Stajner, und veranlasst mit unbewegter Miene das Überführen von Ludwig in eine Zelle. Als Ludwigs Augen sich an das Dunkel gewöhnen, sieht er ca. 40 Gefangene auf blankem Boden liegen, manche von ihnen verkrümmt - wohl gefoltert.
Mit zerborstenen Lippen krächzt einer der Kameraden zum Gruß: *WCU!* -
Was das heißt?, will Ludwig wissen - *Willkommen im Club der Untersuchten!*

Die verschüttete Suppe

Endlich gibt es wieder Suppe, und weil es Opa nicht gut geht, muss Paula sie für ihn holen. Mit einem Blechhäferl geht sie zur Küche, bekommt einen Schöpfer Suppe mit Trockenerbsen und begibt sich auf den Weg. Ein bisschen fürchtet sie sich: Opa ist nämlich wieder komisch geworden, brabbelt unverständliche Worte in sich hinein und macht auch so seltsame Bewegungen mit seinen Händen. Zuerst glaubte Paula, Opa mache mit ihr ein Spiel und sie müsse raten, was es ist: *Mais rippeln* oder *Wein lesen* oder *Vieh schlachten;* aber dann merkt sie, dass Opa das nur für sich allein tut, einfach nur so aus Gewohnheit. Meistens liegt er aber regungslos auf seinem schütteren Stroh und friert fürchterlich.

Darum freut sich Paula, dass sie ihm etwas Warmes bringen kann, auch wenn es eigentlich nur warmes Wasser ist. Sie geht ganz langsam und hält das Blechhäferl vorsichtig mit beiden Händen: Bloß nicht stolpern und die Suppe verschütten! Da sieht sie von weitem einen Posten auf sich zukommen. Es ist der böse Partisan, der Oma totgeschlagen hat!

Paula versucht, sich klein zu machen und nahe am Straßenrand zu gehen - aber der Posten hat sie schon entdeckt und kommt mit bösem Gesicht auf sie zu. Zum Glück geht er an ihr vorüber, doch dann schubst er sie von hinten, so dass das Blechhäferl in den Schnee fällt: Die Suppe ist verschüttet! Paula weint jetzt, sie hat Angst und traut sich ohne Suppe nicht zu Opa. Aber es nützt ja nichts, sie muss zu ihm. Sie hofft nur, dass er nicht böse auf sie ist. In Opas Zimmer ist es kalt. Er liegt auch nicht auf seinem Strohbett, sondern in der Ecke vor dem Ofen mit dem langen Rohr. Opa hat den Mund weit geöffnet, Asche liegt darin und glimmt noch ein bisschen. Er ist tot!

Auf der Flucht

2 Tage später befindet sich Ludwig im tiefsten Schneetreiben auf der Flucht. Aus heiterem Himmel sollte er zwecks weiterer Überprüfung seiner Angaben in ein anderes Kriegsgefangenenlager überstellt werden. Es scheint wohl so, als habe Stajner hinsichtlich Ludwigs Identität einen Verdacht geschöpft. Vielleicht hat ihn auch einer der Kameraden als Angehörigen der SS-Division Prinz Eugen denunziert, um sich einen Vorteil zu verschaffen. Falls es so war, wird seine Aussage mit großer Sicherheit Ludwigs Todesurteil bedeuten. Mit dem Erscheinen Stajners waren nicht nur kulturelle Veranstaltungen - Theater, Filme, Musik usw. - ins Lager gekommen, sondern auch Korruption, Intrigen und politische Gegensätze. Einfache Soldaten nahmen zum Teil auf einmal eine andere Haltung zum vergangenen Krieg ein als ihre Offiziere. Natürlich wurden diese Meinungsverschiedenheiten von den Antifa-Leuten bewusst geschürt und zum Nachteil der Kriegsgefangenen ausgenutzt.

Ludwig war auf dem Weg zum anderen Lager nach einem Handgemenge mit seinen beiden Begleitern im dichten Schneetreiben entwischt. Zum Glück traf ihn keiner der Schüsse, zum Pech jedoch blieb sein linker Schuh in einem Graben hängen, so dass er seinen Fuß mit einem schmutzigen Lappen umwickeln musste. Aus Vorsicht bewegt er sich nur nachts, schläft versteckt in den Sallaschen und findet zum Glück im Schober einen ausgelatschten und weggeworfenen rechten Schuh. Lebensmittel stiehlt er in den Sallaschen oder erbettelt sie sich bei ungarischen Bürgern oder auch bei Bunjewatzen. Manchmal erhält er ein paar zusammengefrorene Rüben, gelegentlich Brot und Milch oder von besonders mitfühlenden Menschen sogar noch Besseres. Hin und wieder jagt man ihn aber auch - unter Anrufung der Milizen und unter lauten Flüchen - davon. So rasch wie möglich verschwindet Ludwig dann aus dieser Gegend, eine Festnahme durch die Polizei überlebte er nicht.

Sein Ziel ist Kikinda, obschon er weiß, dass Anna (wie alle Donauschwaben) längst ins Lager geworfen wurde. Er muss herausfinden, in welchem sich seine Anna befindet, um dann so rasch wie möglich mit ihr aus dem Lager zu fliehen und über die ungarische oder auch rumänische Grenze zu gehen. In Kikinda klopft er des Nachts bei einer schwäbischen Bekannten an, die mit einem Serben verheiratet ist und deshalb nicht „eingelagert“ wurde. Zuerst starrt sie ihn mit offenem Mund an und schlägt dann die Hände über dem Kopf zusammen. Sie kann aber nicht sagen, ob Anna die Milchhalle überlebt hat - unmenschlich ist es dort zugegangen! Überdies ist das Lager schon lange aufgelöst und die wenigen Überlebenden sind nach Gakowa in ein größeres Lager verbracht worden. Sie gibt ihm Brot, Schmalz, Schinken und gute Wünsche mit, und Ludwig macht sich mit seinen 2 rechten Latschen - nach einem Paar Schuhe vergisst er zu fragen - auf den weiten Weg.

Unter der Dusche

Weil die Läuse überhandnehmen, breiten sich immer mehr Krankheiten im Lager aus: Ruhr, Malaria, Bauch- und Flecktyphus. Sie finden bei den vom Hunger vollkommen ausgemergelten Logoraschi leicht ihre Opfer. Selbst der Lagerleitung wird es zu viel, die Krankheiten springen auf die Posten und von den Posten auf die Zivilbevölkerung über. Schließlich greift sie zu Gegenmaßnahmen - die Logoraschi werden ausnahmslos kahl geschoren. Anna ist beunruhigt, sie weiß nicht, ob die Posten noch Gefallen finden werden an einer kahlköpfigen Schwäbin. Aus Vorsicht sind schon einige ihrer Liebhaber bei der *Nachtarbeit* wegen der Ansteckungsgefahr zurückhaltender geworden. Seit Elisabeth wegen Typhus im Spital liegt (Spital? - ein Hohn: Es gibt weder Medizin noch Pflege) und seit Paulas Großvater starb, ist die Kleine bei ihr. Anna ist darüber nicht besonders glücklich. Gut, sie hat Elisabeth und Paula ihre Essensreste überlassen, aber Verantwortung übernehmen für ein Mädchen?

Nach dem Scheren ihrer Haare müssen Anna und Paula in den „Duschraum“ und sich - wie alle anderen - vollständig entkleiden. Amüsiert bemerkt Anna Paulas Kulleraugen; bestimmt sieht die Kleine zum ersten Mal in ihrem Leben nackte Männer. Gott, wie die Leute aber auch ausgezehrt und abgemagert sind - kein bisschen Fleisch mehr auf den Knochen. Den Frauen hängen ihre Brüste wie Waschlappen herab, und nach dem Einstäuben mit dem Läusepulver DDT (es ist zum Lachen und zum Heulen gleichzeitig:) sehen beide Geschlechter wie Gespenster aus! Verstohlen betastet Anna ihre Brüste, zum Glück sind sie noch halbwegs fest und straff - wenigstens das. Sie hat schließlich nicht umsonst stets auf ausreichende Nahrung geachtet. Natürlich weiß sie, dass so manche schwäbische Frau über ihre Nachtarbeit die Nase rümpft - sollen sie doch! Nach dem Anziehen erfahren die überraschten Logoraschi: Das Lager wird schon wieder umgruppiert, alle Jungen und Mädchen sollen doch tatsächlich in irgendein Kinderhaus kommen! Wieder hilft alles Wehklagen nichts. Anna steckt Paula zum süßen Trost rasch ein Stückchen Schokolade zu - sie hat es von einem ihrer Posten-Liebhaber als Abschiedgeschenk bekommen.

Im Kinderhaus

Im Kinderhaus ist Paula todunglücklich; sie ängstigt sich, erinnert sich aber, was Mama zu ihr sagte beim Mühlenbrand damals: Kind, du kennst ja gar keine Furcht! Mutig will sie auch jetzt sein, nur wieso Mama sie allein lässt, versteht sie nicht. Tante Anna fehlt ihr kaum, die ist immer so ungeduldig. Aber die Schokolade von ihr ist prima, so süß, so köstlich, dass es im Kopf innen drin ganz herrlich prickelt. Nie im Leben aß sie so etwas Himmlisches.

Dann ist die Schokolade weg, und obwohl Anna ihr streng verboten hat, in dem noch unbekannten Kinderhaus herumzuspazieren - sie kann ja auf Tote stoßen oder auf Partisanen, die kurzen Prozess mit ihr machen, *dobar dan (guten Tag)* freundlichen Gesichts sagen und dann *peng peng,* und man ist tot - sucht sie das Kinderhaus nach Schokolade oder anderen Leckereien ab.

Im oberen, verbotenen Stockwerk stößt sie auf ein Zimmer voller süßer Babys - 33 zählt Paula. Stehen oder gehen kann keines von ihnen; sie liegen auf ihrem Platz oder rutschen im Raum auf dem Bauch umher oder torkeln. Die meisten sind nackt oder nur mit einem Lappen spärlich bekleidet, ihre Körper aber ganz verschmiert mit herrlicher, süßer Schokolade, am Gesicht angetrocknet oder an den Händen. Zwei Kinder stopfen sich die Süßigkeit gegenseitig in den Mund, sie weinen ganz fürchterlich dabei, was Paula zuerst gar nicht versteht, so voller Neid ist sie auf die Schokolade.

Dann begreift Paula Gestank und Kot. Sie schreit und weint jetzt zusammen mit den Kindern. Eine Partisanin kommt und schiebt sie schimpfend hinaus: *Was hast du hier zu suchen? Krepieren sollt ihr alle.* Und mit schiefem Seitenblick auf Paula: *Du auch! Du auch!* Dann lässt sie Paula laufen.

Prozesse

Schon wieder wird zum „Frühsport“ durch Trommeln gerufen - was mag es diesmal sein? Elisabeth hat furchtbar dicke Beine, ihr Gesicht ist vom Typhus fieberhaft aufgequollen. Darauf nimmt der hereinstürmende Posten aber keine Rücksicht. Als Elisabeth ihm bedeutet, im Spital lägen doch nur Kranke, schreit der Wachhabende, für ihn gäbe es nur Gesunde oder Tote.

Mühsam rappeln sich Elisabeth und die anderen auf. Zum Glück ist es ja nicht mehr so entsetzlich kalt, der Frühling naht und die Gassen und Plätze sind endlich frei von Dreck und Schlamm. Merkwürdigerweise wird dieses Mal kein Frühsport verlangt. Paula und Anna haben sie schon entdeckt und stellen sich neben sie. Zeit, sich auszutauschen, bleibt aber nicht: In den Kreis der Logoraschi werden zeitgleich mit dem Auftritt des Lagerkommandanten der alte Grieg und Gerber und auch noch andere Lagerinsassen getrieben.

Alle tragen Schilder um den Hals: *Wir werden erschossen, weil wir über die Grenze gehen wollten. So widerfährt es allen, die flüchten wollen!* Der Kommandant hält eine kurze Rede. Auf verbrecherische Flucht stehe Tod, zur Abschreckung werde er sogleich vollzogen. Mit dem Finger deutet er auf einen weiteren Mann, der jetzt von den Posten in den Kreis der Schwaben hineingestoßen wird. Mit stoppeligem Bart, in schmutzige Lumpen gekleidet, sieht er nicht besser aus als die Logoraschi. *Der,* schreit jetzt der Kommandant, *drang sogar von außen in unser Lager ein als hinterhältiger Fluchthelfer.*

Elisabeth und Anna schreien gleichzeitig auf: Der Mann ist - Ludwig! Anna stürzt sich auf ihren Gemahl, umarmt und küsst ihn, jammert, wehklagt - und ihr wird klar: Pajo, der Mann mit dem Gipsarm, hat sie arglistig belogen. *Aha,* ruft zufrieden der Kommandant aus, *diese war es also! Zuerst infiziert sie unsere Männer mit ihren schwäbischen Krankheiten - diese Hure - und dann will sie sich aus dem Staub machen. Alle abführen zum Friedhof!*

Er will sich abwenden, aber dann geschieht etwas Seltsames mit ihm.

Sein Blick wird auf einmal starr, seine Arme und Beine verkrampfen sich und Schaum tritt vor seinen Mund. Bevor er auf den Boden fällt, schreit er: *Vorwärts, her mit dem Gewehr, gib die Granate. Los auf den Feind!*

MUSS ist ein großer Herr...

Seit Peko fort ist und der neue Kommandant das Lager übernommen hat, kann Pero sich auf dem Gelände etwas freier bewegen, obschon er sich auch unter dem neuen Leiter in Acht nehmen muss: Dieser ist ebenso kein Freund der Schwaben; an den Verhältnissen ändert sich nicht viel! Es wird zwar etwas weniger gestorben, aber das liegt wohl an der wärmeren Jahreszeit und nicht an einer besseren Verpflegung oder gar besseren medizinischen Betreuung.

Auch die Trennung der Familien bleibt bestehen. So sehr Elisabeth Pero auch anfleht, ihn beschwört, er kann Paula nicht umquartieren. Seine Bitte wurde vom Kommandanten bereits harsch abgewiesen. Elisabeth ist jetzt selbst so schwach, dass sie bettlägerig ist - Pero fürchtet auch um ihr Leben.

Er wagt ihr nicht zu berichten, dass auch Paula von Tag zu Tag elender aussieht, trotzdem er ihr ab und zu (versteckt) ein wenig Essen bringt. Auch sie, glaubt Pero, ist bereits erkrankt. Elisabeth fragt ihn nach Ludwig und Anna, sind sie tatsächlich…? Pero nickt und wendet sich ab, er kann Elisabeths stummes Weinen, ihre Tränen nicht ertragen. Um sie abzulenken, erzählt er ihr von Pekos Krankheit - sie tritt erst seit kurzem auf und ist noch unverständlich, heißt aber schon *Partisanenkrankheit* und ist wohl so eine Art Epilepsie.

Nur die im Wald Furchtbares durchmachten, erwischt es! Elisabeth hört Pero wortlos zu, denkt dabei aber unentwegt an ihre Kleine. Müsste sie nicht auch um Paulas Leben willen flüchten - wie der alte Grieg und Paul Gerber? Warum ist sie nur so elend? Verflucht sei doch die alte schwäbische Weisheit, die da lautet: *Muss* ist ein großer Herr, aber *Kannnicht* ein noch größerer!

Johann erwacht

Jäh erwacht Johann aus dem Koma; um ihn herum ist alles diffus, in ein Weiß getaucht, aus dem sich erst allmählich Linien, Konturen schälen: weiße Betten, weiße Laken, weiße Schränke, eine weiß gekleidete Schwester, die erfreut Johanns Erwachen bemerkt und den noch jungen Arzt herbeiruft. Johann habe sehr viel Glück gehabt, sagt der. Zu seiner Stirnverletzung sei schwere Pneumonie hinzugekommen; plus Pleuritis; plus hohes Fieber und Halluzinationen. In seinem Innern habe er wochenlange heftige Kriege mit heiserer, sich überschlagender Stimme geführt - Unsinn schreiend. *Gottseidank* sei jetzt ja das Gröbste überstanden; in einigen Wochen wohl könne man ihn entlassen. Johann starrt stumm, begreift überhaupt nichts.

Erst zögernd dämmern ihm Friedhof, Kapelle, Turmfenster, Scharfschütze - und schließlich der Schuss, der ihn in Nacht und tiefe Dunkelheit riss. Wo ist der Rotarmist, der ihn nach Berlin fragte? - Schulterzucken. Wo sind die Russen? - Über Ungarn längst hinweggefegt! - Und Jugoslawien? - Besetzt! - Und die Baranja? Sein Heimatort Darda? - Beruhigen Sie sich! - Johann beruhigt sich nicht. Was ist mit seiner Elisabeth, mit Paula… ? Sein Bettnachbar erzählt ihm von den Partisanen - was man eben so hört. 2 Tage später ist Johann bereits auf dem weiten Fußweg nach Darda.

Paula sinniert

Paula betrachtet ihre Puppe Klara, ihr fehlt ein Arm. Sie sinniert: gestern fiel ihr ein Zahn aus und ein Fußnagel. Der Zahn, weiß sie, wächst nach. Aber auch ihr Zehennagel? Sie sinniert weiter: Haare wachsen nach. Augen aber zum Beispiel nicht. Klaras Arm wird wohl nicht nachwachsen - Arme wachsen ja auch beim Menschen nicht nach. Was hat Mama ihr vom Salamander erzählt? Das ist seltsam: Die Schwänze sollen dem Salamander nachwachsen. Warum dann aber niemandem die Finger? Je mehr sie über diese Sache nachdenkt, desto komischer findet sie es.

Manches ist tot und bleibt tot, anderes wird jedoch wieder lebendig und wächst nach. Ihr fällt plötzlich ein, dass sie letzte Nacht vom Tod träumte – nur was? Ja, ja, sie träumte von dem bösen Mann, der alle im Lager tot macht. Tito heißt er, sagt Mama, und auch, dass er ein ganz schlimmer Teufel ist. Wie ein Teufel sah er im Traum aber nicht aus. Nur riesengroß war er, schrecklich groß. Er hielt seinen Arm weit in die Höhe und winkte, weil so viele Leute an ihm vorüber marschierten: Opa und Oma waren darunter, Tante Anna und Onkel Ludwig auch, der alte Grieg und - jaja, die Lene. Und ganz am Schluss des langen Zuges sah sie das kleine Mädchen: sich selbst!

Ohne Blick auf sein Haus

In Darda eilt Johann sogleich zur ungarischen Nachbarin. Die weint fast, als sie ihn sieht, ob vor Freude oder vor Schmerz, vermag Johann nicht zu sagen. Auch sie war im Lager, wurde aber als Ungarin bald wieder freigelassen. Ja, von den Lagern hat Johann schon gehört. Seine Eltern und die kleine Paula, sagt die Ungarin, seien gewiss nach Gakowa gekommen, aber Elisabeth?

Wer arbeiten kann, sei in der Baranja verblieben, vielleicht auf dem Gut Bellyee, vielleicht aber auch in einem anderen Arbeitslager hier irgendwo in der Gegend. Mit Sicherheit erfahre das Johann von den Partisanen, aber die zu fragen sei nicht eben ratsam. In seinem Haus wohnen jetzt Kolonisten aus der Lika - oder sonst woher. Meine Güte, wie die ersten Lebewesen auf Gottes Erdboden bereiten die noch immer - im Zimmer - ihr Essen überm offenen Lagerfeuer zu.

„In dein Dach schlugen die Barbaren ein Loch wegen dem Rauchabzug,
und das elektrische Licht „löschen“ sie mit ihren Schlagstöcken!
Und willst du wissen, wie dein Kachelofen bei ihnen jetzt heißt?
Hitlerdenkmal! Von Zeit zu Zeit singen sie ein Lied überm Lagerfeuer:
Die Schwaben ziehen hin und her, sie haben keine Heimat mehr!“

Sie sprechen noch über dieses und jenes, dann macht sich Johann auf den Weg, nicht einen einzigen Blick wirft er noch einmal auf sein Eigentum - sein Haus. Nahe Gakowa kommt er durch ein unbewohntes Dorf ohne Zäune oder Türen. Auch Fenster gibt es keine mehr. Es scheint, dass alles, was aus Holz war, von den Lagerleuten - die wohl bis hierher kamen - im Winter verheizt wurde. Nach allem, was Johann von der Ungarin hörte, müssen sie unter Lebensgefahr das Lager verlassen haben, um in dem Nachbardorf nach Brennbarem zu suchen: So schlimm steht es also um seine schwäbischen Landsleute?

M-ich-ael fragt sich

Gegen Ende seines Romans fragt sich M-ich-ael, was ihn antreibt.
Ist es diese seltsame Erinnerung, die keine ist? Er erinnert sich an einen Mann,
der wohl Gelbsucht hatte. Er war zuerst ganz gelb, dann schwarz im Gesicht.
Als man ihn holte und auf den Leichenwagen warf, fiel er schwer vorneüber
mit dem Kopf nach unten. Da lief ihm eine Menge gelbes Wasser aus der Nase,
über die Köpfe der anderen Toten. Der Anblick ekelte ihn. Er war ungeboren,
noch niemandes Atem, nicht einmal Wunsch: Solange Paula ist, kann M-ich-ael
nicht sein; erst als sie starb, wurde er Gedanke, Wunsch, wurde Verlangen.
Für Paula kam er auf die Welt - so ersehnte es sich seine Mutter Elisabeth.
Und dennoch ist ihm, als erinnerte er sich; und deshalb schreibt er:

Dann starb Paula Helfrich, sie hatte verdorbenes Maisbrot gegessen
und bekam Krämpfe, ging ganz schnell zugrunde. Bevor man sie abholte,
lag sie da in Elisabeths Halluzination noch immer wie das blühende Leben: blonde
Locken, rote Backen. Sie weinte fassungslos und schrie immer wieder
Schaut doch nur, schaut doch nur, sie sieht doch nicht wie tot aus!
Pero zimmerte für sie einen kleinen Sarg aus alten, ungefügten Latten.
Einer der Leichenträger, ein Schwabe, nahm die Holzkiste unter den Arm,
warf sie im hohen Bogen über die anderen Toten auf den Leiterwagen
und murmelte missgünstig etwas von einem Luxusbegräbnis.

Aber ihr Knie?

Schon von weitem sieht Johann Pero. Überrascht und erfreut zugleich geht er auf ihn zu. Auch Pero ist erstaunt, Johann zu sehen, fasst sich aber: Natürlich, Johann sucht seine Familie. Er ist nicht wie andere Männer, die als Soldaten an irgendeiner Front dienten und nach ihrer Entlassung eilends über Ungarn nach Österreich oder Deutschland flüchten, ohne sich weiter um ihre Familien in den Todeslagern zu kümmern. Armer Johann! Mit schonenden Worten, so gut es eben geht, sucht Pero ihm das Schicksal seiner Familie beizubringen: Bis auf seine Frau Elisabeth sind alle tot! Johanns Brust entringt sich ein Stöhnen, er wankt und geht in die Knie, vor seine Augen schiebt sich ein schwarzer Schleier und lässt die Konturen der Welt verschwimmen. Und Paula? Pero schüttelt stumm den Kopf.

Wieder entringt sich Johanns Brust ein Stöhnen. Pero tut es in der Seele weh, ihm ist, als zerstöre er mit seinen Worten einen ihm zugeneigten Menschen. Er besinnt sich und schießt mit seiner Maschinenpistole wild in die Luft. Erschrocken tritt Johann einen Schritt zurück. „Was - was tust du denn da?" Pero erklärt verlegen: „Ich muss schießen, damit der neue Kommandant von mir glaubt, ich sei ein guter Wachposten. Ich bin ihm schon mehrmals unangenehm aufgefallen!" Wenn die Schüsse Johann auch seltsam berühren, so haben sie ihn doch aus seinem Schmerz gerissen: „Wo ist meine Frau jetzt?" „Sie ist im Spital. Es geht ihr nicht gut. Vor kurzem hatte sie noch hohes Fieber. Auch mit ihrem Knie stimmt etwas nicht. Sie klagt schon seit Wochen, dass sie nicht aufstehen kann." „Und was tut der Arzt?" „Der ist gestorben."

Johann schüttelt stumm den Kopf. Die ungarische Nachbarin hat ihm ja einiges über die Lager der Partisanen erzählt, aber in Wirklichkeit ist es viel schlimmer. Wahrscheinlich hilft Elisabeth nur rasche Flucht. Aber wenn ihr Knie…? Er muss sie sehen, alles Weitere ergibt sich. Pero begleitet Johann ins Spital. Auch wenn er sich unter dem neuen Kommandanten in Gefahr begibt, will er helfen, wozu sonst ist er in diesem unglücklichen Gakovo geblieben? Auf dem Weg zum Spital sprechen sie von eventuellen Fluchtmöglichkeiten.

Über die nahe gelegene ungarische Grenze zu flüchten, ist zwar gefährlich, aber manchem auch schon geglückt. Es gibt mittlerweile sogar Führer, die den Weg gut kennen. Hinter vorgehaltener Hand sprechen die Logoraschi von *schwarzer* Flucht - weil sie illegal ist. Wird man erwischt, drohen Kerker oder Erschießung. Will Johann das Risiko eingehen? Johann nickt nur.

Als er Elisabeth erblickt, beherrscht er sich. Mein Gott, seine Frau verkommt in Dreck und Unrat - soll das etwa ein Spital sein? Sie liegt auf blankem Boden ohne Stroh oder Heu. Wie knochig und wie hohlwangig, wie verfallen sie ist. Und was ist mit ihrem Gesicht los - überall Hautausschläge, Flechten, Krätze. Und doch überzieht sich eben dieses Gesicht auf einmal mit einem Strahlen. „Lieber Johann, ich wusste, du kommst. Ich habe jeden Tag zu Maria gebetet, und denk dir, gestern schickte sie mir endlich das so lang erhoffte Zeichen. Mein Knie ist wieder in Ordnung - ich kann laufen - ist das nicht ein Glück?"

Michael hat noch eine Erinnerung

Diese Erinnerung ist nur Luftgebilde, doch tragen Söhne, Töchter sie in sich - die Todesfurcht ihrer Eltern. Ich sehe, was nicht sein kann: Ich stehe als Kind vor einem Kellerfenster und schaue in einen Raum. Die Wände sind ohne Putz, die Steine roh gefügt. Eiserne Bettgestelle mit farblosen Laken türmen sich dreifach, vierfach aufeinander. Hundertmal so viele Menschen wie Bettgestelle sitzen auf den falben Laken. Mutter, Vater, Paula, Oma und Opa sind darunter. Nun regen sie sich, ziellos, denn außer Betten ist nichts, worauf sie sich zubewegen könnten. Sie haben kein Fleisch, sind Skelette. Alles ist undeutlich, obwohl ich es deutlich vor mir sehe. Eine frühere Erinnerung habe ich nicht.

Die Schwarze Flucht

Lautlos füllt sich das Haus in der Dunkelheit mit Flüchtenden, unter ihnen Johann und Elisabeth. Der Führer, ein schmächtiges Bürschchen von 14 Jahren, bestand auf einen größeren Kreis von Fluchtwilligen (für seine Dienste erhält er - so munkelt man - von diesem oder jenem Dinare, sogar Schmuckstücke).
Die Fluchtbereiten (meist ältere Personen sowie 2 Familien mit kleinen Kindern) unterhalten sich leise. Erst gestern haben sich Flüchtige verirrt in Finsternis und Nebel und kehrten in einem weiten, großen Bogen zurück nach Gakowa. Von den Wachposten geschnappt, schmoren sie seither im Keller und warten auf ihre Erschießung. Soll man unter diesen Umständen überhaupt…?
Die waren ohne Führer, bedenken die einen. - *Ja, aber unserer ist doch noch ein halbes Kind! - Er hat schon eine größere Gruppe ohne Zwischenfall glücklich über die Grenze gebracht! - Woher wissen wir das? - Er selber sagt es ja! - Und wenn es nun gar nicht stimmt...? - Jetzt können wir nicht mehr zurück! - Es wird alles gut gehen... - Gott im Himmel steh uns bei!*
Ihr junger Führer mahnt: *Still... hört ein Partisan uns draußen, ist alles aus!*

Mit seiner Kinderstimme kann er sich aber gegen die Älteren nicht durchsetzen. Johann fühlt, er muss eingreifen, und nach seiner Aufforderung tritt tatsächlich augenblicklich Ruhe ein. Jeder schaut auf ihn, als sei er der Leiter der Gruppe. Endlich geht es hinaus ins Freie, weit oben ein wunderbar tiefblauer Himmel, prächtig funkelnde Sterne, so viel irdische Schönheit über irdischem Leid... Elisabeth fasst Johann an der Hand, und als sie Peros Schatten im Übergang zu den Feldern sehen, umarmen sie ihn ein letztes Mal in der abendlichen Kälte. Die Entfernung zur Grenze Ungarns ist nicht so groß und in einer Nacht zu bewältigen. Auf halbem Weg hören sie einen Pferdewagen rumpeln… rennen und rasch sich in die flachen Felder werfen… das Blut rauscht in Elisabeths und Johanns Ohren. Danach kommen von allen Seiten die Schatten der Flüchtigen und es geht weiter in eine von Stunde zu Stunde gefährlicher werdende schummerige Nacht hinein. Riskant schiebt sich der strahlend helle Mond über den Himmel... immer schiefer und schwankender tappt ihr Führer vor ihnen durch die Furchen der Felder. Was ist mit ihm bloß los, zum Teufel?

Es ist nichts, ich bin nur ein wenig müde, das ist alles, wehrt sich der Junge - und kippt um. Johann nimmt ihn auf die Schulter, von oben herab dirigiert der Bursche nun die Gruppe zur Grenze. Jetzt kommen tiefe Gräben und Wasser *Stoj!...* Schüsse krachen, … im Nu sind die Flüchtigen von Grenzposten mit schussbereiten Gewehren umringt. Im Tumult fällt der halbwüchsige Führer von Johanns Schultern… befreit von der Last nimmt Johann Elisabeth an die Hand, zieht sie im Getümmel hinter sich her… drückt sie hinter Büschen auf den Boden… so verharren sie und sehen die Gruppe - umringt von den Grenzern - auf ein Grenzerhäuschen zumarschieren… Der Junge hat sie geradewegs in die Arme von Grenzposten geführt… alle Mühe umsonst!
Nach einer längeren Weile erheben sie sich, umgehen über inzwischen vom Tau befeuchtete Wiesen in einer weiten Wendung das Grenzerhäuschen…
Als der Himmel sich eben blau färbt und Elisabeth das ferne Geigenspiel eines Zigeuners vernimmt, überschreiten sie endlich die ungarische Grenze - auf den Tag genau 1 Jahr vor meiner (M-ich-aels) Geburt.

Michael schreibt ein Gedicht

Aus den Säften ihres Körpers
webt eine Spinne vor meinen Augen
ihr geheimnisvolles, dichtes Netz.
Tautropfen fängt sie damit auf,
in denen sich das Licht bricht.

Aus Diamanten funkeln Farben
siebenmal siebenfach multipliziert:
Der Vorhang hat sich also aufgetan,
und alles Eingefangene spielt Leben.
Auch du, Fliege
- siebenfachen Tod auf Flügeln -,
bist Ausdruck nur des Daseins.

Spinne Tautropfen Fliege…
Gaukelt ihr mir jetzt kein Theater vor.
Sonst ja sonst wagt ihr das Leben
stets nur hinter meinem Rücken!

Flüsse und Frachten

Viel später, im Land - vielleicht - seiner Vorväter, träumt Johann eines Nachts von Flüssen. Ruhig und majestätisch strömen ihre Wasser zwischen den ihnen vorbestimmten Ufern dahin. Die Wellen kräuseln sich, bilden Wirbel, schwappen an die Ufer und schießen wie ein Schwarm glänzender Silberfische zurück in die träge Mitte. Im Traum weiß Johann, dass es die Flüsse sind, die er in seinem ganzen Leben überquerte, auf Booten, Kähnen oder Schiffen, oder in denen er als heranwachsender Junge fröhlich planschte oder fischte. Sogar ihre Namen erscheinen ihm: die Donau, die seine Ahnen herführte, die Theiß und Save und Drau, zwischen deren Wasserläufen sie 2 Jahrhunderte lang lebten. Und auch die anderen Flüsse des Landes, in dem sie die Äcker fleißig und ordentlich bearbeiteten, heirateten und Nachfahren zeugten, kommen in seinem Traum vor: die schöne Sutjeska, die in den Lim strömt, die Una und Drina, die Tara und Kupa, Neretva und Zeta und Piva und Rama.

Selbst die Flüsse, an deren Ufern er als Soldat kämpfte oder von denen er auf seinem Weg nur hörte, erscheinen ihm: Don und Wolga, Oskol und Ublja, Jemantscha, die Tichja und die Sosna. Johann sieht auf manchen von ihnen Boote und Kähne tanzen, Menschen in verschiedenen Kleidern und Sprachen sitzen auf ihnen und schwatzen und plaudern wohl über dieses und jenes. Auf einmal geht sein Blick in die Tiefe der Flüsse, er sieht in ihren Wassern Fische schwimmen, Pflanzen, Äste und auch Häuser, Gewehre, Eisenbahnen, Flugzeuge, Panzer, Sturmgeschütze, Paks. In seinem Traum fangen die Wellen zu schäumen an, werfen Gischt in die Höhe, beginnen kraftvoll zu kreisen und korrigieren ihre Richtung. Ein Fluss nach dem anderen ändert seinen Lauf, seine Wasser zwängen sich zwischen immer enger werdende Ufer und fließen zum Ursprung zurück. Schließlich bleiben nur noch Bäche übrig, dann Quellen, dann Rinnsale, und am Ende versiegen auch diese im Nichts der Erde.

Epilog des Todes

Ich bin überall, wo ich gebraucht werde. Und die Donau, Theiß, Save, Drau
sind ebenso gut wie der Fluss Styx. Sie haben Wellen und müssen
überquert werden, ob tot, ob lebend. Mich interessieren nur die Toten,
also ihr. Und ihr seid zahlreicher als zahlreich und wollt den Weg finden zu mir!

Nein? Glaubt ihr, ich mache Ausnahmen, nur weil ihr Donauschwaben seid?
Die *Schwarze Flucht* bezahlt ihr mit dem Leben, die *Weiße Flucht* mit Münzen.
Was, ihr habt nichts mehr? So wartet 100 Jahre, ihr Verdammten -
vielleicht wird eines Tages die Welt euch Münzen geben,
die ihr in mein Maul steckt, das schwarz und tief ist wie ein Grab.
Bis dahin schweigt die Welt - und will nichts von euch wissen.